Sibylle Lewitscharoff

Montgomery

Sibylle Lewitscharoff

Montgomery

Roman

Deutsche Verlags-Anstalt
Stuttgart München

FÜR SILVANA ABBRESCIA-RATH

ER WAR ALLEIN, und ich war betrunken, nachts um kurz vor vier auf dem leeren Campo de' Fiori, wo ein einsames Reinigungsfahrzeug sein gelbes Blinklicht um den Platz warf. Ich erkannte ihn sofort. Erstaunlich, nach so langer Zeit, immerhin hatten wir uns seit vierzig Jahren nicht gesehen. Der hagere Mann in dem dünnen Regenmantel war ein alter Schulkamerad. Er war es, dieser verbissene kleine Schweiger mit dem geschwollenen Namen, der sich immer ein wenig auf die Fußspitzen hob, wenn sich ihm einer von uns in den Weg stellte. Montgomery Cassini-Stahl, so hieß kein vernünftiger Mensch im Herzen des Schwabenlandes, so konnte bloß ein Angeber heißen. Aber er war kein Angeber. War es auch jetzt nicht, als er mich zwar nicht gleich erkannte, aber freundlich in meine Augen sah.

»Blechle!« sagte ich und wies mit dem Zeigefinger auf seine Brust. »Du bist doch der Blechle.«

Paar Sekunden dauerte es, bis er begriff, wer ich war. Dann faßte er mich an der Schulter und ergriff meine Hand mit einer Herzlichkeit, die mich überraschte. Als Kinder hatten wir uns einmal geprügelt und waren uns anschließend nicht mehr in die Quere gekommen. Blechle hatte keine Freunde in der Schule. Blechle schob den Rollstuhl seines älteren Bruders im Schulhof herum. Er tat es, bis er neun Jahre alt war. Danach war Blechle ein Wesen für sich.

So konnten wir nicht auseinandergehen. Auf dem Platz war keine Bar mehr offen. Wir zerrten zwei angekettete Stühle von einem Stuhlstapel und saßen alsbald wie zwei Gefangene nebeneinander. Es war eigentlich zu kalt zum Draußensitzen. Blechle knöpfte seinen Mantel zu und stellte den Kragen hoch. Dann fingerte er nach einer Zigarettenpackung und steckte die zwei Gauloises mit seinem Sturmfeuerzeug an. Er hatte die Regie übernommen und fragte mich aus. Daß ich in Rom war, um für eine Zeitung über die Vorbereitungen zum Heiligen Jahr zu schreiben, erschien ihm interessanter als mir. Daß mein Vater gestorben war und ich von meiner Frau und den Kindern getrennt lebte, nahm er mit einem Mitgefühl auf, das mir sonderbar vorkam, weil er weder meinen Vater noch meine Frau je kennengelernt hatte.

Obwohl er ein dünner Hecht war und nichts Dikkes anhatte, schien er die feuchte Kälte kaum zu spüren. Ich fragte mich, ob er vielleicht betrunkener war als ich. Seine großen braunen Augen strömten Hitze aus, der Mann schien von einer inneren Flamme durchglüht, ein Savonarola, der hin und wieder zum Denkmal seines Leidensgenossen hochsah. Er hatte nie geheiratet, lebte in Rom, und zwar schon lange, soviel war von ihm zu erfahren. Aber allen Nachfragen wich er aus und lenkte das Gespräch zurück auf mich und die Jahre, die wir gemeinsam in der Grundschule verbracht hatten.

Sein Gedächtnis war phänomenal. Fast alle Namen der siebenundzwanzig Grundschüler brachte er zusammen. An Ralf Knopp, den muskulösen Knilch, erinnerte er sich besser als ich, obwohl ich, niemals er, öfter bei ihm zu Hause gewesen war und den Vater im Unterhemd auf dem Sofa hatte liegen sehen, seine beiden Hanteln in Griffweite auf dem Teppichboden. Er wußte, in welcher Ecke des Schulgartens sich das aalglatte Sintenis-Reh zum Äsen niederbeugte, wußte, wer auf es geklettert und dabei heruntergefallen war. Den idiotischen Hahnenkamm von Hiltrud Weller hatte er ebenso parat wie Stuckis verzweifelte Übungen mit dem Medizinball. Wir sprachen über Lederranzen, muffige Schwämme, Turnbeutel und das Fräulein Heinz mit dem blonden Damenbärtchen, nur nicht darüber, warum er vier Jahre lang allein in der dritten Reihe rechtsaußen in seiner Bank gesessen hatte.

Nach einer Stunde konnte ich es auf dem kalten Metallsitz nicht länger aushalten. Stahl ließ es sich nicht nehmen, mich zum Hotel zu begleiten. Wir wanderten gemächlich zur Piazza Santa Maria della Pace. Stahl blieb immer wieder stehen, zündete sich eine neue Zigarette an, brachte mich zum Reden und sah mir dabei zu. Unterwegs fanden wir kein Lokal, das noch geöffnet hatte, beim Hotel angekommen, mußte ich den Nachtportier herausklingeln. Ich hätte ihn noch mit hinauf in mein Zimmer nehmen können, aber das Zimmer war eng und ich hatte plötzlich Angst, endlos reden zu müssen und den Mann nicht mehr loszuwerden. Er verstand sofort, übergab mir seine Karte und bat mich, die nächsten Tage bei ihm anzuläuten. Er könne mir seltene Informationen beschaffen, auch die Türen des Vatikans öffnen, wenn ich das brauchte. Dann drehte er sich um und ging schnellen Schrittes den Weg, den wir gekommen waren, zurück.

Ich lag bis zum Morgengrauen wach, hörte die Müllabfuhr und sah Blechle einsam in seiner Bank sitzen, das dunkle Haar im Nacken kurz geschoren, widerspenstiges Haar, das am Hinterkopf in Wirbeln abstand. Unnatürlich ruhig für einen kleinen Buben saß er da, den Blick immer nach vorn gerichtet. Nie hat man von ihm ein Kichern gehört. Trotz alledem, ein Musterschüler war er nicht, dazu war er viel zu verschlossen, nahm in geradezu aufsässiger Weise an nichts teil und beachtete die Lehrer kaum, sah lieber ins Ungefähre als in ein Gesicht. Wurden wir etwas gefragt, gingen die schnipsenden Finger von einem Haufen eifriger kleiner Streber hoch, der um die Liebe der Lehrerin wetteiferte. Blechle meldete sich nie. In meiner Erinnerung hat er es vier Jahre lang vermieden, auch nur einmal den Finger zu heben.

Die folgende Woche trödelte ich durch die Stadt und dachte öfter an ihn, verschob es aber von Tag zu Tag, bei ihm anzurufen. Nicht, weil er mir unsympathisch war, sondern weil ich das etwas geisterhafte Zusammentreffen ungetrübt in der Erinnerung halten wollte.

Am Montag setzte ich mich zum Frühstück auf die Sonnenseite des Campo de' Fiori, schräg gegenüber von der Bar, auf deren Stühlen wir neulich nachts gehockt hatten. Giordano Bruno, finster und massig, blickte aus seiner Kapuze auf das Treiben der Händler zu seinen Füßen. Der Markt war in vollem Gange. Fische lagen in Wassereimern oder auf Eis und wurden von alten Frauen in Gummischürzen abgeschuppt. Hinter den Gemüseständen wuchsen die Komposthaufen. Ein Penner, dessen Lumpen sich wie das Winterfell des bakhtrischen Kamels in Zotteln von ihm lösten, schob seine Plastikschale zwischen die Touristen. Wie immer um diese Zeit drehte das Paar mit den gelben Helmen, Großvater und Enkel, eine Runde um den Markt. Der Alte, den fleischigen Kopf unter einen zu kleinen Helm gezwängt, bahnte auf seinem Motorroller eine Gasse durch die Schar der Bewunderer. Die Blicke galten dem Enkel, der einen viel zu großen Helm aufhatte und in einem elektrischen Plastikauto mit viel Getute hinter ihm herfuhr. Der fette Kopf des Alten glomm vor Stolz, wenn er sich nach seinem Ebenbild umsah.

Mit langen Beinen hing ich im Stuhl und ließ mich von der Sonne wärmen, trank meinen Milchkaffee und bröselte etwas Toast auf den *Messaggero*. Da war auf einmal sein Bild, ziemlich groß, auf der Seite mit den Gesellschaftsnachrichten. In der Titelzeile sein Name. Montgomery Cassini-Stahl war am Samstag gestorben. Mein Schulkamerad war am helllichten Tag, mitten in einer Touristentraube, zusammengebrochen. Vor dem Pantheon, auf dem Weg zur Pfingstmesse mit den herabfallenden Rosenblättern.

Ich zog spontan die Beine ein, meine inneren Organe begannen in einer butterweichen Empfindlichkeit dahinzuschwimmen. Daß er ein berühmter Mann war und ich nichts davon gewußt hatte, spielte dabei eine geringere Rolle als die Tatsache, daß ich in ebenjener Messe gewesen war, in die er es nicht mehr hineingeschafft hatte. Mein trostloses Notizblockgefummel inmitten der Menge fiel mir wieder ein. Seine Karte hatte ich noch in der Brieftasche stecken. Ich zog sie heraus und sah sie mir genauer an. *MCS-Film* stand da, darunter *Casa di Produzione Cinematografica.* Die Firma trug seine Initialen. Ich hatte schon eine Menge Filme, sogar große, unter diesem Zeichen gesehen. Nie wäre mir in den Sinn gekommen, daß sich dahinter Blechle, ausgerechnet Blechle, verbergen könnte.

Als ich vom Toast abbiß, baumelte ein Käsefaden von meinem Kinn, den ich mit Hilfe der Finger zerteilen mußte. Den Rest rührte ich nicht mehr an. Ich zahlte und überquerte den Markt. Vor unserer Bar saßen die Leute wie in einem Schweinekoben beieinander. Zwischen ihnen kein Platz für ihn und mich. Unschlüssig umlief ich den Markt, suchte mit meinen Füßen den Boden, während die Aufregung mich vorantrieb, aus dem inneren Bezirk der alten Stadt hinaus bis zum Tiberknie. Beim Anblick eines Restaurantschiffs mit lauter leeren Stühlen auf dem Oberdeck beruhigte ich mich ein wenig.

Am Mittwoch sollte er beerdigt werden, auf dem Cimitero Acattolico hinter der Cestius-Pyramide, wo man die berühmten Leute hinbringt, denen man zwar gestattet, in Rom, aber nicht in den Hainen der katholischen Christenheit zu zerfallen. Am Vormittag gab es eine Trauerfeier in einem Kultursaal an der Piazza Argentina, den man als Camera ardente hergerichtet hatte. Pünktlich um elf war ich zur Stelle. Trauergäste fanden sich ungefähr so viele ein wie bei einem Staatsbegräbnis zweiter Klasse. Der Sarg auf der Bühne war gehüllt in einen weißrosa Blütenschaum, nicht ganz die passenden Farben für Blechle, wie mir schien. Vor einen schwarzen Vorhang hatte man ein riesiges Foto von ihm gehängt. Die hoffnungslosen und zugleich ungerührten Blechle-Augen, aus scharf konturiertem Lineament blickten sie in den Saal und trieben meine schwimmenden Augen langsam außer Sicht. Ob der schmale Mann in seinem Blumenbett noch hörte? Ettore Lombardi, geliebter Star Italiens, hielt eine bewegende kleine Rede und mußte sich mit den Jackenärmeln die Tränen von den Wangen wischen. Sie handelte von Vesperkörbchen mit Käse und Salami, die Monty seinen Freunden während der Dreharbeiten persönlich zu überreichen pflegte. Mit nachgeschleiften Beinen und aus der Waagrechten emportauchendem Oberkörper à la Rufus T. Firefly habe er diese Körbchen übergeben, ohne sich je selbst daraus zu bedienen, weil ein so spezieller Mensch wie Monty auch einen speziellen Magen gehabt und deshalb niemals gegessen habe, was andere gerade aßen, sagte Lombardi, und wieder liefen seine Tränen.

Gegen eins setzte sich ein Konvoi schwarzer Limousinen in Bewegung. Ich erwischte ein Taxi und fuhr hinterdrein. Vor einer Seitenpforte an der Friedhofsmauer stauten sich die Leute. Ich passierte als letzter das Tor. Katzen lagen auf den erwärmten Steinen. Man drückte sich auf engen Wegen zwischen den Grabmalen durch. Die meisten Trauergäste waren in einem aufgekratzten Zustand. Es gab die ortsüblichen Zappler mit den scharfgestärkten Kragen, die ihre Telefone in Gebrauch hielten, während der Sarg ins Loch sank. Frauen standen in magerer Bosheit da, auf den breiten Bügeln ihrer Sonnenbrillen blitzten die Wappen der großen Modefirmen. Über uns glänzte ein frisch gewaschener Maihimmel in sinnloser Schönheit.

Ich hatte fest damit gerechnet, seine Mutter dort zu finden. Sie lebte noch, und ich hätte sie wahrscheinlich erkannt, da ich ihr als Kind in Degerloch öfter begegnet war. In der vordersten Reihe entdeckte ich niemanden, der ihr auch nur entfernt ähnlich sah. Zwei ältere Frauen fielen mir auf, ganz in Schwarz. Sie weinten unaufhörlich, wobei die größere von der kleineren gestützt werden mußte. Dann gab es noch einen zittrigen alten Mann, um den sich Lombardi kümmerte. Es war eine durch und durch italienische Beerdigung und ich vielleicht ihr einziger deutscher Besucher.

Am Wochenende mühte ich mich vergeblich, etwas über das Heilige Jahr zu Papier zu bringen. Blechle wollte mir nicht aus dem Sinn. All die Nebenmenschen, auf die ich meine Aufmerksamkeit zu lenken suchte, er wischte sie souverän wieder weg. Auf meine innere Bühne hoben sich immer wieder Bilder vom kleinen Blechle, der mit dem Rollstuhl seines Bruders verwachsen schien, und dann die weißen Manschetten und die teure Uhr am Handgelenk des hageren nächtigen Stahl, der längst aus dem Schulalter heraus war.

Er kam mir vor wie ein seltsamer Heiliger, der einen Stapel unbeschriebener Blätter, mit dem Lockstoff seines markanten Todes getränkt, auf mein wackliges Hoteltischchen gelegt hatte. Nur ich, der Chronist, den er sich erwählt hatte, zögerte unbegreiflicherweise noch.

Am Montag faßte ich den Entschluß, mir sein Leben genauer anzusehen. Die folgende Zeit – es wurden Monate – verbrachte ich damit, eine Menge Leute auszufragen, Leute, die seine Abhängigen und Mitspieler gewesen waren, den einzigen Freund, den er je gehabt hatte, die Frau, die seine häuslichen Gewohnheiten kannte, den römischen Onkel, Nachtportier und Chauffeur, Sekretärinnen, Schauspieler, Techniker und Drehbuchschreiber, seinen Adlatus, den Kantinenchef, das Mädchen, das er geliebt hatte, Leute, die gerade mal seinen Namen wußten und ihn doch ganz genau zu kennen glaubten. Es fiel mir leicht, mich in Rom als der große unbekannte Freund aus Deutschland ins Spiel zu bringen, und man sprach bereitwillig mit mir. Ich durfte mich in seiner Wohnung umsehen, ging in sein

Büro, besuchte Orte, an denen er häufiger gewesen war.

In Stuttgart war ich auf meine alten Degerlocher Verbindungen angewiesen. Seine Mutter weigerte sich, mich zu empfangen. So mußte ich den Umweg über meine Mutter nehmen, die sich die Putzfrau mit ihr teilte. Als ergiebigste Quelle erwies sich jedoch Irmgard, eine Freundin meiner Mutter, die das Faktotum der Stahls gut gekannt hatte. *Eine herabgeheiratete Frau,* das war ihre erste Bemerkung, und sie meinte damit nicht die Haushälterin, sondern Blechles Mutter.

Ich hörte zu. Die anderen, das waren die Experten, die mir Satz für Satz das Leben Stahls begreiflich zu machen suchten. Ich hörte ihre wechselnden Stimmen, das Geplapper und ihr verlegenes Schweigen, prägte mir ein, was sie mit den Händen machten, die Art, wie sie den Rauch der Zigarette ausbliesen, ein Glas, eine Tasse anfaßten oder einfach mit unbeschäftigten Händen dasaßen. Ich blickte in Gesichter, die schwitzten, und in Gesichter trocken wie Pergament. Und ganz allmählich enthüllte sich mir der Nervenbau, der einmal das Leben meines Schulkameraden gewesen war, eines Schulkameraden, der nie mein Freund war und den ich mir jetzt zum Freund wünschte wie keinen zweiten. Ich wurde zum Ordnungshüter dieses Lebens, und wenn ich dabei jemandem Gewalt angetan haben sollte, dann den Zeugen, nicht ihm. Er ist tot, sie leben. Er redete kaum, sie schwatzten in einem fort. Dabei verwandelten sich ihre Worte in andere Worte, und ihre Gesten, gerade die harmlosen und beiläufigen, bekamen etwas Schlüpfriges, sobald sie in den Szenen wieder auftauchten, in die ich seinen halluzinierten Leib zu wickeln begann. Unerhört, wie seine Gedanken in mich eindrangen, als wären es die eigenen, wie seine Welt mir plötzlich offenstand und wie gern ich die meinige dafür verließ.

Montgomery Cassini-Stahl kam 1949 zur Welt, da war Feldmarschall Rommel fünf Jahre tot. Kain war ein kräftiger junger Mann, als er Abel erschlug. Als Blechle seinen älteren Bruder Robert ertränkte, war er ein schmächtiger Knabe. Tags zuvor, an seinem neunten Geburtstag, war von einem Onkel aus Rom ein Paket angekommen. Darin hatte ein Kindermantel mit Kapuze gelegen, vom Onkel auf einer beigefügten Karte zärtlich *il mongomeri* genannt. Blechle scheint sich in der Hülle des Wüstenfuchses in ein anderes Kind verwandelt zu haben. Er trug den Dufflecoat an jenem 22. Mai 1957, trug ihn beharrlich, sommers wie winters, die folgenden Jahre hindurch, bis er aus ihm herausgewachsen war. Seine Tat kam nie ans Licht, den kindlichen Verbrecher hat keiner je zur Rechenschaft gezogen. Vermutlich erwuchs ihm aus dem Brudermord eine prekäre Art von Glück, weil er es schaffte, ihn gründlich zu vergessen.

Da ich dies niederschreibe, frage ich mich: Wie kommst du zu dieser Anschuldigung? *Blechle hat seinen Bruder umgebracht.* Wieso erlaubst du dir, das zu behaupten, obwohl es keinen einzigen Beweis dafür gibt?

Ich bin darauf gestoßen, weil ich das Geheimnis meines Freundes lange umkreist habe. Ich habe da nichts auswühlen müssen, das Geheimnis zeigte sich bei geduldiger Beobachtung aus großer Höhe und war nur im Sturzflug zu greifen. Die Geschichte, die ich erzählen will, wird zeigen, ob man mir recht gibt. Es drängt mich hier zu einer Wiederholung: Der kindliche Verbrecher ist mein Freund. Vergiß es nur ja nicht, sage ich mir, wenn du aus den Lebensfetzen, die du hast erwischen können, anfängst, ein menschliches Gerüst zu bauen.

Es wird Zeit, daß ich aus der Geschichte meines Freundes verschwinde. Sie soll mit der Mutter beginnen, bei der Blechle, wie es seit Jahren seine Gewohnheit war, frühmorgens anrief.

IHRE STIMME klang rauh. Röhren voller Schleim, die erst freigeblasen werden mußten

»Geht's dir wirklich gut?« fragte er.

»Wie immer«, sagte sie.

»Was hast du heute vor, wenn man fragen darf?«

»Die Rosen sind dran, der Geges hat nicht die Geduld.«

Gerhardt, genannt Geges, war der Gärtner, fast so alt wie seine Mutter und schon ein halbes Leben bei ihr beschäftigt.

»Wie geht's ihm?« fragte er.

»Gut.«

»Was machen seine Würmer?«

Zum Schein dachte sie besonders lang nach; heraus kam wieder was Kurzes.

»Bloß zwei«, sagte sie und ließ ihr schärfstes S hören.

Wenn sie ein bißchen Humor zu vergeben hatten, faßten sie gern nach dem Gärtner. Der Mann hatte die Brust eines Turners und ein gefügiges Wesen. Aber er litt an einer Idee, der Idee von der Regenwurmarmut der schwäbischen, insonderheit der Degerlocher Böden. Eine harmlose Macke zunächst, war die Idee im Lauf der Zeit immer stärker in ihm herum und mit ihm davongegangen. Regelmäßig machte er Eingaben an den Gemeinderat, empfahl darin die massenhafte Aussetzung von gezüchteten

Würmern. Es schreie zum Himmel, wie der Boden mehr und mehr verhärte. Wie er sich dem Leben verschloß. Stundenlang konnte er darüber reden. Seine Eingaben pflegte er mit Gerhardt Gohl, Wurmvater von Württemberg, zu unterzeichnen. Beim Umgraben der Erde taten ihm die Knochen weh, aber er führte sein Leiden auf die Wurmarmut, nicht auf sein Alter zurück. Es kam vor, daß er mitten in der Arbeit innehielt, um den Boden zu untersuchen. Vom Anblick der wurmlosen Erdbröckel, die durch seine schwieligen Hände fielen, wurde er schwermütig. Bei nassem Wetter arbeitete er grundsätzlich nicht, und so war es nicht verwunderlich, daß ihm so wenig Regenwürmer unterkamen. Fand er doch einmal einen, lockte er ihn ins Erdreich zurück, an einer sorgfältig mit dem Finger vorgebohrten Stelle.

»Wie ist das Wetter bei euch?«

»Eher kalt«, sagte er. »Vielleicht gibt es Regen.«

»Du hast sicher viel Arbeit.«

»Ja«, sagte er, und damit war das Stichwort für den Abschied gefallen.

Nachdem er den Hörer aufgelegt hatte, hörte er sie noch eine Weile atmen. Er hörte das feine Pfeifen ihrer Bronchien und die Pause, die unweigerlich auf jeden ihrer Sätze folgte. Obwohl sie um diese frühe Zeit nicht rauchte, roch er den Rauch aus der Leitung. Seine Mutter, die sich die Zigaretten nicht wegnehmen ließ, hatte es schon seit Jahren auf den Bronchien. Wenn er sie danach fragte, hieß es, es gehe so, dann verstummte sie wieder. Das Schweigen war ihre schärfste Waffe. In seinem Kopf erzeugte es regelmäßig Gedankenexplosionen. Zwar ging es in ihren kargen Gesprächen an der Oberfläche friedlich zu, trotzdem hatte er jedesmal den Eindruck von einem Kampf. Sie führten einen Stellungskrieg, hockten auf ihren Horchposten und vermieden jeden Schritt aus der Deckung. Er ging ins Bad, und mit jedem Schwall kalten Wassers, den er sich vor das Gesicht kippte, verschwand etwas von dem Gespräch im Abfluß. Er hatte einer Pflicht genügt. Es warteten noch viele Pflichten auf ihn. Jeder Tag bestand aus einer Kette nicht abreißender Pflichten.

Sein Badezimmer war opulent. Der Boden aus einem sandfarbenen Naturstein. Es wäre seiner Mutter, die selbst eine vermögende Frau war, luxuriös vorgekommen. Wahrscheinlich hätte sie es mißbilligt, daß ihr Sohn ein so verschwenderisches Bad für sich allein besaß, ein Bad mit ochsenblutfarbenen Kacheln, in dem die Handtücher gewärmt werden konnten. Im Licht, das von den Kacheln widerschien, sah er jünger und weniger angegriffen aus. Er betrachtete seine Wangen im Spiegel, fuhr mit den Fingerkuppen über die Bartstoppeln. Julius Cäsar hätte ihn wohl für gefährlich gehalten. *Laßt wohlbeleibte Männer um mich sein, mit glatten Köpfen, und die nachts gut schlafen.* Er war dünn, er hatte zeitweilig den hohlen Blick, er hatte volles schwarzgraues Haar, und er schlief schlecht.

Bis der kalte Schock nachließ, stand er unter der Brause und stellte sich dann, naß wie er war, ans

Waschbecken. Zum Rasieren benutzte er das linke Waschbecken, zum Zähneputzen das rechte. Um das Verkalken der Hähne zu verhüten, war er darauf bedacht, beide Becken in Gebrauch zu halten. In strenger Erhabenheit zog sich die gekachelte Konsole vor der Spiegelwand über die ganze Seite des Raums hin. Eine fast leere Fläche mit nur dem Nötigsten darauf. Die Zahnbürste im Wasserglas, Rasierschaum, Rasierpinsel und Kamm wirkten wie kleine einsame Skulpturen. Er liebte diese luxuriöse Leere, den tadellos sauberen Anblick, liebte auch die riesige Badewanne, in die ein amerikanischer Zentnermensch sich bequem hätte legen können. Baden, das tat er selten. Wenn, dann spät in der Nacht. Immer noch schwebte ein Verbot über diesem Baden. Als Kind hatte man ihm eingeschärft, ja nicht zuviel Wasser zu verbrauchen, schon gar nicht solche Mengen gewärmten Wassers, wie sie diese Wanne faßte. Die Regel hatte allerdings für den Bruder nicht gegolten. Für ihn hatten im Sommer vier Füllungen von jeweils 800 Hektolitern zur Verfügung gestanden.

Das Frühstück stand im großen Zimmer bereit. Das große Zimmer war fast quadratisch und führte auf eine Loggia. Nahe der Fenster stand ein langer Tisch mit nur drei Stühlen. Jemand hatte eine Karaffe mit Wasser hingestellt, ein Wasserglas, einen Becher und einen Napf. Neben dem Napf, dem man gleich anmerkte, daß er ein Diener der Gesundheit war, lag auf der gefalteten Serviette sein Löffel. Der Porzellanbecher enthielt eine hellbraune Flüssigkeit, der Napf einen Brei. Ein junger Brei, glatt und dick, garniert mit halbierten Erdbeeren und enthäuteten Pfirsichstücken. Eine Weile saß er unbeweglich in Gesellschaft seiner Möbel. Beim Essen ging er methodisch vor. Mit dem Löffel nahm er etwas Obst weg. Das Obst mußte sorgfältig gewaschen und anschließend getrocknet werden; er schätzte es nicht, wenn sich unter ihm eine Pfütze bildete. Der Brei hatte oben kühl zu sein. Die Stücke, die er ausstach, mußten im Löffel aufrecht stehenbleiben. Seine Haushälterin hatte er gut erzogen. Sie nahm sich all der Kleinigkeiten an, auf die es ihm ankam. Er aß in maßvollen Portionen, und obwohl es dabei kaum etwas zu kauen gab, führte er pro Bissen die empfohlenen dreißig Kaubewegungen durch, nahm dazwischen, auch wie empfohlen, den Malzkaffee in kleinen Schlucken auf. Man mußte ihm nicht erzählen, daß ein fünfzigjähriger Mann, der morgens Brei und Kinderkaffee zu sich nimmt, einen lächerlichen Anblick bietet. Der Grund war sein Magen. Ein harter Beutel mit einem Kranz von Schmerzen. Er konnte die Schmerzen einhegen, wenn er sich an die Vorsichtsmaßnahmen hielt, die er im Lauf der Jahre für diesen Magen erfunden hatte. Als er fertig war, legte er die Serviette locker zusammen. Von Pasqualina verabschiedete er sich, indem er an der Küchentür klopfte und kurz den Kopf zu ihr hineinsteckte.

Kaum hatte er die Wohnung verlassen, mußte Pasqualina erst einmal alle Räume durchgehen. Sie tat es in langen Schritten, in die, keiner Regel folgend, eine Art Hüpfer eingebaut war. Mit ihrem dunklen Haar, das in wilder Verschlungenheit um den Kopf lag, wirkte sie wie eine bejahrte Mänade. Groß und knochig, war sie nur vier Jahre älter als er. Das Gesicht ein langes Rechteck. Es konnte auseinanderfahren, dieses Gesicht, und wie eine Kapsel zuspringen. An diesem Morgen war ein freudiger Eifer darin, und die Augen blickten sanft. Weit öffnete sie im Schlafzimmer die Fensterflügel. Möwen schossen über das menschenleere Forum Romanum.

Seit neunzehn Jahren vertiefte sie sich in den Mann, dessen Wohnung sie Morgen für Morgen um fünf Uhr fünfzehn betrat, an Sonn- und Feiertagen allerdings erst gegen acht. Immer hatte sie ihn bei sich, während der Arbeit, wenn sie mit ihrer Schwester über ihn sprach, in ihren huflattichartigen Träumen. Ihre Liebe sprang zwischen zwei Grundformen hin und her. So hegte sie für ihn, den etwa zwei Zentimeter kleineren Mann, eine sanfte Liebe, die sich mit dem ihr aufgetragenen Versorgungsamt gut vertrug. Diese fürsorgliche Liebe befähigte sie, auf die Dinge zu achten, von denen sein Befinden abhing. Der Morgenkaffee zum Beispiel, bei dem sie jeden Malzklumpen, der sich in dem Gemisch aus heißem Wasser und Milch nicht gleich auflöste, mit dem Löffelrücken an die Becherwand drückte und verrieb. Für den Höhepunkt der Handlung wurde ein zweiter, frischer Löffel gebraucht. Mit ihm schöpfte sie etwas von der Brühe ab und kostete davon. Sobald die Kommunion vollzogen war, wurde das Getränk ins große Zimmer getragen.

Die andere Liebe hatte mit der mütterlichen nichts gemein. Sie sprang sie an, packte sie wie ein Krampus, zwang sie, das Gesicht an seine gebrauchte Wäsche zu drücken. Ihre springflutartigen Tränen näßten den Stoff, bevor sie ihn in die Wäschetrommel steckte. Mit den Jahren waren die Anfälle der wilden Liebe aber seltener geworden und hatten Gedanken Platz gemacht, die es Pasqualina erlaubten, in ihrer Liebesverirrung den Kopf oben zu behalten. Cassini, den sie zärtlich ihren *piccolo tedesco* nannte, brachte niemals Frauen in seine Wohnung, zumindest keine, die dort nächtigten. Lange und gründliche Forschungen hatten die zu knackende Nuß hin und her gerollt. Er liebte die Männer, traf sich nachts mit seinem Freund Ettore oder irgendwelchen anderen zwielichtigen Kerlen und verbarg dieses Geheimnis vor Pasqualina, weil er sich schämte. Daß er sich dafür so sehr schämte, und besonders vor ihr, rechnete sie ihm allerdings hoch an. Schuld hatte die Mutter in Deutschland, die er durch die morgendlichen Telefonate von Rom fernzuhalten suchte. Rollte die Nuß in eine andere Ecke, dann hatte er in jungen Jahren eine schwere Enttäuschung mit einer nichtswürdigen Frau zu verkraften gehabt und ein Gelübde abgelegt, das ihm verbot, sich je wieder mit einer Frau einzulassen.

Beide Theorien waren falsch. Er traf sich mit Frauen in Hotels. Seine Mutter liebte ihn nicht und dachte gar nicht daran, nach Rom zu kommen. Ein Gelübde hatte er nie abgelegt.

Nicht, daß es in seinem Schlafzimmer übel gerochen hätte. Er behielt die Nacht über immer einen Fensterflügel offen und erlaubte seinen Gerüchen keine Entfaltung. Doch Pasqualina witterte noch die feinsten Spuren, die sein Körper im Raum zurückgelassen hatte. Sie faßte die Bettdecke mit einem Schwung, daß sie sich hoch über ihrem Kopf bauschte, und warf sie über einen Sessel. Das Laken zog sie an allen Enden glatt, in die Kissen drückte sie ihre Fäuste, schob sie zurecht, bis sie, zwei gut gefüllte Würste, exakt am Kopfende lagen.

Natürlich kannte Pasqualina den Inhalt sämtlicher Schubladen. Sie kannte jedes Foto und las jeden Brief. Manchmal nahm sie seinen Paß aus der Schublade, steckte ihn in ihre Handtasche und trug ihn für die Nacht nach Hause. Wie oft nahm sie das Dokument in die Hand! Sein in Plastik eingeschreintes Foto zeigte ihn mit hohen runden Brauen und Augen, die schräg über sie hinwegschauten. Das schmale Ohr war an den Kopf geschmiegt. Eine tiefe Linie zog sich vom Nasenflügel zum Mundwinkel. Der Mund stand ein wenig offen und ließ einen Teil von der unteren Zahnreihe sehen. Er schien den Beamten, für die das Dokument ja bestimmt war, etwas Präzises mitzuteilen. Seine Stimme, die von schneidender Eigentümlichkeit war, konnte sie sich jederzeit in den

Kopf holen. Er sprach mit der leidenschaftslosen Ruhe eines Gottes, sprach ein exaktes Italienisch, in dem die Wörter wie einzeln geprägt nebeneinander standen. Der Paß mit dem dunkelroten Leinenimitat und dem starren goldenen Adler, den sie neben sich auf das Bettuch legte, war die Folie, von der sich ihr Traum von der gemeinsamen Reise erhob. Sie waren in Paris, kamen in ein vornehmes Hotel. In dem Hotel war nur noch ein Doppelzimmer frei, in das er sie mit einer weit ausholenden Bewegung seines linken Armes eintreten ließ. Ihr in voller Länge aufknöpfbares Kleid hatte die Schwärze einer Witwentracht. Sie setzte sich aufs Bett und blickte streng ringsum. Dann mußte er sich eine ernste Rede anhören, die davon handelte, daß sie eine anständige Frau war, aber sehr wohl wußte, worauf die Männer aus waren. Beeindruckt ging er vor ihr auf und ab, setzte sich zu ihr, griff nach der einen Hand und nach der anderen, küßte sie und seufzte, bis ihre Knochen biegsam wurden und ihr Leib sich in Schlangenkurven auf dem Bett zu winden begann.

Sie freute sich auf morgen. Morgen, Sonntag, war der Tag des Haushaltsbuchs. Ein Tag, der sich leider nur alle vierzehn Tage wiederholte. Wäre es nach Pasqualina gegangen, sie hätten sich jeden Tag eine Stunde über das Haushaltsbuch gebeugt, auf das sie so viel Sorgfalt wendete. In einer akkuraten Schrift waren da links das Geld, das er ihr gegeben hatte, rechts ihre Ausgaben verzeichnet. Weil sie so gern für ihn schrieb, führte sie für jedes eingekaufte Ding seinen Namen, seine Bestimmung und den Preis auf. Nicht einfach *Pfirsiche* hieß es da, sondern *un chilo di pesche bianche* für *5700 Lire.* Eine Glühbirne war nicht einfach eine Glühbirne, sondern *una lampadina de 100 watt per la stanza d'angolo.* Pasqualina verzichtete auch nicht auf Wörter, bei denen sie die korrekte Schreibweise nicht wußte. Es waren ihr sogar die liebsten. Sie schlug sie im Lexikon nach und schrieb sie zur Probe auf einen Zettel, dann erst in das Buch.

Er hatte nie von ihr verlangt, ein Haushaltsbuch zu führen. Als sie eines Tages, noch neu in der Stellung, das aufgeschlagene Buch auf den Küchentisch gelegt hatte, war er achtlos daran vorbeigegangen, hatte aber gemerkt, wie schwer er sie damit beleidigt hatte. Zwar fand er sich nicht dazu bereit, nun jede Woche mit ihr das Haushaltsbuch durchzugehen, gar jeden Tag, wie sie es sich insgeheim wünschte, aber alle vierzehn Tage, und zwar am Sonntag, durfte sie es ihm zeigen. Wenn es darauf ankam, konnte er rechnen wie der Teufel persönlich. Die Ausgaben für den Haushalt waren ihm gleichgültig. Ihr zuliebe heuchelte er Interesse, gab sich zum Scherz sogar einen strengen Anstrich und fragte nach, wo die vielen Pfirsiche denn alle hingewandert seien.

Dann lächelte Pasqualina mit den dünnen Lippen ihres Riesenmundes. »Sie haben sie zum Frühstück verzehrt«, erklärte sie würdevoll, »und einen habe ich mir erlaubt, selbst zu essen.«

Vor etwa einem Jahr hatte die Sache eine dramatische Neuerung erfahren. Es gab das Buch in alter Form nicht mehr, das heißt, es war zu einem Schmierheft degradiert worden, das Pasqualina allerdings auf haargenau dieselbe Weise führte wie bisher. Sie hatte einen Computerkurs besucht. Cassini schenkte ihr ein ausrangiertes Gerät aus dem Büro. Monate vergingen, Monate eines zähen Eifers, in denen Pasqualina den Kasten so weit beherrschen lernte, daß sie ihre Ausgaben in ein Liniengerüst schreiben konnte. Zwar staunte Cassini nicht schlecht, als sie ihm die Posten für Butter, Obst, Eier, Brot, Milch und Spülmittel zum ersten Mal in Form einer gedruckten Bilanz vorlegte, aber die Anstrengung, die Pasqualina dieses eine Blatt gekostet hatte, befand sich jenseits seines Vorstellungsvermögens. Obendrein hatte ihm das alte Buch mit ihrer kindlichen Schrift viel besser gefallen, was er glücklicherweise verschwieg.

Pasqualina liebte die halbe Stunde, während derer sie beide in der Küche nebeneinander saßen. Es war die einzige Gelegenheit, paar Worte mehr als beim Morgengruß mit ihm zu wechseln. Er trank dann einen zweiten Malzkaffee, und sie drückte sich zur Feier des Tages einen doppelten Espresso durch die Maschine. Er erkundigte sich nach ihrer Schwester, wollte wissen, wie sie beide zurechtkämen. Kein Zweifel, Cassini war ein großzügiger Mann. Vor Jahren hatte er den Schwestern eine winzige, düstere Bleibe gekauft, nur drei Minuten von seiner Wohnung entfernt. Die Schwester, die an einer Augenkrankheit litt, hatte er zu Saltieri geschickt, einer sogenannten Kapazität auf dem Gebiet der Augenheilkunde, und sich hinterher unauffällig um die Rechnung gekümmert.

Auch bezahlte er Pasqualina gut. Und sie brüstete sich gern damit, daß es in der Via San Teodoro nicht so zugehe wie in diesen Taubenschlaghäusern, wo Filipinos und Schwarze sich die Klinke in die Hand drückten, weil die Herrschaft zu geizig war, auch nur hundert Lire zu verschmerzen. Das hielt sie aber nicht davon ab, aus seiner Brieftasche regelmäßig Scheine zu nehmen. Keine großen Summen, gewiß, denn Pasqualina war die Ehrlichkeit in Person. Auch nicht aus Habsucht, sondern weil sie etwas, das ihm gehörte, an sich bringen mußte. Das Einzige, was sie ihm stehlen konnte, ohne daß er es merkte, war Geld. Mit den Jahren hatte sie ihre Wochenration immer wieder erhöht. Vielleicht wollte sie insgeheim von ihm erwischt werden, dann hätte sie sich der Länge nach vor ihn hingeworfen und geheult und gerufen, er solle mit ihr machen, was er wolle. Aber so wenig ihn das Haushaltsgeld interessierte, so wenig kümmerte ihn der Inhalt seiner Brieftasche.

Den Chauffeur hatte er nicht direkt vors Haus bestellt, da er es vorzog, paar Schritte zu gehen. Am liebsten hätte er Tag für Tag denselben Weg unter die Füße genommen und auf einen Wagen verzichtet, aber das ging nicht. Er hatte einen leichten Regenmantel an. Die Brieftasche steckte in der Anzugjacke, der Schlüssel in der Hosentasche. Sonst hatte er nichts mitgenommen. Aktentaschen trug er nur herum, wenn es unumgänglich war. Er pilgerte lieber zu Fuß als in Fahrzeugen durch die Gegend und haßte Gepäck. Auf ihrer Mauerseite folgte er der Via di San Teodoro bis zur Piazza Sant' Anastasia. Der Circus Maximus war von noch spärlichem Verkehr umrollt. Die Grasfläche der alten Rennbahn durchquerte er gern der Länge nach und hielt sich dabei in der Mitte. Himmel und Hügel waren grau, beladen mit Wolken, die Pinien auf dem Palatin umschlungen von Dunst. Da ging er hin, ein kleiner Mann mit schmächtigem Genick inmitten einer riesigen Graswanne. Am anderen Ende sprang ein weißer Hund nach einem Ball. Wäre ein Gott vom Gras aufgeschwebt, um ihn wissen zu lassen, daß die Frau in seiner Wohnung ihn bis zur Aufzehrung liebe und ihre Finger in allen seinen Sachen habe, er hätte die braunen Augen voll Verwunderung aufgeschlagen. Für gewöhnlich ein erstklassiger Menschenkenner, der jeden Zug eines Gegners wie ein Schachspieler vorausberechnen konnte, zog er vor manchen Menschen, insbesondere Frauen, wenn er nur die Spur einer Unmäßigkeit an ihnen witterte, seine Fühler vollkommen ein. In der Kunst der dienlichen Ignoranz hatte er es zum Meister gebracht. Wären ihm die Zeichen der Liebe aufgefallen, hätte er sich vor den Anfällen der wilden Person gefürchtet, womöglich zu einer Erfindung Zuflucht nehmen müssen, um sie aus dem Haus zu bringen, und wäre dann vor einem neuen Menschen, den er sich notgedrungen hätte hergewöhnen müssen, genauso wenig sicher gewesen.

An der Porta Capena wartete eine dunkelblaue Citroën-Limousine auf ihn. Benito war in die *Settimana enigmistica* vertieft und sah ihn nicht kommen. Als die rückwärtige Tür geöffnet wurde, legte er das Rätselheft weg und sprang aus dem Wagen, um sie hinter seinem Chef mit sachtem Druck zu schließen.

Am Chauffeur war ihm sein größtes Zähmungswerk gelungen. Aus einem Alfa-Fahrer, den die Kurven reizten, der vor jede rote Ampel schoß und eine schwarze Spur in den Asphalt rieb, war ein sanfter Wagenlenker geworden. Cassini hatte ihm beigebracht, wie man sich gleitend durch die Stadt bewegt, es vermeidet, den Citroën in schwappende Bewegung zu versetzen. Vor die roten Ampeln rollte er nunmehr unmerklich hin. Am Anfang hatte Benito den altmodischen Wagen gehaßt. Jeder Start eine Geduldsprobe, weil er nicht einfach losfahren durfte, sondern warten mußte, bis genügend Pneuma den Wagen wie ein Kissen hob. Anstelle eines Schaltknüppels ein kleiner Stecken hinter dem Lenkrad, den er bloß mit dem Finger anzutupfen brauchte. Der Haß war eines Tages in der Augusthitze geschmolzen, als Benito sein Radwunder erlebte. Bei einer Landpartie war er erst durch das Gefuchtel eines überholenden Fahrers darauf aufmerksam geworden, daß ein Vorderrad fehlte. Da war, wie sich herausstellte, der Citroën schon mehrere Kilometer auf drei Rädern gefahren.

Mit jedem Meter, den er auf der glühend heißen Straße zurücktrottete, bis er das Rad gefunden hatte, war sein Respekt vor dem Wagen gewachsen.

Über dem steifen Hemdkragen wölbte sich eine kleine Babyspeckfalte. Benito war nicht dick, er hatte einen gut proportionierten, phlegmatischen Körper, der Frauen und Kinder dazu verlockte, mit seinem schönen Armfleisch Brennessel zu spielen. Äußerlich eine ruhige Natur, war Benito jedoch anfällig für eine verborgen köchelnde Wut. Diese Wut hatte im Falle seines Dienstherrn über ein Jahr lang gekocht und ihm nachts Träume beschert, in denen er kleine deutsche Männer würgte, die vorgaben, Italiener zu sein. Schließlich hatte Benito zu seinem Gleichmut zurückgefunden. Insgeheim nannte er ihn immer noch *il crucco,* diesen schweigsamen Möchtegernitaliener. Zugegeben, er sprach korrekt italienisch, wenn er mal das Maul aufmachte, aber er tat es bedrückend selten.

Das Werk der Zähmung hatte sich nicht allein auf die Fahrweise beschränkt. Cassini liebte es nicht, in einem engen Gehäuse Gerüchen ausgesetzt zu sein, die nicht mit den seinen harmonierten. Der Chauffeur hatte in seiner ersten Arbeitswoche die glatten goldenen Wangen mit einem stichigen Rasierwasser genetzt. Davon hatte Cassini ihn abgebracht, indem er begann, ihm regelmäßig das Rasierwasser zu schenken, das er selbst benutzte. Er wußte die Gabe mit großer Höflichkeit an den jungen Mann zu bringen. Der Beschenkte konnte nicht ahnen, daß die

Großzügigkeit seines Herrn auf Ekel zurückging. Zunächst hatte ihn das Geschenk verstört, er hatte darin eine geheime Anzüglichkeit gesehen und war lange mit dem unguten Gefühl herumkutschiert, Cassini starre verliebt auf seinen Nacken. Der Rückspiegel hatte ihn allmählich eines Besseren belehrt. Cassini guckte zum Fenster hinaus oder las in einem der Drehbücher, die für ihn auf der Rückbank bereitlagen.

Warum sich Cassini ausgerechnet im heißen Rom einen altmodischen französischen Wagen ohne Klimaanlage hielt? Sein Aufenthalt darin beschränkte sich auf eine halbe Stunde am frühen Morgen, wenn er zum Filmgelände im Süden der Stadt oder zum Sitz von MCS-Film in Prati gebracht wurde. Zurück fuhr er meist in der Nacht und bestellte sich dann ein Taxi. Der Citroën war der Traumwagen seiner Kindheit gewesen. Wie alle Schwaben aus besserem Haus war er mit einem Mercedes groß geworden, der dem Großvater gehört hatte. Speiübel war ihm jedesmal geworden auf der Neuen Weinsteige hinab in die Stadt. Er haßte diesen gepanzerten Käfig mit den starren Polstern, haßte ihn bis heute in sämtlichen Modellen. Der Citroën hatte einem Nachbarn gehört. Von außen erinnerte er an ein mit eleganten Schabracken verkleidetes Turnierpferd, von dem man bloß die Hufe sah. Einmal war er darin zur Schule mitgenommen worden, und auf der weichen flächigen Rückbank, von keiner Polsterschnur und keinem Knopf gestört, den mageren Kinderarm auf einer fünfmal so breiten Lehne, hatte er sich mit dem Autofahren versöhnt.

Ohne von Ampeln aufgehalten zu werden, kamen sie voran, gleichmäßig wie der Tiber zu ihrer Linken, nur schneller. Die Kulisse, die im Wagenfenster auf ihn zu rückte, Brücken und Paläste – für Cassini waren ihre Reize ausgeknipst, weil er zu oft an ihnen entlangfuhr. Die Fahrt ging nach Prati. Der Wagen hielt vor einem fünfstöckigen Gebäude in der Via Ovidio.

Cassini liebte die Morgenstunden, die er allein im Büro verbringen durfte. Er durchquerte Räume, öffnete Fenster und schaute sich im Vorzimmer auf den Schreibtischen der Sekretärinnen um, dann ging er in sein Zimmer. Ein eleganter Raum mit Fenstern zu beiden Seiten, ziemlich sparsam möbliert. Schrank, Regal, das Sofa, auf dem er übernachtete, wenn er das Büro nicht verlassen konnte, ein Sessel. Auf dem ovalen Besprechungstisch ein Holzmodell, das die Stuttgarter Innenstadt Mitte des achtzehnten Jahrhunderts vorstellte. Während sich im Vorzimmer die Aktenordner bis an die Decke türmten, jeder Flecken Wand mit einem Filmplakat beklebt war, Schriftstücke und allerlei Krimskrams die Tische bedeckten, waren die Wände und der Schreibtisch, die ihn allmorgendlich empfingen, leer. Im Regal das einzige Bild, ein kleines Schwarzweißfoto: Ettore und er am Strand. Ettore, der mit einem weißen Schmetterlingsnetz voraussprang. Er, beladen mit Strandtaschen und Sonnenschirm, als gekrümmter Diener hinter ihm dreintrottend. Auf der glatten Schreibtischplatte stand eine spindeldürre Holzskulptur aus Polynesien, die Stecknadelaugen rot, die bittenden Ärmchen mit verdrehtem Gelenk im Rücken der Figur erhoben. Aus den Schubladen holte er sich, was er zum Arbeiten brauchte.

Nichts deutete auf die Unrast, die regelmäßig am Nachmittag hereinbrach und sein Arbeitszimmer mit Menschen, Papieren und Gerüchen füllte. Der Vormittag gehörte dem Geld, und die Idee des Geldes war für ihn an Reinlichkeit, Ordnung und Frieden geknüpft. Das Karussell des Geldes wollte jeden Morgen neu in Schwung gebracht werden. Hier durfte man nicht die Beherrschung verlieren oder sich über die kleinen Niederlagen, die der Geschäftsalltag mit sich brachte, entrüsten. Zorn, Erregung, impulsiver Tatendrang waren abträglich. Er begegnete dem Geld mit Geduld und Ehrerbietung, denen, die es zu vergeben hatten, mit fröhlicher Angriffslust. Geld, das war für ihn kein hartes oder gar peinliches Wort; in keiner der Sprachen, die er sprach, pflegte er es auf modische Weise zu veralbern.

Seine Geschäfte hatten im Lauf von bald dreißig Jahren stetig an Umfang zugenommen, im großen und ganzen erfreulich gewinnbringend, wenn auch nicht immer. Geld war dazu da, es in Filme zu stekken. Nie wäre er auf die Idee gekommen, eine Villa am Meer zu unterhalten, sich mit Luxus zu belasten, über den man sich den Kopf zerbrechen mußte. Als rastloser Arbeiter hatte er kein Talent zum Ausruhen.

Geld diente dazu, die Maschinerie am Laufen zu halten. Es zu verdienen war ein kitzliges Vergnügen, das ihn bis in die Haarwurzeln belebte, besonders wenn das Risiko hoch war. Geldverdienen, das verscheuchte die Melancholie, die er aus der Nacht mitnahm, die ihn aber spätestens dann verließ, wenn er sich in Zahlenkolonnen und Verträge versenkte, im Kopf, mit dem Bleistift, auf dem Taschenrechner, wenn er zum Telefon griff und im Geist eine Liste abzuhaken begann, die sich während seiner einsamen Bürozeit zwischen sieben und neun vor ihm entwickelt hatte. Er sprach mit Agenten, Leuten von der Bank, Verleihfirmen und Versicherungen und natürlich mit Geldgebern, solchen, die es schon waren, und solchen, die es werden sollten. Am Vormittag war er stocknüchtern und unzugänglich für alles, was sich nicht unmittelbar auf Geld bezog. Von den Frauen, die ihn vom Vorzimmer aus beschützten und alle Termine für ihn steuerten, erwartete er, daß sie kein unnötiges Wort an ihn verloren.

Gedanken näherten sich ihm von allen Seiten, sie strömten mit der Frischluft zum Fenster herein oder erhoben sich aus den Zimmerwinkeln, in denen sie die Nacht über ruhig gelegen hatten. Der Film, den er gerade drehen ließ, fraß das Geld nur so weg. Er selbst war daran nicht ganz unschuldig. Zum werweißwievielten Male beschloß er, nicht auf weitere Änderungen zu dringen, die Sache so zu nehmen, wie sie sich zu seinem Leidwesen entwickelt hatte und weiter entwickeln würde. Zugleich wußte er, daß er bei diesem Film gewisse Dinge einfach nicht hinnehmen konnte. Es war durch und durch sein Film. Er hatte sich geradezu in ihn verbissen. Wenn er mißlang, kam die Sintflut, und wenn er gelang, ebenso. Er konnte sich nicht vorstellen, sich für einen anderen Film je wieder so ins Zeug zu legen. Er würde mit *Joseph Süß Oppenheimer* untergehen oder bestenfalls, wenn der Film glückte, danach ein belangloses Leben führen. Mit der Überschreitungsreserve, das sah er jetzt schon voraus, würde er wahrscheinlich nicht hinkommen. Einen Krach mit dem Completion Bond, der im Interesse der Anleger die finanzielle Oberaufsicht führte, konnte er sich allerdings nicht leisten.

Mit dem Luftzug trudelte eine Florfliege herein und setzte sich auf seinen Schreibtisch. Sachte schob er seinen Zeigefinger an das grasgrüne Insekt heran, und tatsächlich, die Fliege befühlte die Kuppe des Fingers und kletterte mit Beinchen, leichter als Luft und dünner als Elfenhaar, auf seinen Fingernagel. Er hob das Insekt vor die Augen und betrachtete die durchsichtigen Flügel mit dem feinen Gerippe der Adern. Sein Finger begann ruhige, ein wenig tänzerische Kurven an der Luft zu beschreiben, wobei das Insekt immer an den Nagel geklammert blieb und die Flügel im Luftstrom zitterten. Mit dem Traumgeschöpf am Finger kam er sich leichter vor, gleichsam in eine glückliche Zukunft verlängert. Von welcher Seite das zusätzliche Geld kommen sollte, lag plötzlich klar vor ihm. Er hörte Stimmen, mit denen er würde sprechen, er sah Gesichter, aus denen er den Zweifel würde verscheuchen müssen. Gestärkt von den chimärischen Potentialen, die sich ihm gezeigt hatten, ging er ans Fenster und blies die Florfliege vom Finger.

Fünf vor neun. Eine hafermehlfarbene Wolke schwebte durch die Tür des benachbarten Zimmers, ein erstaunlich junger Arm kam zum Vorschein und schleuderte einen weichen Beutel auf den Tisch. Rossana besaß Dutzende davon, alle aus Samt und in sprühenden Farben. Mit ihr war eine Lebendigkeit in den Raum gelangt, die unter ihrer hellen Haut keinen Platz fand. Wie der Staub eines Bovists verteilte sie sich ringsum und belegte die Oberflächen der Dinge mit etwas Knistrigem. Im Moment war leider niemand da, das Phänomen zu bewundern. Cassini war aus seinem Raum nicht so leicht herauszubringen, auch wenn er gehört hatte, daß nebenan jemand gekommen war. Im irrlichternden Reflex eines Handspiegels wurde die Frisur mit den Fingern zurechtgerupft. Den etwas zu kleinen Kopf beherrschten runde blaue Augen. Ein Vogelkopf mit gebogener Nase, schmalem Mund und einem winzigen, im Hals versteckten Kinn. Lächeln und Stirnrunzeln jagten in schneller Folge über dieses Gesicht, den Takt dazu machte ein Rucken mit dem Kopf. Cassini nannte sie *cinciarella*, Meise.

Rossana hörte die Anrufmaschine ab, kürzte im Schnellauf Botschaften, die zu nichts führten. Auf das Zuhören wendete sie die geringste Zeit. Gab es jemanden, der ihr nicht entgehen konnte, plapperte sie bis zu dessen Ermattung auf ihn ein. Mit einer entzückenden Geste der schmalen Hand erstickte sie zu guter Letzt die eigene Rede und gähnte. Bei all dem war sie prinzipienfest bis in die Knochen. Ihre Meinungen, die nach zwei, drei Sätzen die Geschlossenheit einer Kugel annahmen, wurden frisch weg in die Welt gefeuert, nur wechselten sie so schnell ihren Inhalt, daß der Zuhörer vollkommen verwirrt wurde. Cassini hatte sie vor Jahrzehnten in einer Bar kennengelernt, und sie hatten einige Nächte miteinander verbracht, an die sich beide nicht mehr genau erinnerten. Rossana hatte inzwischen mehrmals den Nachnamen gewechselt, zur Zeit hieß sie Donati. Die natürlichste Verbindung zu einem Mann bestand für sie darin, daß sie mit ihm schlief. Sie mochte die Mickrigen und die Riesen, die Dicken und die Dünnen, Ehrgeizige und Kummervolle, Männer mit Blankschädeln und Männer mit Dachshaar. Imperatorenköpfe mit ausgeprägten Kinnladen und harten Nakken waren ebenso willkommen wie die knochenlosen Sanftgesichter, die so häufig die Form eines Eis annehmen.

Die Marotten ihres Chefs waren ihr vertraut. Ihn beschwatzte sie nicht. Die Regeln, die seine Vormittage umstellten und in der Einnahme eines einsamen Mittagsmahles gipfelten, beachtete sie streng. Unschätzbar waren ihre Dienste, wenn es um das Abwimmeln von Störenfrieden ging. Mit ihnen plauderte sie lange und ungezwungen, murmelte beifällig zu den Talenten, die diese an den Mann bringen wollten und mit denen sie doch nicht weiter drangen als in ein Vorzimmerohr. Nach gemeinsamen Bekannten und Verwandten wurde geforscht, vom römischen Wetter kam man auf Geschichten, eine verwickelter als die andere. Unmerklich wurden die armen hungrigen Seelen auf ein Gleis geschickt, das sie weit weg von MCS-Film in eine wolkige Zukunft führte. Am Ende verabschiedeten sie sich im Hochgefühl eines substanzlosen Triumphs. Der Sperrkreis, den Rossana um ihren Chef zog, war undurchdringlicher als bei jedem anderen Mächtigen der Branche.

Eine halbe Stunde später – Rossana, wie immer am Telefon, wedelte zur Begrüßung mit dem freien Arm – trat mit winzigen gezierten Schritten ihre Assistentin Maddalena herein. Die Jacke und das rosa Gespinst eines Schals hängte sie mit solcher Gewissenhaftigkeit auf einen Bügel, als hätte sie die Kleider einer Mumie zu versorgen.

Massimo, mit einem Bündel Papier unterm Arm, durchquerte eilig das Vorzimmer und verschwand im angrenzenden Raum.

»Daß ein dicker Mann so schnell laufen kann«, sagte Rossana.

Auf Maddalenas bleicher Stirn erschienen sogleich die Sorgenfalten. »Es muß was Furchtbares passiert sein«, seufzte sie.

»Etwas Furchtbares passiert alle fünf Minuten, das läßt sich nicht ändern. Gestern der verwüstete Set, bißchen Wind, gleich fällt die Hälfte um, den

Galgenberg haben sie zu niedrig gebaut, der Käfig wackelt entsetzlich, am Vormittag rückt ihm die Gewerkschaft auf die Bude, dann die ewige Fragerei von diesem Schaf da oben, und er frißt zuviel, glaub mir, das ist nicht gut, wie alt ist der eigentlich, über kurz oder lang platzt dem die Leber, und er fährt in die Grube, und das mit sechsunddreißig.«

Gleich darauf war der Produktionsleiter wieder da. Deutlich entspannter, er hatte sogar Zeit für einen Gruß, bat um einen Kaffee und zog die oberste Schublade von Rossanas Schreibtisch auf, immer auf der Suche nach einem Keks, der stummelfingrige Mann, vergeblich füllte Speichel seine angestammte Höhle. Massimo Capuano, der jetzt aussah wie Severus Alexander, ein bißchen dicker zwar, die melancholischen Bäckchen und den weichen Mund gelöst, ein Wiedergänger des milden Kaisers aus grauer Vorzeit. Statt einer Toga trug er ein amerikanisches Holzfällerhemd. Und da lief er auch schon wieder hinaus, dem Geklingel seines Telefoninos nach, ein Haufen zusammengeraffter Papiere unterm Arm. Seinen Kaffee beschirmte Maddalena mit der schmächtigen Hand.

»Es muß was Furchtbares passiert sein.«

Weit weg schrie ein angefahrener Hund. Maddalena saugte sich an ihren Akten fest. In Rossanas Kehle stauten sich die Maximen. Vom Mann nebenan hörte und sah man nichts.

Fünf vor zwölf lieferte der Laufbursche von Renzos Tavola Calda sein Päckchen bei den Sekretärinnen ab. Rossana packte es aus, ordnete es auf einen Teller, nahm Serviette und Besteck und trug alles in sein Zimmer. Cassini hatte auf sie gewartet, den Schreibtisch eigens dafür abgeräumt. Während sie alles abstellte, ging er vor den Fenstern auf und ab.

»Wir fahren in einer dreiviertel Stunde. Cincia, denk an meinen Holländer. Er darf mir nicht entwischen, solange er noch in Rom ist. Am besten um halb drei, vergiß das nicht. Und laß Maddalena den Vertrag vorbereiten, Standardversion, alles wie besprochen. Ich muß mich heute mal mit was anderem beschäftigen, da kommt mir der Holländer gerade recht.«

»Und wenn ich ihn nicht erreiche?«

»Du wirst ihn schon irgendwo aufgabeln. Benito soll ihn einsammeln und rausfahren.«

»Massimo um vier?«

»Wenn möglich ohne das Schaf.«

Zwölf Uhr, das in ihn eingewachsene Signal, die Stunde, zu der man sich im Hause Stahl um den Tisch versammelt hatte. Glockenschlag zwölf, wie der Großvater sagte, wenn er den Stuhl fortrückte. Als Herrscher saß dieser Großvater am Kopfende, er und der Bruder blieben erreichbar für die großväterlichen Augen und Hände, die Mutter als vierte, überzählige Person schwebte mehr, als daß sie saß, an der anderen Seite des Bruders. So die Tischgesellschaft damals. Luise trug das Essen auf. Für ihn, den Kleinsten, war es die Stunde der angedrohten Erziehungsmittel und messerklirrenden Stille, aus der sich die dünne Stimme des Bruders erhob. Eine Stimme mit feinen, gläsernen Bruchkanten, die etwas in seine innersten Gehörgänge ritzte, das die Jahre, die inzwischen vergangen waren, nicht hatten löschen können.

Nach dem Tod der Großmutter war es am Großvater, den Küchenbefehl auszugeben, daran hielt man seither fest. Freitag Forelle. Stochern in Gräten, winzige Happen des zerfallenden Fischs mit der Kindergabel widerwillig zum Mund geführt, Ausweichen auf die geliebte Kartoffel, die er in der spärlichen Soße zermantschte. Samstag Gaisburger Marsch. Sein Jubeltag, an dem er mit dem großväterlichen Befehl ausnahmsweise einverstanden war. Er schlang die Kartoffeln und Spätzle hinunter, daß die Brühe nur so spritzte, aß sogar brav den Gurkensalat und sah wie ein König in der Gegend umher. Das faserige Siedfleisch mit den gelben Fettbuckeln, das er an den Tellerrand legte, fiel nicht weiter auf, samstags sah der Großvater darüber hinweg. Am Sonntag kehrte die Not zurück. Um den Schweinebraten aß er säuberlich herum, was dazu führte, daß der Großvater in heißer Ungeduld auf seinen Teller niederfuhr, sich einen großen Bratenbissen abschnitt und verlangte, daß er wenigstens den Rest aß, was er niemals tat. Montag Kutteltag. Das Lieblingsessen des alten Stahl dampfte den Kleinen an, nicht das winzigste Häppchen trug er von dem Berg ab, mußte davor sitzenbleiben, oft bis drei Uhr. Weil der Großvater auswärts Geschäftsleute traf, setzte am nächsten Tag seine Oberherrschaft aus. Gleich kamen erfreuliche

Varianten auf den Tisch, Grießklößchensuppe, Ofenschlupfer oder Waffeln mit Apfelmus. Dienstags durfte er ein fröhliches Kind sein. Mittwoch Tag der sauren Nierchen. Rückkehr des Horrors. Das in seinen Abscheu verbissene Kind hockte wieder elend lang vorm kalten Teller. Donnerstag Kasseler mit Sauerkraut und Kartoffelbrei. Er konzentrierte sich auf den Brei, hob jede falsche Faser davon ab und legte sie an den Rand.

Es waren die Spiele eines kindlichen Systematikers, die den Großvater zur Weißglut brachten. Von ihm bekam er wieder und wieder zu hören, das Kasseler, die Kutteln, die Nieren, der Schweinebraten – die machten einen kleinen Kerl zum Mann. Der alte Stahl hatte auf vertrackte Weise recht. Kasseler, Kutteln, Schweinebraten, Nieren waren der Grund, weshalb dieser Enkel ihm schon im winzigsten Alter den männlichsten Widerstand entgegenbrachte, zu dem ein Kind überhaupt fähig ist. Während der Großvater ihm mit Stimmkraft und Redebegabung zu Leibe rückte, vom Herrn Enkel sprach, der wieder mal sein Essenstheater aufführe, hielt er den Blick gesenkt und kroch in sich zurück, erwiderte nichts und zappelte nicht herum, machte höchstens mit der Gabel Furchen in die gestärkte Decke. Seine Tischmanieren waren für ein vierjähriges Kind außerordentlich entwickelt, aber den Blick hob er in solchen Momenten nie über den Tellerrand. Keine harte Rede, keine Strafe konnten ihn beeindrucken, mit einer Sturheit ohnegleichen verschmähte er die Fleischgerichte, entwickelte eine geheime Beziehung zu ihnen, hatte fast eine Freude an der Wiederkehr des um sie geführten Kampfes. Blieb bis zu drei Stunden unbeweglich auf seinem Stuhl sitzen, wenn man es ihm befahl. Der Teller leerte sich trotzdem nicht. Unter dem Schleier der Wimpern sammelte sich seine Kinderkraft, er hörte die schwache Stimme des Bruders, die um Schonung bat. »Er mag es doch nicht«, sagte die Stimme mit der überklaren Aussprache und hielt, so leis sie auch war, vorübergehend den Großvater in Schach. »Wenn er es doch nicht mag, kann man ihn nicht zwingen.« Ja, nie hatte es der Bruder versäumt, seine sanfte Einrede zu halten, Robert, der beim Essen mit den schwächlichen Armen zu kämpfen hatte, nicht aber mit dem Geschmack der Gerichte. Sobald sein Lieblingsenkel sprach, verstummte der Großvater, wenn er auch von seiner Strenge, den angedrohten Maßnahmen, nicht abging. Die Mutter verhielt sich so, als bekomme sie von dem Krieg nichts mit. Sie schnitt ihrem älteren Sohn das Essen klein, darauf beschränkte sich ihre Zuständigkeit. Reden, das tat sie bei Tisch so gut wie nie.

Von der fatalen Uhrzeit war er nie losgekommen. Zu dieser Stunde ertrug er niemanden um sich. Auf die frühe Quälerei ging der empfindliche Magen des erwachsenen Mannes zurück, dieser Magen, der beim kleinsten Vorfall in Aufregung geriet. Die Speisen, die er seinem Magen heute zuführte, gingen leicht in ihn hinein. Von Renzo ließ er sich eine Insalata Caprese, eine Minestrone und etwas frisches Pizzabrot kommen, das genügte. Vielleicht brauchte er die Einsamkeit beim Essen, um sich in die Düsternis seiner Kindheit zu versenken. Mit Speisen, die keinen Fleischgeruch verströmten, und niemandem am Tisch, der ihm hätte dreinreden können, ging er unbekümmert aus der Stunde hervor.

Eine andere Eigentümlichkeit, die ihm schon als Kleinkind angehangen hatte, war der Umstand, daß er kein Glas auch nur anrühren mochte, aus dem bereits ein anderer getrunken hatte. Die Blitzsauberkeit des Glases war für den Vierjährigen die Voraussetzung, um es überhaupt an den Mund zu führen. Auch das erschien dem Großvater übertrieben, ein prinzliches Gehabe, vollkommen widernatürlich, es rief bei ihm den ersten Weltkrieg auf den Plan, wo er mit seinen Kameraden im Dreck gelegen und aus Pfützen gesoffen hatte. Es entging ihm dabei der Witz, daß sein Enkel anstandslos aus einer Pfütze getrunken hätte, nur eben nicht aus einem beschmutzten Glas. Der kleine Bub mit dem großen Beharrungsvermögen war durch und durch eine Kämpfernatur, ein Kämpfer von jener zähen und geduldigen Sorte, die in einem inneren Bezirk Zuflucht nehmen und von dort aus die Welt bezwingen.

Nachdem er gegessen hatte, legte er sich aufs Sofa. Den Kopf behandelte er wie einen leicht zerdrückbaren Gegenstand, den man nur mit Vorsicht in der Mitte des Kissens ablegen durfte. Er schloß die Augen und begab sich als ein ruhiger Gast in seinen Körper, schlief aber nicht. Der Krempel des Vormittags wurde zusammengeknüllt und aus dem Kopf geworfen, eine neue Phase begann, in der er Künftiges mehr umflatterte als fixierte. Er bereitete sich auf die Unruhe des Nachmittags vor, in der Papiere und Ideen sich zerstreuen durften, langsam erst, aber Stunde für Stunde mit weitgreifenderem Schwung. Das Verschlossene seines Charakters konnte nun abgelegt werden zugunsten von etwas Freierem. Nach einer halben Stunde kam er aus seiner Klause heraus, strich um die Tische der Sekretärinnen, verspürte sogar den Impuls, mit der Hand über ihre Köpfe zu fahren, blätterte aber statt dessen ein wenig in den Akten und ging wieder in sein Zimmer, um einzusammeln, was er für die Inspektionstour brauchte.

Im Wagen setzte sich Rossana zu Benito. Um die beiden bildete sich eine Wolke aus Gelächter und Geplauder; sie beachteten Cassini nicht weiter, der wie ein Abgeschiedener in die Polster gerutscht war, nichts hörte und nichts sah. Bei der Einfahrt zum Filmgelände sprang Rossana kurz heraus und überreichte dem Wächter ein Päckchen mit Autogrammkarten. Sie hielten vor einem Flachbau, in dem sich das vorübergehend gemietete Büro befand. Cassini überließ Rossana seine Mappe und machte sich allein auf den Weg.

Es roch nach frisch gesägtem Holz. Auf freiem Gelände waren seine Kulissen aufgebaut. Fassaden, die den Stuttgarter Marktplatz und dessen Gebäude um 1738 vorstellen sollten. Manche Häuser streckten ihre Balkone wie Bäuche heraus. Das Herrenhaus mit der steilen Dachschräge und dem Glockenturm wirkte zerfleddert. Gestern hatte sich bei starkem Wind die linke Seite gelöst und war aufs Pflaster geschmettert. Handwerker arbeiteten auf den Gerüsten, um, was davon noch verwendbar war, wieder anzubringen. Cassini zog eine noch etwas zu stark am Rahmen klebende Tür auf und ging auf der Hinterseite entlang, wo man zwischen Metallgerüsten an kreuz und quer verstrebten Latten hochsah. Die Kulissen wirkten wie in den Himmel hineingesägt. Zugleich behielt dieser milchige Himmel mehr von seiner Kraft als über Gebäuden mit vier Wänden und einem soliden Dach.

Arbeiter schlenderten grüppchenweise in Richtung Kantine, andere hockten herum, rauchten, tranken, bissen in die mitgebrachten Brote. Cassini grüßte hie und da, ließ sich aber auf keinen Schwatz ein. Der Anblick der verstümmelten Kulisse im hellen Mittagslicht rührte seine Sorgen wieder auf, er hatte jetzt nicht das Bedürfnis, darüber zu sinnieren, was noch passieren und was das alles kosten würde. Er beschleunigte seine Schritte und ging in die Kostümwerkstatt, wo er fast immer Erholung fand, weil er sich am tadellosen Funktionieren wenigstens dieser Enklave freuen durfte. Die Werkstatt war groß und verzweigte sich nach hinten zu in eine Menge von Nebenräumen. Auf den breiten halbhohen Tischen wurden Stoffe ausgebreitet und zugeschnitten. In den hinteren Teilen der Werkstatt begann ein endloser Wald von Gestängen, an denen die gerade nicht in Gebrauch befindlichen Kostüme hingen. Lauter Winterkleider aus dicken Stoffen, die viel Platz beanspruchten. Von den Beinen und Bäuchen, die vor kurzem noch in ihnen gesteckt hatten, waren Ausbuchtungen geblieben. Leere Ärmel hatten die angewinkelte Haltung der Ellenbogen beibehalten.

Im angrenzenden Raum links waren die Waschmaschinen und großen Kessel, in denen Stoffe gefärbt oder fertige Kostüme mit Hilfe dicker Puderbeutel, in denen sich gefärbtes Talkum befand, künstlich beschmutzt werden konnten. Die Kostümbildnerin kam mit einem frisch gefärbten Stoff aus der Waschküche. Cassini ging auf sie zu, griff nach dem Stoff und breitete ihn gemeinsam mit ihr auf dem Tisch aus. Er verspürte das Bedürfnis, sich mit gekreuzten Beinen auf den Tisch zu hocken und mit den Scheren herumzufuhrwerken wie Johnny Depp, wenn er einen Buchsbaum in die Form eines Sauriers schnitt oder einem Bobtail die Fransen. Er begnügte sich damit, eine der schweren Scheren in der Hand zu wiegen, und schaute der Kostümbildnerin dabei zu, wie sie Schnittmuster auf den Stoff übertrug. Sie war eine der wenigen Deutschen im Team. Cassini kam es so vor, als hätte sie schon immer für ihn gearbeitet, obwohl sie für diese Produktion zum ersten Mal bei ihm unter Vertrag stand. Mit kleinen Händen und scharfen grauen Augen hatte sie wahre Wunder vollbracht. Eines dieser Wunder hing neben dem Tisch um eine Schneiderpuppe. Das Gewand des Verurteilten mit leicht abfallenden Schultern, ein Staatskleid mit funkelnden Knöpfen und Tressen, blutfarben, als hätte es das Blut eines frisch geschlachteten Ochsen aufgesogen, so sah es aus, und am Montag würde, wenn alles gut ging, Frank Sheeler als ein starrer Engel darin stecken und auf einem hochrädrigen Karren zwischen den Kulissen herumgeführt werden.

Über die hochsymbolische Kleiderfrage des Films hatte er oft mit ihr gesprochen; wie sich anhand der Kleider das Leben Joseph Süß Oppenheimers erzählen ließe. Als junger Mann war er aus dem Ghetto ausgebrochen, hatte Judenhut und dunklen Mantel abgelegt. Der Verzicht auf das Judenzeichen kostete eine spezielle Steuer, das sogenannte Zeichengeld. Als Geheimer Finanzrat in Stuttgart trug er moderne höfische Kleidung, den herzoglichen Orden an der Brust, einen Säbel um den Leib geschnallt. Auf der Perücke saß ein samtener Dreispitz. Selbst am Zenit seines Ruhms hatte er, immer mit einer Katastrophe rechnend, Juwelen als Notschatz bei sich, die in die Säume seiner Gewänder eingenäht waren. Nachdem der Richter ein dünnes Stäbchen über ihm zerbrochen hatte, wollte er in schmuckloser schwarzer Kleidung sterben. Das Kriminalgericht nötigte ihn statt dessen in ein scharlachrotes Staatskleid.

Cassini legte die Schere nieder. Er hob einen der schweren Ärmel des roten Gewandes hoch und führte ihn ans Gesicht, während sie ihn aus den Augenwinkeln beobachtete. An der Tür winkte er ihr zum Abschied zu.

Im Studio, wo sie, wenn alles nach Zeitplan ging,

gerade den dritten Bekehrungsversuch mit dem Prediger Hoffmann im Kerker drehten, zeigte er sich lieber nicht. Er wußte, daß Joseph Cutler wieder sein Jerichogesicht machen und mit den Fingern knacken würde, er wußte auch, was für ein Kreuz er dem Regisseur durch sein bloßes Erscheinen auferlegte, besser, er ließe Ezzelino eine Pause, um sich von ihm zu erholen. Übermorgen, wenn sie die Schneekanonen aufrichteten und die Planen von den Weinbergattrappen zögen, würde er wieder mit frischer Energie über ihn herfallen.

Rossana hatte den Holländer tatsächlich aufgetrieben. Er war sogar schon da, als Cassini ins Büro kam. So schnell hatte er nicht mit dem jungen Mann gerechnet, schon gar nicht hatte er mit zwei jungen Leuten gerechnet, die ihm jetzt am gläsernen Tisch gegenübersaßen und sich betrugen wie Zwillinge, die an verborgenen Stellen miteinander verwachsen waren. Was wollte er von dem Holländer? Ein Film des jungen Mannes hatte ihn geweckt. Ein Film, der ihm wie ein Baumstamm vor das Gesicht gefallen war. So neu, so zum Heulen glücklich, so wie für immer aus dem Schlaf gerissen war er sich nach der Vorführung vorgekommen. Von Bäumen handelte der Film auch, allerdings nicht von fallenden, im Gegenteil, diese unten vollkommen nackten Bäume standen in zentimetergenauen Reihen aufgestellt wie die Soldaten da und rührten sich nicht von der Stelle, wenn ein einsames Reh oder ein Briefträger zwischen ihnen herumhasteten. Das Schönste an dem Film war jedoch die künstliche Siedlung, die neben dem Wald errichtet war, ein Musterdorf mit nur einer Straße und Häusern, in die etwa auf Kniehöhe Scheiben eingelassen waren, durch die, wer draußen vorbeiging, die innen Sitzenden beobachten konnte, und wer innen saß, die draußen Vorbeigehenden. Eine ebenso musterhafte Rosenkranzzählerin lag hinter einer der Scheiben im Bett und verlockte immer mehr Einwohner, bald Busladungen voll mit Auswärtigen, zum Hineinschauen und davor Niederknien. Die verzweifelte Inbrunst in dem Film war jedoch weniger religiös als von fedrig leichtem Humor, als hätte nicht ein Mensch, sondern das Auge eines Tieres diesen Film dirigiert, das einer Spottdrossel etwa. Kummer, Komik, Kummer, Komik, von Einstellung zu Einstellung ruckte es im Wechselschritt voran.

Dem jungen Mann wollte er einen anständigen Brocken hinlegen und ihn einfach machen lassen. Auf so jemanden mußte man nicht einprügeln, um etwas aus ihm herauszuholen, es würde aus dem jungen Mann selbst kommen, der so weich in den Stuhl geschmiegt vor ihm saß. Man mußte ihm auch nicht gleich mit dem Gesetz der Wirtschaftlichkeit drohen. Frans Dragsdra war keiner von den üblichen verwöhnten Knaben und hatte mit bescheidenen Mitteln einen großen Film gemacht. *Man war glücklich und zufrieden und kostete die Eltern kein Geld,* hörte er den Großvater sagen, einer dessen Lieblingssätze, den er oft zum besten gegeben hatte. Hinter der gelblichen Stirn des Holländers saß eine sorglose

Unerschütterlichkeit. Der Stoff, den er in die Finger nehmen wollte, war zwar noch skizzenhaft, hatte aber schon auf den ersten Blick etwas Reizvolles – die Geschichte eines Geizkragens, von dem nichts übrigblieb außer einem Knopf.

Cassini hatte allerdings Mühe, sich auf ihn zu konzentrieren. Die mißtrauische Gestalt auf der rechten Seite zog seine Aufmerksamkeit ab. Ihm kam die Erinnerung an einen Besuch in einem Medizinmuseum, wo Zwillinge in Behältern schwammen, wachsbleiche Vierlinge sogar, die an absonderlichen Stellen miteinander verbunden waren. Er hatte diese Spielerei der Natur unvoreingenommen angeschaut, sie war ihm nicht monströs vorgekommen, selbst das Zwillingspärchen mit den Zyklopenaugen nicht. Ihn hatten sie eher erheitert, sie kamen aus einem antiken Bilderbuch für Kinder, und er beschloß, die zwei ihm gegenüber seine Zyklöpchen zu nennen, obwohl sie ja gewiß vier Augen hatten, er aber zwischen ihren Köpfen hindurch auf ein imaginäres Auge hinter ihnen sah, weil er in dem Augenpaar rechts sonst ersoffen wäre.

Es machte ihm Spaß, daß man da rechts so mißtrauisch war, in ihm einen höllischen Bösewicht erkannt haben wollte, der ein junges Genie knicken konnte wie ein Streichholz. Wenn man links von vorneherein mit allem einverstanden war, war man rechts mit gar nichts einverstanden, sah in jedem zur Abrede kommenden Punkt eine Falle. Cassini gefiel sich in der Rolle des Halsabschneiders, die man ihm andichtete.

Wohlbehagen durchrieselte ihn, absichtsvoll ließ er die Hände schweifen, daß Ring und Uhr nur so blitzten. Die jungen Leute kletterten mit ihren Hoffnungen und Befürchtungen an ihm hinauf wie junge Katzen; jäh ließ er die Hände wieder sinken und schwieg ein bißchen, um sie ins Bockshorn zu jagen. Er bot ihnen Zigaretten an. Sie lehnten ab. Er warf die Schachtel auf das Drahtglas. Es freute ihn, wie er da so angehaßt und angestaunt wurde. Die Holländer sprachen ein besseres Englisch als er, er ließ sich davon nicht beirren, streute unbekümmert italienische, sogar deutsche Brocken in seine Rede, stand zwischendurch auf und streunte durchs Zimmer. Er kam sich vor wie jemand, der tagelang irgendwo eingeklemmt gehockt hatte und plötzlich die Freiheit genoß. O ja, sehr gern hatte er diese Holländer um sich, in seinem Zimmer war plötzlich frische Luft, es gefiel ihm, wie sie dasaßen und er in seiner neuen Pantherhaftigkeit vor ihnen paradierte. Um seine Erregung wegzuspotten, nahm er ein Geschenk Ettores vom Regal, einen Plastiksoldaten, den er auf dem Tisch losrobben ließ. Die Beinstellung des Soldaten war wie bei einem Frosch, auch der gesprenkelte Tarnanzug hatte etwas Froschhaftes. Er robbte paar Züge voran, hob den Kopf, hielt das Gewehr in die Runde und ließ mickrige Knatterschüßchen hören. Wie um die Schüsse zu dämpfen, legte Frans den Zeigefinger auf den Gewehrmund und lächelte Cassini unschuldig an.

Am Gipfel seiner Zuversicht, mitten in einem

Scherz über Leichen, die er mangels Keller nirgendwo vergraben könne, faßte der Magen so hart nach ihm, daß er sich zum Fenster umwenden mußte. Seine Oberlippe zuckte. Tränen füllten ihm die Augen. Der Schmerz stach bis in die Zähne und brauste in den Ohren. Von seinen Plomben ging ein durchdringender Metallgeschmack aus. Paar Sekunden stand er mit gekrampften Muskeln da, dann drehte er sich um und rief durch den Apparat Rossana mit den Verträgen herein.

Der junge Mann war gewillt, sofort zu unterschreiben, wurde aber von seiner Begleiterin daran gehindert. Sie steckte die Verträge mit der Bemerkung ein, man werde im Hotel alles in Ruhe durchlesen und am Montag wiederkommen. Es nützte nichts, daß der junge Mann protestierte, er wurde am Jackenärmel aus dem Büro gezogen, nachdem er zutraulich wie ein Welpe Cassini die warme gepolsterte Hand gegeben hatte.

Ihre feine dünne Stimme klang ihm noch in den Ohren, als die beiden längst draußen waren. Er brauchte eine Weile, um sich zu erholen. Was noch nie vorgekommen war: er riegelte die Tür ab und legte sich nun schon zum zweiten Mal hin, diesmal auf eine schwarze Ledercouch, deren Geruch ihm widerlich war. Die Schmerzen kehrten in Wellen zurück. Zugleich versuchte sich der Kopf von ihnen zu trennen, und eine lautlos umhertastende Stimme begann dem holländischen Mädchen, das ihn gerade verlassen hatte, eine Geschichte zu erzählen, die sich so nie abgespielt hatte, eine Geschichte, während der er mit geschlossenen Augen Anstalten machte, ihre schmale Hand zu erbeuten. Mein Großvater war ein kleiner Dicker, erzählte er ihr ganz gegen die Wahrheit, denn sein Großvater war ein schlanker großer Mann gewesen. Er ging nie anders aus als im schwarzen Anzug, niemals ohne Weste und Hut und natürlich immer mit seiner Uhr an der Kette. Sein Lieblingsspiel war das Händchenspiel. Ich – dabei deutete seine imaginäre Hand ein gerade mal fünfzig Zentimeter hohes Geschöpf an –, ich soll auf der Straße einem Bekannten des Großvaters mein Händchen geben und will es nicht herausrücken. Der Großvater wandert um mich, seinen abgöttisch geliebten Enkel, herum. Wo haben wir das Händchen? Ja, wo ist es nur geblieben? Und dann entzückte Schreie von uns beiden, wenn sich das Händchen gefunden hat. Er nimmt mein kleines Händchen in seine beiden großen, dann wird es gezwickt und feierlich dem Bekannten auf der Straße übergeben.

Die Schmerzen waren fort. Er machte sich von der Couch los und entriegelte die Tür möglichst unhörbar. Zehn Sekunden später stand Massimo bei ihm im Zimmer. Atemlos und verschwitzt breitete er den Wetterbericht und die geänderten Dispositionen für die nächsten Tage aus. Er fürchtete, daß die Bühnenarbeiter mit der ramponierten Kulisse bis Montag nicht fertig würden. Cassini legte ihm ein Bündel Drohungen zurecht, mit denen er Tagschicht und Nachtschicht zu Höchstleistungen anspornen sollte, und Massimo wurde aufgeladen wie ein Akkumulator. Aus dem Gespräch mit seinem sanften Herrn schöpfte er den nötigen Ingrimm, um sich gegen die Brut auf den Metallgerüsten draußen durchzusetzen.

Kurz nach sieben kam Cassini hinzu, als sich der versammelte Stab die Muster vom Vortag im Vorführraum anschaute. Die Stimmung war angespannt, weil die Dreharbeiten noch nicht lange begonnen und es schon einige Pannen gegeben hatte. Cassini zündete sich eine Zigarette an.

Man war bei einem der Bekehrungsversuche des Pastor Hoffmann, zeigte achtmal dieselbe Szene: Zu den mit groben Latten kreuz und quer vernagelten Fenstern fiel etwas Licht herein. Der Verurteilte, ein Häuflein Mensch auf einer Bank, verharrte im Winkel. Ein Holztisch in der Mitte des Raums, vor dem sich der Pastor, dessen fetter Rücken sich ins Bild drehte, sogleich aufbaute. Zwei Stühle standen einander gegenüber wie Feinde. Gönnerhaft wies der Pastor dem Verurteilten mit seinem keulenhaften Unterarm einen davon an. Der wollte jedoch aus seiner Ecke nicht heraus. Sein Gesicht zeigte Unruhe und Widerwillen. Während der Pastor sich heiß redete und mit seiner Leibesfülle näher rückte, wickelte sich der Hungerkünstler in seine schlotternden Kleider und hielt die Hände vor die Ohren, drückte sich so eng in seinen Winkel, daß er fast mit der Wand verschmolz. Dann schnellte der Kopf urplötzlich vor. Wie der auf seiner Bank verknäuelte Mann zum Prediger emporblickte, wie ihm der Spott aus den scharf umzogenen Augen brannte, wie sein amüsiertes Lächeln die Lippen wellte, das hatte Cassini noch lange nicht satt, als die Kamera von Sheelers Gesicht wieder abließ. Nur kam ihm dieses Gesicht zu überpudert vor und die Augenhöhlen zu sehr ins Kranke verdunkelt. Zu fahl geschminkt waren auch die Finger, mit denen er jetzt von einem der Stühle das Bein packte und nicht mehr losließ. Sie hatten etwas Mehlwurmartiges und beschwörten wieder jene Dämonie herauf, die Cassini so verhaßt war.

Gut hingegen gefielen ihm die Stühle, die der Ausstatter etwas zu groß hatte anfertigen lassen, so daß sie in dem engen Raum wie Gerichtsstühle wirkten, und da der einzige, der darauf Platz nahm, der erschöpfte, sich mit dem Handrücken das Gesicht wischende Pfarrer war, wirkte er allein durch die Proportion wie der in Wahrheit Verurteilte.

Die nervöse Spannung entlud sich in übertriebenen Komplimenten. Cassini schwieg. Draußen legte er den Arm um Ezzelinos Schulter und lenkte den Widerstrebenden in Richtung Büro.

»Auf Frank ist jedenfalls Verlaß, wenn ihr ihn nur nicht als Vampir herrichtet.«

»Er ist ein Nervenbündel, fällt von einem Extrem ins andere.«

»Er hat eine scheußliche Hungerkur hinter sich, vergiß das nicht.«

Sie saßen noch zwei Stunden im Büro mit reichlich Alkohol und Zigaretten. Cassini konnte es nicht lassen, aus der Wunderkammer seines Gedächtnisses jede der vier Einstellungen mitsamt den sieben Wiederholungen hervorzuziehen, noch das kleinste seiner Ärgernisse in hundert Teile zu zerlegen und es scharf vom Gelungenen abzugrenzen, wiewohl in freundlichem Ton. Ezzelino sah ihm mit zunehmend leerem Gesicht dabei zu.

Früher als gewöhnlich kam er aus dem Büro. In der Pförtnerloge hatte Pietro Dienst, ein moppiger Mensch mit quer über den Schädel gezogenem Haar, den er nicht leiden konnte. Samstag abend um neun, am Wochenende vor Pfingsten, dauerte es lang, bis das vom Pförtner bestellte Taxi kam. Cassini ging derweil paffend auf der Straße auf und ab, spazierte bis zum Plastikblumensträußchen an der Mauer, unter dem das Foto von Giancarlo hing, *Giancarlo, der hier für seine Träume gestorben ist*. Ein unbarmherziges Blitzlicht hatte seinen Pupillen helle Reflexpunkte aufgebrannt. Cassini wußte nicht, für welche Träume sich der Bub im Stacheldraht über der Mauer verfangen hatte. Für Träume zu sterben kam ihm mindestens so idiotisch vor wie für sie zu leben.

Der Wagen hielt. Mit dem Mantel überm Arm stieg er in die Schrottmühle und ließ das Fenster herunter. Eine atmosphärische Wetteraufweichung hatte Wärme in die Stadt gesogen. Er ließ sich zum Ponte Palatino fahren, um dort in der Nähe einen Risotto zu essen. Sein über die Jahre geschwundener Appetit reichte dafür jedoch nicht aus. Das Meiste ging an die Küche zurück. Das Restaurant war ihm zu voll, in einer halben Stunde war er wieder draußen.

Touristen trieben träge durch die Straßen, junge Römer standen in Gruppen auf den Plätzen und um die randvoll gefüllten Bars. Auf den Rücken der Mädchen hingen gezierte handtaschenartige Gebilde, die Cassini genauso albern fand wie die Igel- und Bärenrucksäcke im Jahr zuvor. Das klobige Schuhwerk nahm ihnen die Anmut. Von der Eleganz, die die jungen Italienerinnen einst in ganz Europa ausgezeichnet hatte, ihren zerbrechlichen Taillen in den engen Röcken, die er so bestaunt hatte, als er Mitte der sechziger Jahre nach Rom gekommen war, davon war nicht mehr viel übrig. Statt dessen präsentierten sie ihre Nabel, ringdurchzwickt.

Im Durchgang zur Piazza Santa Maria in Trastevere versperrte ein am Boden lagernder Haufen aus Männern, Hunden und Flaschen den Weg. Einer war von ihnen abkommandiert, den Wegzoll für die Meute einzutreiben. Auch auf den Stufen um den Brunnen hockten die Penner in Scharen und guckten den Hunden beim Kopulieren zu. Vor der Bar mit den Orangenpyramiden in den Oleandertöpfen hatte ein Männlein seinen Kasten abgestellt. Ein gurgeliger, schlingernder Leierton dröhnte aus dem obenauf montierten Lautsprecher. Der Kasten war mit Bildchen römischer Heiliger beklebt. Gab jemand Geld, was hin und wieder vorkam, wurde es ihm mit einem frommen Blättchen vergolten. Im Gehege der Bar saßen Touristen vor hoch aufgeputzten Cocktailgläsern und ließen die bestialisch in die Länge gezogene Tarantellafolter über sich ergehen, duldeten gottergeben, daß man auf sie einlärmte, indem man ihnen Stoffkrokodile an die Ohren hielt, aus denen kratzige Würggeräusche drangen, duldeten, daß man mit Feuerzeugen vor ihnen herumfuchtelte, deren Flammen aus glühenden Plastikbusen schossen, duldeten, daß man ihnen alle dreißig Sekunden eine Rose verkaufen oder sie fotografieren wollte, ihnen Schachteln mit vibrierenden Käfern vor die Brust hielt, sie ununterbrochen anzischelte, anfidelte, anjammerte, mit Sonnenbrillen wedelte, Halstücher und Ketten ihnen vor die Augen hob, schnullerartige Plastikgebilde neben ihre Gläser stellte, *I-am-disabled-and-hungry*-Kärtchen danebenlegte, ihnen, wenn sie nichts gaben, zur Strafe Zigeunerkinder an die Tische schickte, die mit Olivenkernen nach ihnen warfen oder mit ihren Brieftaschen davonrannten. Leider ließen sie auch die Einheimischen nicht in Ruhe. Obwohl er aussah wie ein Römer, mußte er sich nur irgendwo im Freien niederlassen, schon wurde er genauso belästigt. Und obwohl er längst hätte daran gewöhnt sein müssen, zuckte es ihm jedes Mal in den Fingern, den Feind augenblicklich niederzustechen.

Er genoß es trotz des Geschiebes, in die warme Nacht hineinzulaufen, fühlte sich mit einem Mal ins Glück gerückt und wußte nicht warum. Die Ramschhändler mit ihren auf dem Boden ausgebreiteten Taschen, dem afrikanischen Schnitzzeug, den Uhren, Postern, CDs, umging er mit weniger Widerwillen als sonst. Er hielt sogar an, um einen Jesusdarsteller zu betrachten, den er noch nicht kannte.

Der Mann hatte sich mitten in der Gasse hingekniet. Sein Oberkörper war sehr aufrecht, ein einziges Mahnzeichen. Die Arme hielt er auf dem Rücken verschränkt wie ein Gefesselter. Vor seiner Brust hing ein Schild, welches behauptete, Christus hätte gegeben, die Hälfte, alles. Seine Haartracht, von der Karbidlampe eines Händlers angestrahlt, war nicht die übliche, man vermißte den Mittelscheitel und das Stirnband. Die dünnen Härchen strebten, weil ein kurioses elektrisches Phänomen sie hob, als flimmernde Aureole gen Himmel. Befremdet ging Cassini an dem Oberkörper vorüber, der ihm bis an die Hüften reichte, drehte sich nach paar Metern nochmal um. Von fern erinnerte der Mann an das berühmte Foto von einem Vietcong kurz vor der Erschießung.

Er ging vor bis zum Ponte Sisto. Unter ihm schob sich der Tiber lautlos voran. An den seichten Uferstellen hingen die Mückenlarven unter der Wasseroberfläche, ihre Hinterleiber mit den durchsichtigen Atemrohren an die Luft gereckt. Jetzt, im Mai, kam es zum Massenschlupf. Bald würden sie ihn in seiner Wohnung finden.

Die Via dei Pettinari, dunkel wie immer, war zufällig leer, als er ihrem leicht ansteigenden Pflaster folgte. Aus dem zweiten Stock eines heruntergekommenen Hauses schrie eine alte Hexe: *puttana!* Wieder und wieder *puttana!* Nur ihre dürren Arme waren zu sehen, die im Takt der Schreie aufs Fensterbrett schlugen. Ein Strom von Verwünschungen folgte, in dem lauter Millionen trieben, die von der angeblichen Puttana gestohlen worden waren. Ihr Gebrüll, mächtig hallte es zwischen den Steinen, als schreie die Gasse aus einem einzigen zahnlosen Mund. Er hatte es schon öfter gehört, Sonntag morgens oder spät in der Nacht. Diesmal beschleunigte er nicht wie sonst seine Schritte, sondern antwortete ihr, als sie genötigt war, eine Pause einzulegen, mit einem feinen, vergnügten Pfeifen. Paar Sekunden herrschte Ruhe. Offenbar wurde da oben nachgedacht. Er pfiff, diesmal lockend und frech. Da fiel ihn das Geschrei mit verdoppelter Kraft an, die Knochen schlugen wie rasend gegen das Brett, die Stimme kippte ins Heisere, und er, vergnügt wie nie, kickte eine leere Büchse übers Pflaster und entfernte sich mit seinen unverschämten Pfiffen, freute sich, daß er's der alten Parre gegeben hatte. Die alte Parre war die Großmutter Rulamans, gefürchtete Heldin eines Kinderbuchs, das von Höhlenmenschen auf der Schwäbischen Alb erzählte. Von einer schlohweißen Mähne eingehüllt, beugte sie sich über ihre Krücken oder mußte in einem Korb herumgetragen werden. Sie kauerte in irgendeinem Winkel seines privaten Kosmos und sprang verläßlich aus ihrem Korb, in Rom so gut wie in Hongkong, Madrid, New York oder Kairo. Noch nie war ihre Stimme so kräftig gewesen wie in dieser Nacht in der Via dei Pettinari.

Über dem Corso Vittorio Emanuele leuchtete eine riesige Reklametafel. Auf ihr fiel ein Rudel krokusfarbener Mädchen wie beschwipst aus dem Bild.

Darunter lagen eine verknäuelte Hose, etwas weiter weg schwarze Socken, ein schwarzer Schuh und schon Meter weiter weg der andere. Der Mann, der in den Sachen gesteckt hatte, fehlte.

Er verspürte auf einmal lebhaft den Wunsch nach Gesellschaft. Um ein Haar wäre er zurückgelaufen, um bei seinem Onkel in der Via del Mascherone zu klingeln. Da er sowieso für morgen mit ihm verabredet war und fürchtete, daß der Onkel schon im Bett lag, ließ er es sein.

In seiner Wohnung hing ein lautloses Gewitter. Er spürte den Hohn seiner Möbel, die ihn einluden, sich an ihnen den Kopf zu zerschlagen. Die alten Sehnsüchte nach Zweisamkeit, hervorgelockt von einer lauen Nacht, waren hundertblättrig emporgewuchert. Wahrscheinlich würde er wieder nicht schlafen können bis zum Morgen. Er öffnete die Fenster.

Um die Nacht zu verkürzen, ließ er heißes Wasser in die Wanne laufen. Im Spiegel sah er seine Rippen. Er kam sich in seiner Magerkeit verlorener vor als sonst. Obwohl das Wasser nicht einmal zur Hälfte die Wanne füllte, streckte er sich vorsichtig darin aus. Es begann ein ängstliches Schweben, dem er sofort ein Ende setzte, indem er sich mit beiden Händen am Wannenboden abstützte. Sein Hintern hob sich empor und glitt nieder. Wenn er die Hände nicht zu Hilfe nahm, fand sein Körper keinen Halt. Stieß er mit den Füßen unten an, drohte der Kopf unter Wasser zu sinken. Er dachte an den Frosch, den sie als Kinder eine Weile gehabt hatten. Ein grasgrüner Frosch mit goldenen Punkten am Bauch. Er saß in einem Häuschen aus grünem Draht mit spitz zulaufendem Dach, darin eine Leiter, die er nicht zu mögen schien. Kein Wetter konnte ihn dazu verlocken, sich auf diese Leiter zu begeben. Einen Sommer lang mußte man sich mit Glas und Papier auf die Lauer legen, um ihm frische Fliegen zu servieren. Um an sie heranzukommen, brauchte der Frosch die Leiter nicht. Er wartete, bis die Fliege matt am Boden kroch, dann schoß seine Zunge vor, und weg war der Brummer. Die Geduld, den Käfig mit den beiden Gefangenen zu beobachten, bis es endlich soweit war, besaß allerdings nur Robert. Sonntags kam der kleine Frosch in die Badewanne, durfte in einer Pfütze baden. Er war allerdings schwieriger einzufangen als die Fliegen, saß erst wie festgeklebt da, hüpfte, glücklich über das bißchen gewonnene Freiheit, mit einem Mal aus der Wanne und im ganzen Zimmer herum. Es dauerte eine Zeit, bis man das kalte pulsierende Tier wieder in die Hand bekam und es in seinen Käfig zurückstecken konnte.

Der Bruder. Das feuchte Bad begünstigte, was man nicht recht als Erscheinung bezeichnen kann und zögert, eine Vision zu nennen, denn dafür war es zu ungesichert in seiner Gestalt. Millionen wäßriger Atome waren miteinander im Bund, um eine Art Brustbild von Robert zu erzeugen; sein länglicher Kopf, die blasse Haut, sogar das blaue Äderchen über der Nasenwurzel, all dies schien aus der Feuchtigkeit zu emanieren. Still saß Robert da, die schlaffen Lider der Augen auf halbmast, und wartete auf die Zunge seines Froschs.

Er beeilte sich, aus der Wanne zu kommen. Das heiße Wasser hatte seinem Kreislauf zugesetzt. Er riß das Fenster auf und hockte sich auf den Wannenrand, hatte in seiner Schwäche aber nicht die Geduld, sich abzutrocknen. In den Bademantel gewickelt, legte er sich, feucht wie er war, ins Bett und schlief sofort ein, wachte aber um drei wieder auf. Aus einer Nachtfahrt in einem Bus mit ihm als einzigem Passagier. Er war durch einen verschneiten Wald gefahren und hatte unerklärlicherweise Socken und Schuhe verloren. Bei der nächsten Haltestelle hätte er aussteigen müssen.

Auf die Fortsetzung des Abenteuers wollte er gern verzichten, trotzdem suchte er verzweifelt zurück in den Schlaf zu kommen. Seine Zehen waren eiskalt. Er fand sich in den Gürtel des Bademantels eingeknotet, das Kissen war zu einem harten Knäuel geschrumpft, am Hinterkopf hatte er eine taube Stelle, seine Fersen brannten, das trockene Leintuch schabte an der Haut seiner Beine. Wenn er sie aufeinanderlegte, spürte er die Knochen der Knie. Seitlich ging es nicht, auch wenn er sich die Bettdecke zwischen die Knie stopfte. Auf dem Rücken ging es nicht, da begannen seine Augenlider zu zucken. Auf dem Bauch schaffte er es keine Minute, weil diese Lage, in der die Säuglinge so glücklich schlummern, ihm den Hals verrenkte. Ein Harndrang, von dem er wußte, daß er mehr eingebildet als wirklich war, ließ ihn wieder und wieder den Entschluß fassen, diesmal nicht aufzustehen.

Jetzt war alles in ihm angeknipst. Die Sprechmaschine wurde angeworfen. Wahrscheinlich wurde er in der Nacht dafür bestraft, daß er mit einigen Leuten am Tag so wenig sprach. Mit Benito begann er über den Doppelsieg von Ferrari in Melbourne zu fachsimpeln, Benito, für den die Formel 1 derzeit ein heikles Thema war, da er mit Ferrari fieberte, aber Schumacher nicht leiden konnte. *Das Rennen wird mit viel Flügel gefahren wegen der mittelschnellen bis flotten Kurven,* hörte er sich sagen. Dann kam Barrichello dran, wie er beim Sieg heulte und die Fahne zum Tränenwischen hernahm. Ausgerechnet der faden Maddalena mußte er vorrechnen, wie hoch die Mehrwertsteuersätze in den verschiedenen europäischen Ländern lagen. Und was er vor einigen Stunden Ezzelino versucht hatte beizubiegen, erklärte er nun Rossana, fluchend beschwerte er sich bei ihr über die Halsstarrigkeit dieses speziellen Idioten und einiger anderer Idioten, bei denen die Ratschläge wie Perlen vor die Säue geworfen waren. In seinen lautlosen Sätzen scheuchte er Massimo schneller herum als im Büro, seifte De Mattia vom Completion Bond gekonnter ein als gestern früh am Telefon. Als er Reportern in die Notizblöcke und Mikrofone zu diktieren begann, warum der neue Film *Joseph Süß Oppenheimer* heißen mußte und nicht *Jud Süß*, ertappte er sich dabei, daß, mit wem er auch sprach, sein eigentliches Publikum das holländische Mädchen war. Sie blieb im Hintergrund, schwebte neben allen, war das Wesen, das seinen Worten lauschte und ihn mit den Augen absuchte: sein scharfes Profil, seine schönen Hände, seine Magerkeit, die jetzt nicht mehr abstoßend war wie zuvor im Spiegel, sondern bedrohlich, weil aus ihr der Tod sah.

Sein Mädchen mußte unbedingt erfahren, wie sich Jud Süß bei ihm eingenistet hatte in der Verworrenheit seiner Jugend. Am Onkel hatte er die Geschichte erprobt, vor ihr würde er sie mit allen Finessen ausbreiten und sich gleichzeitig ein bißchen jünger machen. *Dreizehn war ich wohl damals.* Sie sollte sich vorstellen, er stand in der Bibliothek eines Amerikaners, lächelte auf dümmliche Pennälerart und hielt die Arme im Rücken verschränkt wie ein Greis. Über seinem kurzgeschorenen Kopf ein Totenschatz, der bis an die Decke reichte. In Griffhöhe *Jud Süß*. Ohne Vorwarnung hatte ihn der Titel angesprungen. Er wußte, *Jud Süß* war ein schlimmer Film. Und dieses halbgare Wissen zündete einen Kurzschluß. Das Buch war giftig. Es war gefährlich und bestimmt verboten. Wer so etwas besaß, mußte ein Nazi sein; also war der Amerikaner insgeheim ein Nazi. Kaum eine Minute währte das Gefecht, das er gegen seine Neugier führte, dann hatte er den Wälzer im Hosenbund stecken. Zwei Nächte lag er wach, wie im Fieber, und hatte ein schlechtes Gewissen. Das Buch gab ihm einen bösen schwarzen Kuß. Er schämte sich dafür, einem Nazibuch auf den Leim gegangen zu sein. Daß es einen Unterschied zwischen Buch und Film geben könnte, auf die Idee kam er nicht. Der Name des Autors sagte ihm nichts. (Für den Fall, daß sein Mädchen ebenso ahnungslos sein sollte, würde er ihr erklären, daß Lion Feuchtwanger Jude war und das Buch Ende der zwanziger Jahre geschrieben hatte.) Er mußte es wieder loswerden. Der Amerikaner stand bestimmt mit der CIA in Verbindung; Leute würden kommen, sein Zimmer durchsuchen und ihn abführen. Am nächsten Morgen trug er das Buch in die Schule und ließ es in der Tasche eines Kameraden verschwinden.

Ihre graziösen Arme, die weiße Haut, so unwahrscheinlich hell, daß sie über das knappe Bündchen am Oberarm hinwegstrahlte. Sein Mädchen würde ihn in die Arme nehmen und dafür küssen, daß er solche Angst auszustehen gehabt hatte wegen Jud Süß. Von dem jungen Mann, an den sie angewachsen schien, würde er das Mädchen wegreißen müssen. Es würde ihm gelingen, wenn sich nur die passende Gelegenheit dazu fand. Er wußte, was er dem jungen Mann antat, wenn er ihm seine Muse stahl, und würde es trotzdem tun.

Inzwischen regnete es. Die Klobrille und der gekachelte Boden im Bad waren naß. Durch das offene Fenster ragte die Spitze eines Palmblattes, das wie eine Regenrinne das Wasser hereinleitete. Im Hinterhof stand eine dickbauchige Palme mit zerfransten Wedeln, die inzwischen so lang gewachsen war, daß sie bis ans Dach reichte. Er machte das Fenster zu und wischte das Wasser mit einem Handtuch auf.

Nun war er zu unruhig, um ins Bett zurückzukehren. Eine Weile stand er in der Loggia und schaute in den Regen, rauchte eine Zigarette und trank einen Fernet. Zur Probe setzte er sich auf so ziemlich alle verfügbaren Sessel und Stühle seiner Wohnung, dann bekam er Hunger. Im Kühlschrank hatte Pasqualina ein Sandwich mit kaltem Huhn für ihn deponiert. Er ließ den Teller drin liegen, schleppte das Sandwich durch die Wohnung, mampfte es weg, ohne sich darum zu kümmern, ob etwas davon herunterfiel. Diese Nacht kam ihm giftig vor wie keine.

Als der letzte Regenschleier gefallen war, der Morgen in seiner fahlen Leere heraufgewandert kam und die künstlichen Lichter der Stadt immer blasser wurden, fand er ins Bett zurück. Sein hinfälliges Herz pochte ihm die Ohren voll, mit jeder Umdrehung schraubte er sich weiter in den Schlaf hinein. Als Pasqualina um acht die Haustür aufschloß, träumte ihm von einer neuen Methode zur Reinigung der Zähne. Man mußte einfach die Finger dafür nehmen. Die Zähne waren umpanzert mit etwas Weißlichem, einer Art Palmin. Wenn man mit den Fingern daran herumfuhrwerkte, platzte der Belag wie eine Wachsschicht ab. Er hatte zu Demonstrationszwecken einige Splitter aus seinem Mund geklaubt, als ihn die Schritte der Haushälterin in den Tag versetzten.

SEINE MUTTER hatte bei herrlichem Wetter schon die erste Runde im Garten hinter sich, den Steingarten gesäubert, wie sie es nannte. Den Steingarten kannte er nicht. Er war nach seiner Stuttgarter Zeit an jenem abfallenden Rasenstück angelegt worden, das hinab zum Schwimmbad geführt hatte.

»Heute hab ich die Frau Leonberger zum Kaffee da«, sagte sie, und er, ganz der brave Sohn, ließ die ihm völlig gleichgültige Frau Leonberger herzlich grüßen, von der er nur noch wußte, daß sie dick war und mit ihrer Stimme alles kurz und klein hackte.

Auf der Terrasse über dem Steingarten sah er den runden Kaffeetisch mit der fast bis zum Boden hängenden Decke, obenauf die Kaffeekanne mit dem Tropfenfänger aus Schaumgummi, der wahrscheinlich inzwischen abgeschafft worden war. Die Gebisse der beiden alten Frauen blitzten an der Sonne. Die Mutter hatte eine Brücke und vier Jacketkronen, falls nicht in den letzten Jahren noch welche hinzugekommen waren. In einem säuberlichen Abstand voneinander aufgestellte Zähne, exakt wie ein nicht allzu hoher schwäbischer Gartenzaun. Vom Vater wußte er nicht, wie es in seinem Mund ausgesehen hatte. Er selbst hatte drei Jacketkronen, und seine Zähne ähnelten den Zähnen der Mutter.

»Du gehst nachher zum Albert.«

Sie sagte es monoton, ließ den Satz in der Schwebe. Ihren ehemaligen Schwager hatte sie nie zu Gesicht bekommen, seinen Namen jedoch eingemeindet, um Gefahr und Anziehungskraft zu schwächen, die von ihm ausgingen. Immerhin hatte der Mann ihren Sohn aus Deutschland weggelockt und für immer an Italien gebunden.

»Ja«, sagte er, »zum Mittagessen.«

»Der sorgt ja scheint's immer noch für dich.«

Zwei geräuschvolle Atemzüge folgten, dann war die Zeit gekommen, einander ade zu sagen.

Beim Anziehen trödelte er herum. Aus einem Stapel Hemden wählte er ein dunkelblaues, zerriß das Papierband der Reinigung, zog den Kragenverstärker mit der aufgedruckten Schleife heraus, rupfte den Karton in Fetzen. Mit einem Ruck war das Hemd entfaltet. Als er seine Brust darin einknöpfte, fühlte er sich gerüstet für den Tag. Die Manschetten waren so steif, daß sie die Gelenke wie Handschellen umschlossen. Es machte Spaß, die Stifte der Manschettenknöpfe durch die Löcher zu bohren. Der Schlips ließ sein seidiges Schlupfgeräusch hören, als er das breitere Ende durch die gelegte Schlaufe zog.

Es half nichts, er mußte in die Küche.

»Waren Sie schon mal bei Giovanni, dem Metzger an der Porta Portese, bei dem ich immer die Hühnchen kaufe?«

Er hatte noch nie einen Metzgerladen betreten.

Pasqualina fieberte danach, mit der Abrechnung an ihn heranzurücken. Ein zweiter Malzkaffee wartete schon auf ihn, das kostbare Blatt steckte in einer Schutzhülle. Sie führte eine kleine Pantomime vor der Kaffeemaschine auf.

»Wenn Sie bei ihm zum Beispiel ein Rumpsteak wollen, so scheint gerade Rumpsteak ausgegangen zu sein. Und was macht Giovanni, das Schlitzohr?«

Cassini wußte es nicht.

»Er ist ein großer Verführer, müssen Sie wissen.«

Er zuckte zusammen und sah Pasqualina mit leicht erhobenen Brauen an. Auf alles in der Welt wäre er gekommen, nur nicht darauf, daß irgendwer Pasqualina hätte verführen wollen.

»Oh, nicht wie Sie denken! Er ruft ins Hinterzimmer und fragt nach dem Rumpsteak, das dort für den Rechtsanwalt Soundso oder den Doktor Sowieso bereitliegt. Und« – sie schlenkerte schelmisch den Zeigefinger – »natürlich bekommen Sie Ihr Fleisch, weil es ganze Mengen davon gibt. Sie bekommen das Steak vom Anwalt oder Doktor, bekommen ein Fleisch mit bißchen Brimborium, das Sie einer anderen wichtigen Person abgeluchst haben. Ich erzähle Ihnen das nur, damit Sie sehen, wie durchtrieben die Italiener sind.«

Am liebsten erklärte Pasqualina ihm die Italiener. Sie behandelte ihn dann so, als wäre er gerade frisch aus Deutschland gekommen, ein Tourist, der keinen Schimmer von den römischen Verhältnissen hatte.

Als sie mit ihrem Kaffee fertig war, setzte sie sich neben ihn. Er begann die Luft zu wittern, die aus ihrem Mund kam, ein Geruch, vor dem er auf der

Hut war. Luft, die zu lange in dem großen Leib gestockt hatte und von dessen Innerem etwas Säuerliches mitnahm, strömte aus dem Riesenloch, offenbar zu keinem anderen Zweck, als ihn anzuwehen. Er versuchte, sein Gesicht von ihrem wegzuhalten. Nach einer Weile stand er auf, öffnete die Tür zu der kleinen Hinterhofveranda, auf der Pasqualina Getränkekisten abstellte und Kräuter in Töpfen zog. Er knipste etwas Majoran ab. Um die störende Geruchsquelle zu versiegeln, verlegte er sich aufs Sprechen. Die ersten Sätze gingen ihm zäh von der Zunge, dann redete er drauflos, in nicht ganz zusammenhängenden Schnörkeln, als müsse er einer launischen Persönlichkeit einen Gefallen erweisen und wisse nicht recht wie. Inzwischen hatte er sich wieder hingesetzt, das Gewürzzweiglein vor seiner Nase zwirbelnd. Umständlich erwog er das Für und Wieder des einen oder anderen Kinosaals, in dem sie beim nächsten Mal Premiere feiern würden, und gab der Hoffnung Ausdruck, sie und ihre Schwester wären auch diesmal wieder mit von der Partie. Er wußte, die Kinopremieren waren Höhepunkte im Leben der Schwestern, und er versäumte nie, ihnen anständige Plätze zu besorgen. In den Pausen, die er für Pasqualinas Antworten vorgesehen hatte, lehnte er sich mit verschränkten Armen möglichst weit in seinem Stuhl zurück.

Er zog das Blatt aus der Hülle, wobei ihm Pasqualina sofort mit dem Finger folgte, um auf einzelne Ausgaben zu deuten und diese zu erklären. Er konnte sich nur befreien, indem er aufstand und mit einer langen Tirade, wie zufrieden er mit ihrer korrekten Abrechnung sei, schloß. Dann holte er die Brieftasche heraus und legte das Wirtschaftsgeld für die nächsten vierzehn Tage auf den Tisch.

Benito, der heute Dienst hatte, da eine Menge Leute vom Flughafen ins Hotel zu bringen waren, wartete direkt vorm Haus auf ihn. An diesem verkehrsarmen Sonntag fuhr er so ruhig wie ein Schlafwandler. Eingelullt vom warmen Sonnenschein, der durchs Wagenfenster fiel, war Cassini bald eingenickt. Benito beobachtete ihn im Spiegel. Das war nicht der, den er kannte. Da lehnte eine weichgekaute Person auf der Rückbank, nicht der Mann, der mit jedem Wort und jeder Bewegung auf ein Ziel losging, der kein Stäubchen auf der Anzugsjacke duldete, bei dem noch die Haarspitzen, die ihm in die Stirn fielen, von einer gefährlichen Entschlossenheit kündeten. Auf dem Polster schlummerte ein harmloser Mensch mit gelockertem Mund. Gleich würde ihm der Unterkiefer herunterfallen und sein Gaumensegel anfangen zu flattern.

Der Wagen hielt in der Via Ovidio. Kaum hatte Cassini die Tür zugeschlagen, begannen Benitos Kinnbacken zu zucken. Er packte das Steuer, bekam einen harten Hintern und brachte die alte DS auf Touren, bis sie nur so rauschte und Teile der Innenverkleidung zu klappern anfingen.

Die Putzleute hatten den Geruch nach Reinigungsmitteln in die Räume gesperrt. Cassini machte alle

Türen auf und öffnete die Fenster. Der Luftzug ließ von mehreren Schreibtischen Papiere herabsegeln. Beim Zurückordnen sah er die Ablagen und Mappen durch, die seine Angestellten auf den Tischen hatten herumliegen lassen. Dann befaßte er sich mit seiner Post, las die Nachrichten Rossanas und machte sich, um die engen Spalten genauer verfolgen zu können, mit dem Lineal an die Bilanz des Vormonats. Sie sah günstig aus, da im April die Vorschüsse hereingekommen waren und die großen Ausgabebrocken erst im Mai zu Buche schlugen. Das sonntäglich verwaiste Büro würde sich heute nicht mehr füllen. Anders als sonst hatte er schon nach zwei Stunden nicht die geringste Lust mehr zu arbeiten. Er überwand sich mit Mühe, drei Briefe aufzusetzen.

Gegen elf war er wieder auf der Straße. Es war viel zu früh, um direkt zum Onkel zu gehen. Cassini setzte sich mit dem Rücken an die Außenwand eines Cafés. Gegen seine Gewohnheit hatte er sich mit einer voluminösen deutschen Zeitung eingedeckt und bestellte einen Campari. So ziemlich das Schädlichste für seinen Magen, besonders am Vormittag. Der Magen schien das knallrote Gift jedoch willig zu empfangen. Vom Lesen wurde er abgelenkt: die Tische waren bald umlagert von Einheimischen und Touristen. Neben ihm hatte eine italienische Familie Platz genommen, Vater, Mutter und ihr vielleicht neunjähriger Bub. Den Knaben hielt es nicht lange auf seinem Sitz, er stellte sich neben die Mutter, bestürmte sie wie ein frecher Liebhaber, guckte dazwischen siegesgewiß in die Runde. Dem wehrlosen Vater zog er das Telefon aus der Tasche und schauspielerte der Mutter, die immerzu lächelte, Scheingespräche vor. Er führte allein das Wort und fingerte den Eltern in ihre Kuchen. Dazwischen schaute sich das ekelhafte Triumphkind beifallheischend nach Cassini um, der es gegen seinen Willen immerzu anstarrte.

Dann kam der zierliche vertrocknete Bettler im blauen Jackett, der hier sein Revier hatte und die sitzenden Gäste abkassierte. Einer der wenigen, die Cassini mochte und denen er hin und wieder etwas gab. Ehemals vielleicht eine flotte Gestalt, davon zeugte noch die blaue Jacke, auf die er sehr hielt, murmelte sein zahnloser Mund schwer verständliche Bitten. Wenn er von Männern Geld empfing, wurden diese in einer ehrerbietigen Andeutung auf die Schulter geküßt. Über Frauenköpfen hielt er kurz die segnende Hand.

Cassinis Zeitung bauschte sich auf dem Stuhl. Sänger pflanzten sich vor dem Café auf und schmetterten italienische Lieder zur Gitarre. Zwei Frauen führten ein Geschöpf in einem Rollstuhl heran, das hauptsächlich aus Kopf, eigentlich nur aus Zähnen und einem Bein bestand. Der Mund war in dauerhaftem Entsetzen aufgerissen, ein wilder Zahnkranz brach nackt aus ihm ins Freie. Schwer zu sagen, ob es Mann, Frau oder noch ein Kind war. Ein kurzes dünnes Bein stach aus dem Bündel und stand wie eine Rakete nach oben ab. Das Geschöpf legte den Kopf zurück, stimmte mit einem begeisterten Heulen in die Lieder ein. Es schnalzte, grunzte und versuchte, in die Hände zu klatschen, was nicht gelang. Einer der Sänger zog den Hut vom Kopf und ging Geld einsammeln. Wobei er mit einem Kniefall vor den Ausländern niedersank und ein gräßliches *O sole mio* anstimmte. Er kniete sich auch vor den Rollstuhl hin. Wie rasend vor Entzücken schlug der Kopf mit dem aufgerissenen Mund hin und her. Die Begleiterinnen warfen Geld in den Hut. Zu seinem Verdruß entfuhr Cassini ein schmatzendes Geräusch, er hatte sein Glas zu ungestüm an den Mund gesetzt, rote Tropfen liefen an seinen Fingern herab. Der Knabe vom Nachbartisch hatte ihn dabei beobachtet. Er trank aus, legte Geld hin und ging. Die Zeitung blieb auf dem Stuhl zurück und wartete auf einen anderen Deutschen.

Die Luft kam ihm vor wie künstlich angewärmt. Er zog den Regenmantel aus und verkürzte seine Schritte. Für den Besuch war es immer noch zu früh. Er trödelte lange durch die Via Giulia, durch die er wegen ihrer Leere gerne ging. Einst das kaufmännische Zentrum der Stadt, hatte sich die Via Giulia in eine verfallene Verschwiegenheit zurückgezogen, in der ein durchfahrendes Auto mehr Lärm erzeugte als in anderen Straßen. Von einem Bogen, der die Straße überspannte, hing die melancholische Haartracht einer Kletterpflanze fast bis zum Boden herab. Aus einem fischmäuligen Kopf floß Wasser. Dann stand er vor dem Haus des Onkels, Via del Mascherone

Nr. 62. Die Erinnerungstafel an der Hauswand kannte er auswendig:

IL POETA GUGLIELMO FRED. WAIBLINGER
PARTITOSI DALLA NATIVA GERMANIA
IN QUESTA ROMA IMMORTALE
TROVO' LA PATRIA DEI SUOI SOGNI
»QUI SOLAMENTE FELICE«

Auf dem Treppenabsatz stand der Onkel, pfiff und rief, spornte ihn dazu an, zwei Stufen auf einmal zu nehmen. Cassini sprang ihm entgegen und ließ sich alsbald in die Arme schließen.

In der Wohnung empfing ihn eine frische dunkle Kühle. Eine jener alten römischen Wohnungen, deren Bewohner sich darauf verstanden, den Sommer bis auf die letzten Tage im August auszusperren. Für gewöhnlich hatte er eine Abneigung gegen die Wohnungen anderer Leute, konnte sich nicht an die Gerüche gewöhnen, die ihm in fremden Wohnungen entgegenschlugen. Er ertrug fremde Wohnungen nur, wenn sie groß waren. In großen Wohnungen herrschte seltener dicke Luft als in kleinen, sie hatten mehr Öffnungen für den Luftaustausch mit der Außenwelt. Obwohl sie nicht besonders groß war, hatte ihm die Wohnung des Onkels auf Anhieb gefallen. Dreiunddreißig Jahre war das her.

Inzwischen war der Onkel geschrumpft. Er war der einzige Mensch, von dem sich Cassini ohne Widerstreben auf beide Wangen küssen ließ. Klugerweise hatte es der Onkel vermieden, ihn als Halbwüchsigen zu küssen, und war erst viel später, als sie längst vertraut miteinander waren, dazu übergegangen. Um den Onkel war eine reinliche Greisenaura. Zwischen den seidigen weißen Haarfäden sah man die Kopfhaut nicht glänzen. Sein Onkel und er, sie waren die Geruchlosen der Familie. Sie schwitzten kaum. Obwohl der Onkel von eher kräftiger Statur war, breit und stämmig wie ein Bauer.

Der Onkel ließ es beim Küssen nicht bewenden, er tätschelte ihm die Schulter, faßte mit beiden Händen seinen Arm, ging mit winzigen Schritten neben ihm her und führte ihn ins Eßzimmer an den gedeckten Tisch, summte und seufzte vor Freude, murmelte Worte, in die Cassini als schwächerer Chorsänger einfiel und erst aufhörte, als er saß und die Serviette über die Oberschenkel gebreitet hatte. Der Onkel ließ es sich nicht nehmen, ihm noch im Stehen das Wasser und den Wein einzugießen. Dann ging die Tür auf, und Concepción trug die Pasta herein. Concepción kam aus Manila und kochte seit fünf Jahren für den Onkel. Was auch immer aus ihrer Küche kam, Cassini aß es mit Vergnügen. Von ihr zubereitet, hätte er ein Eisbein mit Sauerkraut verputzt.

Die Pasta wickelten sie um die Gabeln, ohne zu reden. Der Onkel mußte sich konzentrieren, da seine rechte Hand ein wenig zitterte. Dann wischte er sich mit der Serviette den Mund.

»Hast du daran gedacht? Hast du's irgendwie einbauen können?«

»Es ließ sich leider nicht machen.«

»Schade. War immerhin eine gute Idee. Dein Pfarrer muß mit dem Bibelstechen loslegen, wenn er einen Juden bekehren will. Bei Jesaja 66,7 hinein und zur Jungfrau Maria wieder heraus. Wenn er das nicht kann, ist er ein Stümper.«

»Wenn ich das Drehbuch nochmal hätte ändern lassen, würden sie jetzt noch an der Szene herummurksen«, sagte Cassini und tupfte mit Brot den Rest des Öls auf.

»Bei *Casablanca* hatten sie täglich ein neues Skript vor der Nase, das hat dem Film nicht geschadet.«

Der Onkel nahm leidenschaftlich Anteil an der Arbeit seines Neffen und war ihm zuliebe sogar zum Kinogeher geworden. Mit dem Drehbuch zu dessen neuem Film hatte er sich eingehend befaßt. Zusammen hatten sie sich den Propagandafilm *Jud Süß* im Vorführraum von Cinecittà angesehen. Und nach der Lektüre von Feuchtwangers Roman hatte der Onkel seinen Neffen darin bestärkt, auf die expressionistischen Dreingaben, besonders aber auf die Dämonie zu verzichten, in die der Romanautor seine Figur gehüllt hatte. Er war der einzige in Cassinis Umgebung, der verstand, weshalb dieser so versessen darauf war, den historischen Joseph Süß Oppenheimer und nicht die Romanfigur mit einem großen Film zu ehren.

»Hast du ihm, dem Dicken, na du weißt schon …«

»Cutler.«

»Hast du ihm wenigstens das Fingerknacken verbieten können?«

»Ich mußte mir Ezzelino wegen anderer Dinge vorknöpfen. Wenn ich ihm bei jeder Kleinigkeit dreinrede, läuft er mir noch weg.«

»Auf die Kleinigkeiten kommt es aber an«, sagte der Onkel.

»Ich weiß, ich weiß.«

»Einer, der immerzu mit den Fingern knackt, wenn es brenzlig wird, ist eine Witzfigur. Dein Mann hat einen scharfen Gegner verdient. Wenn du ihn erhöhen willst, muß der Gegner was wert sein. Oder wenigstens infam genug.«

Cassini mußte dem Onkel haarklein erzählen, wie weit sie mit dem Film in der letzten Woche gekommen waren. Er tat es gern. Er kannte keinen inspirierteren Zuhörer als den Onkel. Als er ihm vormachte, wie Sheeler rauchte und die Asche wegschnipste, sobald der Regisseur mit seinen weitschweifigen Erklärungen anfing, kicherte der alte Mann vor Vergnügen in die Serviette. Dann kam das Saltimbocca mit den frittierten Zucchini und Artischocken auf den Tisch. Der Onkel hob das Glas:

»Alessandro wäre stolz auf dich. Wie ein Gockel würde er herumlaufen: Seht, das ist mein Sohn, an dem ich mein Wohlgefallen habe! Jetzt bin ich es, der stolz auf dich ist. Salute!«

Der Onkel konnte sich noch gut an den siebzehnjährigen Jüngling erinnern, der damals vor seiner Tür gestanden hatte. Zuckende Augenlider, abgehackte Bewegungen, außer *buon giorno* kein Wort italienisch. Behutsam hatte er den jungen Mann in seine

Obhut genommen, hatte das Thema Familie sorgsam gemieden, hatte gewartet, bis sein Schützling etwas über den Vater wissen wollte. In der ersten Zeit sprachen sie englisch. Wenn sie überhaupt miteinander sprachen.

Nach paar Tagen wußte er nicht mehr weiter. Der Junge, der das ihm zugewiesene Zimmer mit seinem schweigsamen Unglück füllte, machte ihn ratlos. Ein böser Gott hatte seinen Schädel mit Zorn gefüllt und ihm die Möglichkeit verwehrt, sich Luft zu verschaffen. Dann geschah das Wunder. Plötzlich trieb sich sein Neffe tagsüber auf den Straßen herum, und die fremde Sprache flog ihm nur so zu. Eine neue Freiheit schien auf ihn einzuwirken. War es Rom? Einfach die fremde Stadt? An ihm konnte es jedenfalls nicht gelegen haben. Er hatte ja bloß abgewartet und den jungen Mann diskret beobachtet. So war er zum Zeugen einer bemerkenswerten Verwandlung geworden. Sein Neffe schien sich erst zu krümmen und wie eine Larve auszuschlagen, innerhalb weniger Tage kam ein neuer Körper zum Vorschein. Die Akne und der grünliche El-Greco-Ton verschwanden, die Bewegungen wurden lässiger, er hörte auf, sein Gegenüber aus zwei finsteren Gruben zu fixieren. Er begann dem Vater zu ähneln. Der Onkel wußte bis heute nicht, was die Metamorphose veranlaßt hatte, und sein Neffe hätte es ihm wahrscheinlich nicht erklären können.

Am Ende der Sommerferien war die Liebe perfekt. Monty wartete ihm bei jedem Abendessen mit einem Schwall neuer Sätze auf, er wurde zutraulich wie ein

Kind. Das überraschte bei einem so scharfsinnigen jungen Mann, der sonst weit über sein Alter hinaus war und alles las, was ihm unter die Finger kam. In seinem nagelneuen Italienisch brachte er seltsame Sätze hervor: *Hai messo le cose a posto come la buona sorte. – Ho alle spalle una lunga fase di attesa. – Torneró, leggero e sollevato. – Mi sono liberato delle preoccupazioni trasportate. – Auf gut Glück hast du alles in Ordnung gebracht. Ich habe eine lange Wartezeit hinter mir. Ich werde wiederkommen, leicht und munter. All die mitgeschleppten Sorgen bin ich los.* Er zeigte die Treue eines zugelaufenen Hundes. Während der letzten Tage lag der Onkel mit einer Grippe im Bett. Monty wanderte auf leisen Sohlen umher, öffnete und schloß Fenster und Türen mit der Gewandtheit eines Butlers, räumte gebrauchte Gläser vom Nachttisch, zupfte die Bettdecke in Form und verbot Mimma, einer resoluten Neapolitanerin, das Staubsaugen im Flur. Er legte einen solchen Diensteifer an den Tag, daß sich die Haushälterin gekränkt zurückzog.

Sie in der Linken sammelnd, strich Monty mit der rechten Hand Brosamen vom Tischtuch und ließ sie in den Teller fallen.

»Wenn mein Vater noch am Leben wäre, würdest du dich mit ihm vertragen?«

»Nein.«

»Nein?«

»Wir würden uns um dich zanken wie zwei eifersüchtige Waschweiber.«

»Und sonst?«

»Vielleicht hätten wir uns im Alter verstanden, vielleicht auch nicht. Es ist leichter für mich, ihn zu mögen, seit er tot ist. Manchmal träume ich von ihm. Dann möchte ich aus dem Bett springen und ihn umarmen.«

Der Onkel reichte Monty eine neue Flasche zum Entkorken. »Er gefiel den Frauen, und sie gefielen ihm. Er hatte einen umflorten Blick und konnte auf Kommando weinen. Krankheiten simulierte er wie ein professioneller Schauspieler. Ich höre heute noch sein Gehüstel, wenn man ihn Brot kaufen schickte. Die Frauen verwöhnten ihn. Als er starb, konnte ich es erst gar nicht glauben, ich dachte, es sei ein Trick meines Brüderchens.«

Noch bevor die Gastarbeiter mit ihren verschnürten Koffern im Hauptbahnhof anlangten, war Alessandro Cassini nach Stuttgart gekommen. 1945, im Gefolge der Amerikaner als Fotograf. 1954 ging er wieder weg. Seine geschiedene Frau und die zwei Söhne sahen ihn nie wieder.

Im Haus der Stahls wurde der Fortgegangene nicht mehr erwähnt. Nicht daß die Erwachsenen böse geworden wären, wenn sich jemand nach ihm erkundigte. Die Stahls, Vater und Tochter, beherrschten die Kunst, einen Gegner zu demütigen. Sie blickten ihn verwundert an, blickten sich verwundert an, blickten verwundert auf die Möbel – Alessandro Cassini, war das ein Schlagersänger? Besitzer des neuen Eissalons in Degerloch? Ein Fußballer? – bis sich die arme Person, die es gewagt hatte, nach dem Italiener zu fragen, am liebsten verkrochen hätte. Die Söhne gewöhnten sich daran und fragten nicht mehr. Es gab nicht einmal ein Bild. Wenn es eins gab, so war es in dem übergeräumigen Haus irgendwo sicher verwahrt. Die Fotos, die der Onkel aufgestellt hatte, zeigten ihn als schmalen hübschen Kerl mit langen Wimpern. Und auf jedem dieser Bilder ruhte auf ihm die Hand oder der Blick einer dunkelhaarigen Frau. Er war der Jüngere. Durch die Geschichten seines Bruders geisterte er als durchtriebene Mimose. Ihre Mutter, die eine in sich gekehrte Frau gewesen war, hatte sich um den Finger wickeln lassen von ihrem anspruchsvollen Jüngsten. Sie war auch eine strenge Katholikin gewesen, stammte aus einer Familie, die seit fast einem Jahrhundert für den Vatikan gearbeitet hatte und freundschaftliche Verbindung zu den Pacellis hielt. Alberto setzte die Familientradition fort, trat als Jurist in die Dienste des Vatikans. Der jüngere Sohn machte sich davon frei und wählte eine Beschäftigung, die in der Familie nur als Lotterberuf, eigentlich überhaupt nicht als Beruf gelten konnte. Mehr durch Zufall als mit Absicht, da er von einem Schulkameraden eine Kodak Retina 35 Millimeter geliehen bekam und einen Narren daran fraß, wurde er Fotograf.

»Die Arbeit war ihm wichtig. Das einzige, wofür er sich interessierte, sich selbst natürlich ausgenommen. Später wurde er größenwahnsinnig. Du kennst sein Foto mit den Wolken. Er erzählte mir allen Ernstes, er habe den Wolken befohlen, sich an das Gebirge zu werfen, und sie hätten ihm gehorcht.« Der Onkel schob den Teller weg und zündete sich eine Zigarette an.

»In seinen Fotos war er bemerkenswert exakt, im Leben war er es nicht. Wahrscheinlich habe ich meinen Bruder unterschätzt. Ich sehe noch heute in ihm den Schwächling. War er wirklich der Schwächling, für den ich ihn immer gehalten habe? Ich glaube nein.«

»Du machst ihn gern schlecht«, sagte Cassini.

»Nein, ich liebe seine Fotos.«

Tatsächlich hatte der Onkel Alessandros Fotos überall in der Wohnung hängen, im Flur die Serie mit den gesunkenen Schleppkähnen. Vom Flugzeug aus aufgenommen, ragten nur noch ihre Aufbauten aus dem Wasser, die Bordkanten zeichneten sich unter der grauen Wasseroberfläche undeutlich ab. Umgeben von Holzplanken, die vereinzelt im Neckar trieben, war das, was ehemals ein Schiff gewesen war, nur noch weiche wehmütige Materie, die allmählich vom Wasser aufgesogen wurde.

Alessandros Fotos von 1945 zeigten die Verheerung Süddeutschlands auf eine fast beruhigende Weise. Ihn fesselten die Oberflächen. Seine Oberflächen differenzierten sich in unendlich feine Strukturen aus, in Muster, Zeichen, Krater. Lebendige und tote Materie hatte sich auf seinen Bildern zu einer Art Welthaut vereinigt, von der etwas betörend Friedliches ausging. Die aus der Höhe gesehenen Ruinenflächen sahen nicht wie zusammengekrachte Städte aus, sie wirkten wie Bleichfelder für Zähne, deckellose Schuhkartons, zerkrümelten Dreck. Natürlich war er mit seiner Kamera auch in den Ruinen herumgeklettert, brachte Beute heim, die Jahrzehnte später in prächtigen Fotobänden zu besichtigen war. Seine Röhrenserien, die Spaziergänge, die mit einem Schritt ins Nichts endigten, und besonders seine Filmhimmel, für die Kommentatoren immer wieder die Surrealisten zum Vergleich heranzogen, sie wurden weltberühmt. Röhren strebten wie gekrümmte Finger von der Wand. Aus einer Zimmertür trat man ins Freie. Ein intakter Löwe lagerte in aller Gemütsruhe auf einem Schuttkegel. Fensterhöhlungen an Vorder- und Rückfront eines Hauses rahmten den Himmel jeweils doppelt. Ein unterm Geröll vorsehender Arm wirkte wie eine interessante Feldmarke. An diesem Arm war nichts mehr, was auf leidendes Fleisch hinwies, auf einen zerbrochenen Körper, auf sein Stunde um Stunde stiller werdendes Rumoren. Wenn er ein verendetes Pferd aufnahm, von dem Gestalten, die aus irgendwelchen Kellern hervorgekrochen waren, sich Stücke abschnitten, so wirkte das Gittergewölbe der entblößten Rippen wie ein Kunstwerk, mit dem sich eine Traube von Menschen befaßte, die in ihren schweren Wintermänteln wie Verzauberte dastanden. Der Kopf nur entzog sich dieser gnädigen Verharmlosung. Der Kopf machte den halb entfleischten Leib wieder zum toten Pferd. Ein totes Pferd ist schrecklicher anzusehen als ein toter Mensch, ein toter Elefant womöglich noch schrecklicher. Es ist die Kadavergröße, vor der man zurückzuckt, und die Schädelform. Ein totes Schoßhündchen hat nicht die Kraft, den Betrachter zu entsetzen. Alessandro wäre auch mit einem Elefanten fertiggeworden. Die verwundete Fleischmasse eines Elefanten vom Stuttgarter Zoo – auf einem Foto von ihm hätte sie wie ein Felsbuckel mit nassen zerklüfteten Stellen ausgesehen.

»Seines Berufes wegen habe ich ihn übrigens nie verachtet«, sagte der Onkel.

»Aber du hast ihn verachtet.«

»Nicht verachtet, nur nicht so geschätzt, wie ich es vielleicht heute könnte.«

»Für mich ist er ohne Bedeutung.«

»Den Namen hast du aber von ihm.«

»O ja, ich weiß. Er hat mir einen schwülstigen Namen verpaßt und sich dann verabschiedet. Mach was draus, nimm's mir nicht krumm, dein dich liebender Vater. Ich glaube, er hat keine Sekunde darüber nachgedacht.«

»Wahrscheinlich hast du recht. Ich glaube aber eher an eine Trotzreaktion mit weitreichenden Folgen.«

Der Onkel wußte über den Namenskampf Bescheid, der die damals schon auseinanderstrebenden Eheleute vollends entzweit, genauer gesagt, den Vater vom Rest der Familie abgesprengt hatte. Aus Begeisterung für den jungen Montgomery Clift in *Red River*, der dahergeritten kam auf der Leinwand des New Eden am Burgholzhof und ihm vormachte, wie sich ein kleiner schmächtiger Kerl wehrt, hatte er die für seinen zweiten Sohn vereinbarten Vornamen, Karl Eberhard Friedrich – Karl nach dem alten Stahl, Eberhard nach dessen Vater und Friedrich nach dem im ersten Weltkrieg gefallenen Bruder –, auf dem Standesamt fallenlassen und Montgomery dafür eingesetzt. Schwabenohren hörten in diesem Namen natürlich keinen anderen als den des Helden von El Alamein, der ihren geliebten und verehrten Rommel in die Knie gezwungen hatte. Für den alten Stahl, der sich um die Weitergabe des eigenen Vornamens geprellt sah und das zugunsten eines Namens, der ihm ständig die Schmach Rommels in Erinnerung brachte, war dies ein doppelter Affront.

Für den Sohn hatte es zur Folge, daß er, kaum auf der Welt, den Vater an ein fernes Land und später an eine neue Familie verlor. Es bedeutete, daß kein Mensch ihn bei seinem Vornamen nannte, daß man sich mit Ersatznamen wie Bürschle (Luise), Bubi (die Mutter), Stops (der Bruder), Blechle (die Schulkameraden) behalf oder namenlos um ihn herumredete, wie es die Gewohnheit des Großvaters war. Seine Namen begegneten ihm zum ersten Mal auf dem Paket, das ihm der römische Onkel zu seinem neunten Geburtstag nach Stuttgart geschickt hatte. Kaum hatte er auf dem Adreßfeld sich selbst entziffert, hörte er auf, zur Gattung der Kleinlebewesen zu gehören. Aus dem Nichts war sie aufgetaucht, diese Sendung, von einem Paketboten ihm persönlich überbracht, und hatte die Wirkung eines Ritterschlags, der ihn endlich hob auf einen Platz in der Welt. Der darin liegende Kapuzenmantel, gleichsam die Kinderhülle des Helden von El Alamein, wurde ihm von einem Kärtchen augenzwinkernd angezeigt – *»il mongomeri« für meinen kleinen Neffen und hoffentlich auch einmal Freund von seinem Onkel Alberto* hieß es da und war nichts anderes als eine Prophezeiung, die sich wenige Jahre später erfüllen sollte.

Bemerkenswert war aber nicht nur, daß ihn jemand beim Namen genannt hatte, bemerkenswert war, daß sein Bruder Robert noch nie eine Zeile, geschweige denn ein Geschenk von diesem mysteriösen Onkel erhalten hatte. Es auch nie mehr erhalten würde, da er tags darauf mit seinem Rollstuhl ins Schwimmbecken kippte und ertrank.

Was Monty nicht wissen konnte: Der Onkel hatte Robert zu dessen letztem Geburtstag einen Norwegerpullover mit Rentieren geschickt, nur war der im Labyrinth des italienischen Zolls hängengeblieben.

Hier nähern wir uns dem Moment, der dem Leben meines Freundes seinen dunklen Schimmer verlieh. Der ihn an ein Ufer spülte, wo es niemanden mehr gab, nicht einmal ein Gedächtnis.

Nicht, indem man ihn lange plant, wird der perfekte Mord verübt. Er vollbringt sich gewissermaßen von selbst. In einer blitzhaften Eingebung und in aller Unschuld. Ein raffiniertes Hirn denkt zu viel, ein vulgäres zu wenig. Und da zeigt sie sich plötzlich, die Gelegenheit, zeigt mit einladender Klarheit eine einfache Szenerie und lächelt. Lächelt das Unschuldslamm an, das sie dazu auserkoren hat, ein gezeichneter Mensch zu werden. Zeugen? Keine. Das Opfer? Ahnungslos. Mit ein, zwei Handgriffen ist die Sache erledigt und sieht wie ein Unfall aus. Dann folgt der schwerere Teil. Der Mörder muß schweigen können und sich benehmen, als hätte er keinen Knacks, allenfalls seinen üblichen.

Monty tat mit schlafwandlerischer Sicherheit das Richtige, das heißt, nichts Besonderes. Er war ein geübter Schweiger, sah mit denselben vergrabenen Augen vor sich hin, war lieb zu Tieren und gleichgültig gegenüber Menschen. Er blieb, wie man ihn kannte. Merkwürdig war allenfalls, daß er den Dufflecoat nicht mehr auszog, sich auch nicht davon abbringen ließ, ihn bei der Beerdigung zu tragen. So stand er in seinem dunkelblauen Mäntelchen vor dem aufgebockten Sarg, den hochgestellten Kränzen. Tränenlos, steif, als würde er gleich salutieren. Hätte ihn jemand beobachtet, die folgenden Wochen und Monate, wäre ihm vielleicht aufgefallen, wie das Unscharfe, das ihm all die Jahre angehaftet hatte, einer unkindlichen Festigkeit wich, wie von seinem Kinderkörper jetzt mehr, als daß er Druck empfing, Druck auszugehen schien.

Den genauen Ablauf kennt keiner. Ob erst die Bremse des Rollstuhls gelöst wurde oder ob das gar nicht nötig war, ob er dem Stuhl einen kräftigen

Schubs gab oder paar Meter mit dem Rollstuhl mitlief, um ihm den nötigen Schwung zu verpassen, und dann wartete, bis dieser die Böschung vollends hinunterrollte und ins Becken fiel, kein Mensch hat ihn dabei beobachtet. Man gab ihm allerdings zu verstehen, daß er versagt hatte. Versagt als Hüter seines Bruders. Es stimmt, sie waren zusammen draußen gewesen, und danach lag Robert, von seinem Rollstuhl beschwert, im Becken. Die Zeugen waren nicht vernehmungsfähig, die sanft rauschenden Blätter der Blutbuche ebensowenig wie der alte Dackel, der auf seiner Hundedecke auf der Terrasse schlief, aufwachte und kurz den Kopf hob. Dann gab es noch Dinge, in deren Natur es bekanntlich nicht liegt, sich zu empören. Ein Weckglas mit eingelegten Gürkchen, das auf einer der Steinplatten stand und niemand dort abgestellt haben wollte. Der Gartenschlauch mit Schlangenmuster, fachmännisch aufgerollt auf seiner Trommel. Der Leinenbeutel am Stab, gesäumt von einem metallenen Faßkranz. Zum Obstbrechen war es noch zu früh; um Blätter aus dem Becken zu fischen, hatte ihn der Gärtner am Vormittag aus dem Schuppen geholt und zum Trocknen an die Blutbuche gelehnt. Dann der Vorhang im ersten Stock. Er war auseinandergegangen, vielleicht nur vom Wind, vielleicht, weil jemand dahintergestanden und sich wieder zurückgezogen hatte. Zeugen waren auch die Sonne und ein Flugzeug, das, von Echterdingen kommend, sich im Blau verlor. Der 22. Mai des Jahres 1957, er war ungewöhnlich heiß, fast schon hochsommerlich heiß gewesen. Die paar zerfransten Wölkchen konnten den Himmel nicht trüben.

Hatte Monty ein Motiv?

Ja, er hatte.

Er hatte das älteste Motiv der Welt. Alles drehte sich um den Bruder und nichts um ihn. Robert fraß die Energie der gesamten Familie. Er beherrschte ihr inneres Gemurmel und die Worte, die sie aussprachen. War er dabei, wurden, bevor sie heraus durften, alle Sätze auf ihre Roberttauglichkeit hin überprüft. Roberttaugliche Sätze verströmten einen gezügelten Optimismus und blendeten die Zukunft aus. Zupackende Verben waren verpönt. Man erzählte nicht von anderen Buben, die Fensterscheiben zerschmissen und Bälle gegen die Garagentore kickten. In seiner Abwesenheit sprach man gefaßt über ihn und lenkte, war man ein Weilchen mit einem anderen Thema fremdgegangen, das Gespräch unweigerlich zu ihm zurück. Wenn Fremde dabei waren, glänzten die Stahls im Adel des Kummers, indem sie ihren Kummer nicht zeigten. Allein waren sie einsame Trinker ihres Kummers.

Man pflegte die Stimmen zu dämpfen, damit sein dünnes Gefistel sich sofort Gehör verschaffen konnte. Wer sich in seiner Gegenwart ungezwungen benahm, aus vollem Halse lachte, von Dingen erzählte, die in der Welt, aber nicht in der Roberts vorkamen, wurde mit Blicken bedacht, die ihn zu mehr Zurückhaltung zwangen. Die Erwachsenen gewöhnten sich einen gehemmten, schleichenden Gang an. Huschen und Stille in den Zimmern. Garten und Haus verschwanden unter einer großen Schwesternhaube.

Aus Sorge und Mühsal zogen sie ihre Süße. Mit einem Aufwand, der an Obsession grenzte, leisteten die Stahls Wiedergutmachung und hatten sich dafür ein Kind ausersehen, das wenige Jahre zuvor in einem langen grauen Bus mit verhängten Fenstern fortgebracht worden wäre. Deutschland, das war das Land erhabener Körper und Gehirne, und nun dieser kümmerliche Bastard. Damals – in kürzester Zeit schon hatte sich dieses Damals aufgelöst wie ein bißchen Schmutz in Seifenwasser – hatten weder Vater noch Tochter sich vorstellen wollen, was Ärzte mit solchen Kindern machten. Euthanasie? Gas? Zahngold, Haar, Gerippe, alles in Haufen? Was sich da anbahnte, wovon sie hörten und was sie sahen, es fiel in eine öde, von ihrer Einbildungskraft gemiedene Gegend. Der Fliegeralarm, nicht die Brutalität, die von ihren Landsleuten ausging, raubte ihnen den Schlaf. 1936, in einem vergnügten Jahr ohne Alarm, da hatte Gerlinde in einer Riesenschar Mädchen Gertrud Scholz-Klink zugehört, die von einer Sauna sprach, in der sich der Volkskörper von Zeit zu Zeit tüchtig ausschwitzen müsse. Gerlinde sah geheimnisvoll schuftigen Dreck von blonden Körpern rinnen und neigte den Kopf, weil in ihrem Hals die Kichersalven platzten. Die Mädchen waren erregt. Ein jedes lächelte beim Gedanken an seinen Wert. Der zarte Flaum an ihren Beinen begann vom Fleisch aufzustehen. Ihre Blusen strafften sich im Geist kommender Mutterschaft. Das ganze Land war erregt von der großen Aufgabe, die auf es wartete.

Nun war Gerlinde bei Kriegsende knapp dreiundzwanzig. Aber der alte Stahl hatte genügend Lebenserfahrung und als Unternehmer einen Verstand, den die Affekte nicht so leicht zerdrückten. Ausgerechnet seine einzige Tochter gebar 1947 ein Kind, das nach den Gesundheitsideen des Führers als ein beschädigter Trieb aus dem Volksbaum gesprossen war und hätte ausgemerzt werden müssen. Jetzt wurde es mit einer Inbrust gehegt, als müsse man sich und der Welt, vor allem dem Italiener im Haus, etwas beweisen.

Trotzdem war es die Liebe, die den alten Stahl wie ein Jo-Jo an seinen schwächlichen Enkel band. Sie war ungekünstelt und raubte dem Mann die Macht. Karl Richard Stahl, bekannt für seine Herzensdürre und sein Geradestehen, daran gewöhnt, bevor er morgens in die Fabrik ging, sich im Eingang seines Hauses hinzustellen, damit Luise ihm die Haare vom Rücken las, dieser Alte schmolz vor dem Winzling, der in seinen Kleinkindtagen nur mühsam stehen lernte und bei dem man jedes Schrittchen unterstützen mußte. Wenn Robert das Gleichgewicht verlor, fiel er um wie ein Bolzen und verletzte sich am Kopf. Man hatte noch Hoffnung damals, er werde eines Tages laufen können. Geduldig beugte sich der Großvater zu ihm herab, faßte ihn mit beiden Armen um die Brust, drehte Runde um Runde mit dem Kleinen, dessen einknickende Füße mehr über den Boden schleiften als gingen. Stunden brachte er damit zu, ihm das Karottenmus einzulöffeln, das Robert bedächtig schluckte, nach jedem Schlucken eine Pause einlegte, die Augen schloß und sie erst wieder öffnete, wenn er für den nächsten Löffel Mus gerüstet war. Der Großvater zählte währenddessen die langen Wimpern des Kindes.

Er war ihm gleich verfallen. Schon als er das Bündel zum ersten Mal hochhob. Neugierig inhalierte er das leicht pudrige Aroma, das von der dünnen Haut des Säuglings ausging, war vernarrt in die langen wächsernen Spinnenfinger, die nach seinem Ohr griffen oder ihm übers Kinn fuhren. Er liebte es, den warmen pulsierenden Hinterkopf in der Hand zu halten. War beleidigt, wenn das Kind einmal nicht nach ihm, sondern nach einer anderen Person die Ärmchen ausstreckte. Er verliebte sich sogar in den Speichelfaden, der Robert aus dem Mund floß, wenn er den Großvater voll Verwunderung ansah. Wie eine Ikone trug ihn der große Mann herum, guckte unverwandt auf dieses bald schmerzlich verzogene, bald unruhig mit den Augen rollende Greisleingesicht, das noch so durchsichtig war, daß man dem Gezweig der Adern folgen konnte.

Das zweite Kind war nicht soviel Aufhebens wert. Sicher, man war erleichtert, daß es gesund zur Welt kam. Gottlob mußte man sich um diesen Kleinen nicht viel kümmern. Daß er so auffallend vital war und nach jedem Sonnenstrahl patschte, fanden sie befremdlich. Daß er bald schneller als der Dackel dahergekrochen kam, sich in Windeseile aufrichten und laufen lernte, während Robert keine zwei Schritte allein schaffte, bereitete ihnen Unbehagen. Sein entzücktes Gebrabbel, mit dem er sich stundenlang selbst zu amüsieren schien, verletzte den Heroismus ihrer Gefühle.

Später wurde es um ihn kalt und einsam. Er durfte Robert nie das Schauspiel seines unbeschwerten Körpers bieten. Man verpaßte ihm ein Korsett. Obwohl er der geborene Kletterer war, durfte er auf keinen Baum. Es war verboten, in Gegenwart Roberts zu rennen. Man verlangte von ihm, daß er als weiterer Familiensatellit in gemessenem Lauf um den älteren Bruder kreiste.

Nur der Vater machte diese Idiotie nicht mit. Er hatte eher Schwierigkeiten mit dem Erstgeborenen, vielleicht, weil man ihn schnell für unfähig erklärte, sich mit diesem außerordentlichen Geschöpf zu befassen. Vielleicht, weil dieser Sohn sein Schönheitsgefühl beleidigte und er in ihm doch nur eine Mißgeburt sah, die er sich weigerte mit seinen italienischen Vorfahren in Verbindung zu bringen. Monty, der hübsche dunkle Monty, war hingegen ganz nach seinem Herzen. Er sah sich in Bälde seinen kleinen Sohn zu den Stuttgarter Kickers mitnehmen. Zusammen würden sie in einer Piper Club sitzen, wenn er seine Luftaufnahmen machte.

Es kam nicht mehr dazu.

Vorher gab es noch paar Familienfotos. Als ungestümen Faun sieht man seinen Liebling im Garten hocken, die Fäuste um Grasbüschel geschlossen, die er gerade ausrupfen will. Mit dem korpulenten Dackel formt er auf der Hundedecke ein Duo zweier friedlicher Walzen. Und dann, kurz vor des Vaters Weggang, Monty in kurzen Strickhosen, wie er sich damit abplagt, ein Köfferchen durchs Gartentor zu schleppen. Schon diese frühen Fotos zeigen, wie sich die Miene des Kleinen allmählich verdüsterte. Aus einem vorwitzigen Einjährigen wurde ein Kleinkind, das unter Augenbrauen, die sich wie winzige Schürhaken querlegten, hervorstarrte.

Obwohl er seine Bilder für gewöhnlich von Menschen freihielt, begann Alessandro die Entfremdung von der Familie mit einer gewissen Boshaftigkeit zu dokumentieren. Da ist Robert, wie er, die Augen halb geschlossen, als Buddha auf einem hohen Kinderstuhl thront und mit einem müden Heben der Hand seine Ungerührtheit anzeigt. Und zum Abschied die kniende Frau, der kniende Schwiegervater, wie sie versuchen, den kleinen Götzen auf dem Perserteppich im Eingang aufzustellen.

Später gab es nur noch Fotos, wenn ein Freund der Familie eine Kamera mitbrachte. Auf diesen raren Exemplaren ist der austernhafte Charakter zu erkennen, den Monty während seiner Schulzeit an den Tag legte.

Was war mit dem Schwimmbad?

Es wurde 1955 angelegt. Für den Großvater gleichsam das Opus magnum seiner Zuneigung. Es war ein Opfer. Kein Opfer an Geld, denn dies war bereits wieder zur Genüge vorhanden. Nein, indem er mitten in seinem Garten den Bau eines Schwimmbekkens in Auftrag gab, handelte ein Mann von Prinzipien gegen sich selbst. 1955 in der Löwenstraße ein Schwimmbecken anzulegen bedeutete, sich wie ein Nabob aufzuführen, der die Nachbarn herausfordern wollte, bedeutete eine öffentliche Gotteslästerung, denn Gott liebte zwar die, die ihr Geld zu verdienen wußten, aber er strafte jene und nahm es ihnen womöglich wieder weg, die es den anderen unter die Nase hielten. Ganz Degerloch würde auf den aquamarinblauen Spiegel in seinem Garten starren, die Kommentare konnte er sich denken. Zwei Zwetschgenbäume mußten dafür gefällt werden. Die Hainbuchenhecke, die sein Grundstück umschloß, war weder hoch noch dicht genug, als daß man aus den umliegenden Häusern nicht hätte Einblick auf das Schwimmbad nehmen können. Es stand außer Frage, daß er selbst es niemals benutzen würde. Es war allein für Robert bestimmt, und natürlich für seine Tochter als Begleitperson, da man Robert, der nie richtig schwimmen lernte, nicht allein ins Becken lassen durfte.

Bürschle-Bubi-Stops, der Herr Enkel oder einfach *der, der da*, hatte nichts darin zu suchen. Der Alte duldete nicht, daß der zweite Sprößling das Medizinalbecken zum Vergnügungsbad umfunktionierte und sich vor den Nachbarn prosternierte. So sah man darin nur Robert seine gesundheitsstärkenden Übungen absolvieren, und er tat dies mit Hilfe eines

Schwimmrings und der Mutter, die seinen schweren Kopf über Wasser hielt.

Kain und Abel, sie waren in der Löwenstraße 164 wieder zur Welt gekommen, aber durch einen gehässigen Scherz höhererseits gewissermaßen verkehrt. Abel, das Jüngelchen, war hier der Ältere, der an progressiver Muskeldystrophie litt, während der als Glücksknabe geborene Kain einen drahtigen, wohlgeformten Körper hatte. Intelligent waren sie beide. Robert lernte mit Großvaters Hilfe schon vor der Schule lesen und interessierte sich frühzeitig für Versteinerungen. Worte wie Archäopteryx, Schwäbischer Jura und Solnhofener Schiefer gingen ihm schon als Sechsjährigem zügig über die Lippen. Sein Bücherbord beschwerten Ammoniten in verschiedenen Größen und eine Reihe von Belemniten, deren geschoßähnliche Hartteile sich im Kalk gut erhalten hatten. Selbst von den viel seltener erhaltenen Seelilien, einer Tierart, die seit dem Silur mit pflanzengleichen Armen durchs Wasser getrudelt war, besaß er ein bemerkenswertes Stück.

Ebenfalls mit sechs erwachte sein Interesse für Zoologie, insbesondere für Insekten und Reptilien. Große Glasbehälter mit Zusatzgeräten zur Temperaturregulierung wurden angeschafft. Er begann mit einem Tigerquerzahnmolch, dem typischen Anfängertier für Kinder, leicht aufzuziehen und handzahm. Das ölgrüne Tier mit den gelben Flecken wurde mit Regenwürmern und Fliegen gefüttert, freitags fraß es Fisch und manchmal ein Streifchen Kalbfleisch von Roberts Fingern. Sein Behälter teilte sich in eine Land- und eine Wasserfläche. Der Landteil war mit Moos und feuchtem Torf ausgepolstert. Robert hatte keine Mühe gescheut, in seinen Kästen Landschaften nachzubilden, von denen er glaubte, daß sie die Lieblingslandschaften seiner Tiere wären. Monty mußte dabei die Arbeiten übernehmen, für die Roberts Arme zu schwach waren.

Es endete bei zwei madagassischen Taggeckos, scheuen Tieren, denen man das aus Fliegen und Heimchen bestehende Futter mit der Pinzette vorlegen mußte. Ihrer streitsüchtigen Natur wegen, da sie gern die Schwänze kleinerer Tiere abbissen, durfte er sie nicht mit anderen Echsen zusammenbringen. Im grünlichen Dämmerlicht saß Robert vor seinen Taggeckos und guckte zu, wie sie ihre Pupillen mit den roten Zungen sauberleckten. Manchmal hing das Männchen mit seinen Haftlamellen an der Glaswand, so daß er an dem weißlichen Bauch die Pumpbewegungen des Herzens verfolgen konnte. Vorsichtig tröpfelte Robert ein wenig Honig auf den Stamm in der Mitte des Terrariums oder legte mit der Pinzette ein halbes Bananenscheibchen obenauf. Einmal war es soweit. Eines Morgens fand Robert zwei Eier, eines an die Glaswand geheftet, das andere an ein Stück Rinde. Das Mulchei wurde spröde und verkümmerte. Aber das andere wurde eines Tages von der Miniaturausgabe eines vollständigen Geckos mit Hilfe seines Eizahns aufgepickt, und Robert, der ihn sehnsüchtiger erwartet hatte als dessen Eltern und sich zwölf Wochen lang so benommen hatte, als könne er das Ei durch sein Davorsitzen ausbrüten, erlebte seinen glücklichsten Tag.

Ein anderer Behälter enthielt Indische Stabheuschrecken, die als zusätzliche Zweiglein unbeweglich auf ihren Ligusterbüscheln hockten. Sie hatten die Gewohnheit, ihre alten Häute, die von Zeit zu Zeit von ihnen abplatzten, als Leckerbissen zu verzehren. Sofern er sie ihnen rechtzeitig wegnehmen konnte, bewahrte Robert die Gespensthüllen auf, hinter Glas gerahmt und zu Figuren aneinandergelegt, die der Form nach an Justinus Kerners Kleksographien erinnerten. Einmal, da die Luftfeuchtigkeit in dem Behälter zu niedrig war, kam es zu einer Fehlhäutung, ein Tier blieb mit halbem Rumpf in der alten Haut stecken, zitterte und zuckte, bis es tot umfiel.

Vor größere Schwierigkeiten stellten ihn die Gottesanbeterinnen. Bekanntlich neigen die Weibchen dazu, ihre Männchen während oder kurz nach der Kopulation zu fressen. Robert setzte seine Pärchen an einen Vorhang. Während das Männchen es begattete, hielt er dem Weibchen eine sich krümmende Wespe mit der Pinzette vor. Manchmal gelang das Ablenkungsmanöver, und die Mantis rammte die Widerhaken ihrer Fangbeine in die Beute, manchmal drehte sie den Kopf um hundertachtzig Grad und befaßte sich mit dem Männchen.

Bevor Robert starb, war gerade ein großer neuer Behälter geliefert worden, der das Heim für eine Schlange hätte werden sollen. Die Schlange konnte man beim Züchter noch abbestellen, das Terrarium blieb und verstaubte.

Alberto geleitete Monty ins Arbeitszimmer, wo sie den Kaffee einnahmen. In dem kleinen Raum waren die Erinnerungen des Onkels die Wände hinaufgekrochen, bis aufgrund fehlender Flächen und weil es der Onkel aufgegeben hatte, die Leiter zu besteigen, der Prozess des Annagelns von Fixhäuten eines Tages zum Erliegen gekommen war. Dazu hatte auch beigetragen, daß der Rahmenmacher aus der Via di Ripetta, bei dem Alberto fünfundvierzig Jahre lang die immergleichen dünnen schwarzen Rähmchen für seine Fotografien bezogen hatte, inzwischen verstorben war. Alberto hatte es sich zur Gewohnheit gemacht, mit einem Tablett und zwei Tassen aus der nahe gelegenen Bar in die Werkstatt zu treten, sich auf einen Stuhl zu setzen und ein Weilchen mit Baratella zu plaudern, bis er den Ort mit einem Paket, dem Tablett und fünf Nägeln extra, die ihm der Rahmenmacher jedesmal mitgab, wieder verließ.

Wir Cassinis sind bildersüchtig, hatte der Onkel oft zu Baratella gesagt, wir haben einen bildersüchtigen Knipser und einen bildersüchtigen Sammler in der Familie, und unser Jüngster überschwemmt gleich die ganze Welt mit seinen rennenden Bildchen.

Alberto hatte nicht nur die Aufnahmen seines Bruders an der Wand. Die meisten seiner Erinnerungsbilder stammten von Reportern, die den Vatikan besucht hatten: Kurienkardinäle im Prunkornat, Alberto schwarz und schlicht in einer Reihe von Schärpenträgern, Alberto an die Motorhaube seiner Alfa Giulietta mit SCV-Kennzeichen gelehnt, Alberto im Gespräch mit Angelo Sordano, Alberto als junger Mann stehend neben dem sitzenden Pius XII., Scharen von schwarzgekleideten Personen in Höfen und Gärten oder hinter ihren Schreibtischen Aufstellung nehmend. Eines der wenigen Fotos in Farbe zeigte von Alberto nur die Hand, wie sie über einem vatikanischen Geldautomaten schwebte, dessen lateinische Bedienungsanleitung in schwindsüchtigem Grün leuchtete.

Hinter Albertos Sessel, etwa in Kopfhöhe, befand sich ein kleines Bild mit gezacktem Rand, das Hochzeitsfoto von Alessandro und Gerlinde. Die Braut hielt den Strauß nach unten in einer fast schon wegwerfenden Bewegung. Sie schien unter ihrem Schleier abtauchen zu wollen. Eine schlanke Frau, und der Mann an ihrer Seite nur knapp so groß. Gerlinde machte sich klein, während Alessandro der fremden und in seinen Augen gewiß minderwertigen Kamera einen sardonischen Blick zuwarf.

»Das Schneetreiben hat sie zusammengebracht«, sagte der Onkel und lenkte den Daumen am Ohr vorbei in Richtung des gezackten Fotos.

»Es muß im Winter 45/46 gewesen sein«, sagte Monty.

»Es war dunkel.« So des Onkels Lieblingseröffnung, die beiden wohlvertraut war. »Deine Mutter fuhr mit einer fast leeren Straßenbahn durch den Wald, da oben in eurer Gegend, wie heißt der Wald?«

»Silberwald, Ruhbank.«

»Alessandro stand neben dem Fahrer und hielt die Kamera auf die Gleise, von denen nichts zu sehen war, weil der Schnee sie verschluckt hatte. Im Scheinwerferlicht ein Gestöber. Die Straßenbahn schien einen Geisterweg zu nehmen, und da saß diese hübsche blonde Frau auf der Bank, und Alessandro nahm sie bei der Hand, damit sie aufstand und sich mit ihm die verschwundenen Gleise betrachtete. So hat er sie gewonnen, indem er die wildfremde Frau einfach bei der Hand nahm und zwang, sich das Schneetreiben anzusehen.«

Von Alessandros Straßenbahn- und Albertos Sammelleidenschaft zeugte eine Schachtel mit Fahrscheinen, die der Onkel aus einer Schublade nahm und seinem Neffen reichte. Monty lüpfte mit gebührender Vorsicht den bekannten Deckel von der bekannten Schachtel und nahm die dünnen Papierchen einzeln zwischen die Finger, hob, als wären die zur Hälfte durchgerissenen Fahrscheine mit der blauen V-Markierung selten geschaute Reliquien, den aufgedruckten Streckenplan aus lauter Punkten vor die Augen, verfolgte prüfend am unteren und oberen Rand die schmalen Leisten mit den Zahlen von 1 bis 31, dazu die zwei Uhren. Jawohl, eine Uhr für vormittags und eine für nachmittags. Dann der Umsteigefahrschein mit den blauen Häkchen, die der Schaffner mit seinem Stift auf der 19 und an der Nachmittagsuhr in etwa bei Zeigerstand 3 angebracht hatte. Geknüllter und wieder geglätteter Manteltaschenrest eines Toten, den sein noch für sechs Tage vom Leben umgetriebener Sohn zum letzten Mal in der Schachtel begrub.

»Deine Mutter war als junges Mädchen nicht in Hitler, sondern in Goebbels verliebt. Verliebt in kleine diabolische Männer mit Klumpfuß. Sie glaubte, Alessandro sähe ihm ähnlich. Ein Diavolo von der anderen Seite der Alpen«, sagte der Onkel.

Das war neu.

Monty beschränkte sich darauf, die Brauen auf das übliche Fragemaß emporzuziehen.

»Zu ihrer Enttäuschung mußte sie entdecken, daß Alessandro sanft war, nicht der Mann, der seinen Fuß auf die Leiche des alten Stahl stellte.«

»Wieso Goebbels?« fragte Monty, sein Atem ein wenig flach.

»Scharf, geladen, jesuitisches Profil, ein Rhetor für feuchte Höschen und knackende Kinnladen«, sagte der Onkel und wirkte plötzlich um Jahrzehnte verjüngt. »Wir hätten ihn mit Kußhand genommen. Er hätte es lässig zum Kardinal gebracht, vielleicht sogar zu mehr.«

Er sog an seiner Zigarette, blies den Rauch in die Luft, zwinkerte Monty zu und zeichnete ein kleines Kreuz in die Schwade.

»Und woher, um Himmels willen, willst du das wissen?«

»Von Alessandro natürlich, von wem sonst.«

»Du spinnst.«

»Glaub mir, der Klumpfuß hat sich ins Herz deiner Mutter gefaselt. Wie ich deine Mutter kenne« – er verschränkte die Hände im Schoß und setzte eine Beichtvatermiene auf – »hat sie ein Leben lang auf die Wiederkehr des Männchens gewartet, der sie aus ihrer olympischen Ruhe bringen würde.«

Monty lachte und stand auf. »Er trug eine Windel, als man versuchte, ihn zu verbrennen. Ist auf den Fotos der Russen gut zu erkennen, der angekokelte Goebbels neben den sechs Kinderleichen. Du glaubst allen Ernstes, meine Mutter hätte sich ein Leben lang nach dem Windelmännchen verzehrt?«

»Ein Mensch hat Hunderte von sonderbaren Trieben.«

»Du kennst sie nicht.«

»Söhne kennen ihre Mütter erst recht nicht.«

»Nichts liegt meiner Mutter ferner, als zu schwelgen. Sie ist eine trockene Natur.«

»Ich gebe die Schuld ja nicht ihr. Schuld hatte die Stuttgarter Straßenbahn. Die Beleuchtung war wohl etwas schummrig, da konnte Alessandro als Wiedergänger durchgehen. Und Alessandro war versessen auf alles, was mit Verkehr zu tun hat, zu Wasser, zu Lande und in der Luft. Ein hübsches Mädchen in der Straßenbahn, da konnte er nicht widerstehen.«

Die Häufigkeit, mit der Alessandro die Stuttgarter Straßenbahn fotografiert hatte, gaben ihm recht. Die Linie 10, in der er Gerlinde kennengelernt hatte, ist die Heldin einer ganzen Serie. Ihre Kriegsverkleidung, die abgedunkelten Scheinwerfer, das Petroleumrücklicht und die Pappen, mit denen die Fenster verklebt worden waren, hatte man inzwischen entfernt. Der Scheinwerfer tastete sich wieder mit voller Leuchtkraft über den Schnee. Reklametafeln über den Fenstern verbreiteten eine friedliche Propaganda:

> Krank sein, nein, das will ich nicht,
> doch ein ernster Mahner spricht:
> Sorge vor und nimm's genau,
> frag noch heut die DKV.

Innenaufnahmen zeigen an Stangen befestigte Lederschlaufen, die in der Kurve schief hängen. Bei den Schaffnern konzentrierte sich Alessandro auf ihre Bäuche, auf die darauf geschnallten Münzspender und die Klappbücher mit den Fahrscheinen. Am Schloßplatz fotografierte er die sogenannte Mittagsspitze, den Stangenwald der dicht an dicht einfahrenden Bahnen, die den Strom von der Oberleitung abnahmen, die Trümmer an den Seiten zu ordentlichen Haufen zurückgeräumt. Am Hegelplatz, wo die stärksten Zerstörungen waren, hatte man ein Trümmeraufbereitungswerk eingerichtet, um alte Ziegel und Steine zu zermahlen und sie zu neuen Steinen aufzuarbeiten. Auf Sondergleisen verkehrte die Trümmerbahn, ein Lorenzug mit kleiner Dampflok, die den Schutt heranführte. Alessandro hatte die weggeräumten Trümmer quer durch die Stadt verfolgt, auch die Fahrten der Lastwagen, die den unbrauchbaren Schutt zum Monte Scherbelino karrten.

Seine Winterbilder der Linie 10 sind reine Idyllen. In einer Schneelandschaft taucht der kleine Triebwagen mit seiner Stromabnehmerstange auf. Die dick bepackten Tannen täuschen darüber hinweg, wie zerfranst die stadtnah gelegenen Wälder aussahen, welche Löcher der Mangel an Kohle in sie geschlagen hatte. Auch die Stahls hatten im Winter 45 einen Baum nahe der Fußballplätze zugeteilt bekommen, den zwei Stahlsche Werkarbeiter schlugen. Mit einem Pferdegespann wurde er bis vors Haus gezogen. Später kam die fahrbare Bandsäge, die Straße für Straße die zugeteilten Stämme in handliche Rugel zerlegte.

Als man sich in späteren Jahren über die Zeit im Anschluß an den Krieg beugte, wurde man nicht müde, an ihr zu loben, wie sehr sich damals die Klassenunterschiede verflüchtigt hätten. Enthusiasten des Wiederaufbaus stellten die Zeit dar als einen Neustart für alle, ein spannendes Rennen, bei dem alle vom gleichen mageren Feld aus loslegten.

Für die Stahls galten andere Regeln. Nie hatte ihnen ihr Vermögen, auch wenn es kurzzeitig zusammengeschmolzen war, zu solchen Vorteilen verholfen wie in jener Zeit, in der die Annehmlichkeiten so rar waren. Sie hatten nie zu den Kellerdeutschen gezählt, die die Nachkriegswinter in nassen Löchern verbringen mußten. Vom abgestandenen Brandgeruch, der den Stuttgarter Talkessel noch Jahre nach dem letzten

Bombenabwurf an feuchtkalten Wintertagen füllte, blieben sie auf ihrem Degerlocher Hügel verschont. Von den riesigen Fliegen, den Madenteppichen, die sich über Kellertreppen wälzten, den explosionsartig vermehrten Ratten bekamen sie nichts mit, ja, sie hörten nicht einmal davon, weil sich das unter Menschen, die so zwanghaft auf ihre Reinlichkeit hielten, nicht herumsprach. Ihre Dackel, Schnacks und Hexi, bekamen die gewohnten Kutteln, zur Rübenzeit mit einer geraspelten Karotte versetzt, gegen halb zwölf in ihren Näpfen serviert. Das Haus war intakt geblieben, bis auf die zersprungenen Fensterscheiben an der Westfront, die dank der Beziehungen des alten Stahl sofort durch neue ersetzt worden waren. Gewiß, sie hatten wie alle andern unter dem Stromausfall gelitten, unter der für einige Tage zusammengebrochenen Wasserversorgung, hatten sich ihr Wasser von einem der Wasserwagen holen müssen, die ersatzhalber durch Degerloch fuhren, hatten zusammenrükken müssen, vom Erdgeschoß in den ersten Stock, als sich die Franzosen bei ihnen einquartierten, hatten aber das Glück gehabt, auf einen Oberst zu treffen, der sich als so rücksichtsvoll erwies, sie am 8. Juli 45 wieder zu verlassen und sich eigens bei den nachrückenden Amerikanern für sie zu verwenden, die das Stahlsche Haus alsbald in eines der begehrten Off-limits-Häuser verwandelten. War das gerecht? Natürlich war es das nicht. Auch wenn der alte Stahl kein acharnierter Nazi gewesen und der Partei nie beigetreten war, so war er ebensowenig ihr Gegner gewesen. Seine Gegnerschaft hatte sich darauf beschränkt, daß er Gauleiter Murr für zu primitiv, Hitler für zu laut, Göring für zu fett und einen Krieg, den man nicht gewann, für verfehlt gehalten hatte.

Der Onkel trommelte mit den Fingern gegen die Stuhllehne. »Wir wissen jedenfalls, daß Alessandro nicht der Mann war, es mit dem alten Stahl aufzunehmen, schon gar nicht in dessen Haus.«

»Warum eigentlich nicht?«

»Warum, warum, er konnte nicht einmal damit angeben, daß unsere Familie bei den Pacellis ein und aus ging. Der alte Knochen war ein Papistenhasser. Papistenhasser von der humorlosen Sorte.«

Der Onkel lächelte maliziös. »Und wir wissen auch, wie deine Mutter ist. Oder wissen wir das nicht?«

»Du bist der Familienspezialist.«

»Wir tragen beide das Familienseziermesserchen mit uns herum. Warum haben wir wohl darauf verzichtet, eine eigene Familie zu gründen?«

»Weil wir mit der alten schon bedient waren.«

Sie grinsten wie die Verschwörer, nahmen sich neue Zigaretten aus des Onkels Schachtel, und Monty zündete sie an.

Um drei klingelte es an der Haustür.

Ettore rauschte herein, mit einem Blumenstrauß für Concepción und einem Päckchen Konfekt, das ihm am Bändel vom Handgelenk hing. Er versetzte die Wohnung in eine alarmierte Stimmung, war nirgendwo und überall zugleich, zumindest hörte man ihn überall, war zuerst in der Küche bei Concepción, wo man die beiden schallend lachen hörte, wo er als Blumenfachmann, der sich als einziger darauf verstand, Concepcións Rosen in der korrekten Schräge anzuschneiden und sie in einer Vase herzurichten, zuerst seinen Dienst versah, dann erschien er leiblich im Wohnzimmer, wo er den Onkel auf beide Wangen küßte und sich zu Cassini niederbeugte, um dessen Krawattenknoten zurechtzurücken, dann war er wieder draußen, um wenig später mit einem Tablett mit Gebäck durch die Tür, die er mit dem Gesäß aufgestoßen hatte, hereinzuschwingen, jedem der Herren ein zartes Etwas, einen Windbeutel von Giolitti, aufzunötigen und ihnen hierfür noch die passenden Servietten in die Hände zu drücken, sie nicht aus den Augen lassend, bis sie ihre Münder in die sahnigen Beutel versenkt und voller Lob wieder daraus emporgetaucht waren, erst dann und nachdem er sich davon überzeugt hatte, daß alles im Zimmer noch an seinem Platz war, setzte sich dieser Irrwisch von einem Zeremonienmeister und nahm sich vom Gebäck. Ettore Lombardi, Erwecker alles Schlummernden und Toten, der die Spinnen in die Mitte ihrer Netze rennen ließ, wirbeliges Hin und Her und Überall, Tausendsassa, Kopfverdreher, der als Sendbote eines glücklichen Italiens kam, um allem, was da kroch, flog und atmete, die verscherzten Freiheitsrechte zurückzubringen, Ettore Lombardi schwieg und aß. Schon eine Sekunde später sprang wieder alles nach seiner melodischen Pfeife, und bald wurde

Cassini von ihm zur Tür hinaus- und auf die Straße gezogen.

Ettore war gekommen, ihn für eine Spazierfahrt abzuholen.

Der knallrote Ferrari Mondial stand in der Via Giulia, ein Auto, um das normalerweise die Gassenjungen im Kreis herumstanden und ihre Hände vorsichtig aufs Blech legten. Aber in Rom gab es keine Gassenjungen mehr, in der römischen Innenstadt schon gar nicht, denn da gab es überhaupt keine Kinder, und so stand der Sportwagen unbeachtet im Weg.

Cassini kletterte mit Widerwillen in die tiefgelegte Kiste, er haßte dieses sich Hinabverrenken, mehr noch den Krach beim Starten, der in der stillen Straße einen geradezu militärischen Aufruhr erzeugte. Sobald sie auf der Autostrada waren, machte sich Cassini klein, er lag mehr, als daß er in seinem Schalensitz saß, und kniff die Augen zusammen, weil er fürchtete, zusätzlich zu der ihm schon sicheren Stirnhöhlenentzündung noch eine Augenentzündung zu bekommen. Er sagte kein Wort. Ettore schrie ihm während der dreiviertelstündigen Fahrt aufmunternde Sätze zu, und zu Cassinis Entsetzen wandte er sich bei hoher Geschwindigkeit immer wieder herüber, ließ eine Hand vom Steuer, wickelte sich den eigenen Schal vom Hals und breitete ihn über den Freund, kramte im Handschuhfach nach einer zweiten Sonnenbrille und setzte sie ihm während der Fahrt auf, behandelte ihn ganz wie ein Kleinkind, an dem es immer etwas zu tun gab. Cassini verschwand immer tiefer in seinem Sitz, bis er kaum mehr über das Armaturenbrett hinaussehen konnte.

»Sieh den gewaltigen Himmel!« schrie Ettore.

Cassini war der Himmel völlig egal. Er konzentrierte sich auf die Asphaltstrukturen, die auf ihn zurasten.

»Was für eine herrliche Luft!« schrie Ettore.

Cassini haßte diesen Orkan, der ihm die Pollen der geschwängerten Mailuft ins Gesicht trieb. Nur die Furcht vor einem Unfall hielt ihn davon ab, seinen Kopf in Ettores Schoß zu betten.

»Wir haben Glück! So wenig Verkehr!«

Cassini hätte einen gemütlichen Stau vorgezogen, bei dem sie friedlich miteinander rauchend die Ellbogen rausgestreckt hätten.

»Möchtest du ein Hustenbonbon?«

Cassini schüttelte den Kopf.

»Die Hustenbonbons sind im Seitenfach, wenn du eins willst!«

Cassini wollte nur, daß die Tortur möglichst bald ein Ende nähme.

Warum, da ihm die Tortur schon bekannt war, willigte er immer wieder darin ein? Beide wußten: Es war eine Strafe. Eine Strafe, die jedesmal fällig wurde, wenn Cassini seinen Freund Ettore in einem wichtigen Film nicht besetzte. Als Joseph Süß Oppenheimer hätte er ihn beim besten Willen nicht besetzen können. Ettore war zu groß, zu schön, zu gutmütig, und seine Durchtriebenheit ging über das Schlawinerhafte nie hinaus. Ettore selbst wußte natürlich, daß er für die Rolle nie und nimmer in Frage gekommen wäre, trotzdem mußte die Strafe sein. Eine harmlose Strafe, die Ettores harmlosem Naturell entsprach. Um das Gleichgewicht zwischen ihnen wieder herzustellen.

Als sie am Strand bei Fregene ankamen, zündete sich Cassini eine Zigarette an und blieb, als der Motor endlich Ruhe gab, einfach sitzen. Ettore holte eine karierte Wolldecke aus dem Kofferraum, dann öffnete er die Beifahrertür und zog seinen Freund wie eine Verlobte aus dem Wagen. Sie entledigten sich der Schuhe und Strümpfe und stapften vor bis ans Meer. Der Sand war kalt. Das Wetter war umgeschlagen. Es hatte geregnet. Der Strand lag einsam da, nur in der Ferne einzelne Spaziergänger.

Ettore breitete die Decke aus, und sie setzten sich.

Das Wasser hatte seine blaue Farbe verloren. Es wirkte unter dem schweren Himmel wie versteint. Nur vorne am Strand war es aufgewühlt. Ausgerissene Pflanzen und Müll kreiselten zwischen weiß schäumenden Spuckbatzen.

Die beiden Männer lagen in ihren Regenmänteln auf der karierten Decke und pafften.

Ettore hüllte seine Worte in rauchfarbene Zärtlichkeit.

»Du altes Rindvieh.«

»Ich altes Rindvieh.«

»Esel.«

»Esel ist zu schwach.«

»Hornochse.«

»Deinem Hornochsen geht's schlecht.«

»Laß mich raten: Ezzelino?«

»Mir wird übel, wenn ich den Trottel bloß sehe. Dabei kann ich den Kerl keinen Moment aus den Augen lassen.«

»Ich habe mir schon so was gedacht. Daß Ezzelino ein Idiot ist, war doch klar. Wie oft habe ich dir gesagt, Finger weg von Ezzelino, das ist ein ganz spezieller Idiot. Ihm gebührt die Krone der Idiotie. Du hast wohl geglaubt, ein liebes handliches Werkzeug hab ich da, macht brav, was ich will, aber da hast du dich geschnitten. Dummköpfe sind prinzipiell unberechenbar.«

»Vermutlich täte er liebend gern, was ich will. Aber er versteht kein Wort, ich könnte genauso gut chinesisch mit ihm reden. Ich sag was, und er schaut mich an wie ein Erstkläßler, der auf seine Prügel wartet.«

»Trägt er noch das verschwitzte Lederjäckchen?«

»Was sonst.«

»Und er schaut mit seinen hungrigen Masoaugen zu dir auf?«

»Geht schlecht. Er ist immer noch zwei Kopf größer als ich.«

»Er ist ein Schmierlapp. Schmieriger Zopf. Schmierige Augen. Plattfüße. Feuchtschlaffer Händedruck. Und wenn er erst anfängt zu reden, dieses breiige Geschwätz, dieses Rumgefuchtel ...«

»Könnten wir ihn für einen Augenblick vergessen?«

»Also gut. Wie macht sich Frank?«

»Erstklassig. Es könnte ein traumhafter Film werden, wenn dieser Esel nicht alles versauen würde. Frank ist intelligent. Präzis, braucht keinen langen Anlauf, tut genau das Notwendige und gottlob nicht mehr. Aber dann kommt Ezzelino mit seinen abgestandenen Einfällen daher und zermürbt ihn. Ezzelino ist beleidigt, weil Frank nicht lang fragt, sondern einfach tut, was im Skript steht. Die Abneigung wächst von Tag zu Tag, man kann sie förmlich wachsen sehen.«

»Mein armes Rindvieh. Bin ich nicht immer lieb und nett zu dir?«

Ettore zog zur Abwechslung eine Zigarre hervor und streifte behutsam ihre Bauchbinde ab. Cassini sah sie über den Sand davonrollen.

»Und was macht dein Schönheitschirurg? Bist du wieder mal bei ihm gewesen?«

»Du siehst es nicht?«

»Was?«

»Hier.« Ettore beugte den Kopf über ihn und kniff sich selbst in die Wange.

»Straff und glatt. Dann habe ich mir noch die Waden aufpolstern lassen, ich glaube mich zu erinnern, daß dir meine Waden nicht gefielen und du mich deshalb nicht in deinem Sandalenfilm haben wolltest.«

»Schön. Wir machen ein Remake von Ben Hur.«

»Ich war übrigens tatsächlich mit Lorenzo zusammen, aber bloß in einer Bar. Er hat mir was Gutes erzählt. Neulich kam zu ihm ein junger Mann und wollte eine Laserbehandlung. Der junge Mann sagt, Doktor sagt er, ich möchte, daß Sie meine Jesus-Dornenkrone entfernen. Er neigt den Kopf und faßt sich an die Stirn. Lorenzo glaubt, er habe sich verhört. Ihre was? Meine Jesus-Dornenkrone, wenn Sie bitte meine Jesus-Dornenkrone entfernen wollen. So geht das eine Weile hin und her. Und was macht Lorenzo, der alte Schmierenkomödiant? Er beugt sich über die Stirn des jungen Mannes. Tut es weh? Da? Tut es da weh? O ja, sagt der junge Mann, da drückt mir meine Dornenkrone auf den Kopf. Ich habe ständig Schmerzen, Sie wissen ja nicht, was ich alles auszuhalten habe. Soso, sagt Lorenzo. Sie wollen also, daß ich Ihnen Ihre Dornenkrone wegmache. O ja, Doktor, machen Sie bitte bitte meine Dornenkrone weg. Junger Mann, sagt Lorenzo, Sie haben ja keine Ahnung. Eine Jesus-Dornenkrone darf ich nicht wegmachen. Sie ist etwas Besonderes, sie wurde Ihnen vom Himmel auf den Kopf gedrückt. Da darf der Arzt nicht ran. Gehen Sie damit zur Kirche und bitten Sie Gott, daß er sie Ihnen wieder wegnimmt.«

»Nicht schlecht. Hat Lorenzo noch mehr von der Sorte auf Lager?«

»Jede Menge.«

»Wir sollten Pietro dransetzen, der kann was draus machen. Die Weißkittelrolle wär was für dich, was meinst du?«

»Lassen wir das.«

Am papierdünnen Horizont zeigte sich ein Schiff. Krähen marschierten zankend am Strand entlang.

Der Wind schnitt ihre glatten glänzenden Gewänder in Fransen. Cassini wurde von einer Ausgelassenheit ergriffen, er sah sich als Krähenvater mit einem Vogel auf dem Kopf herumlaufen und stieß einen rauhen Lockton aus, den die Krähen nicht weiter beachteten.

Sie lagen noch lang auf der Decke, schwammen, ohne sich zu rühren, mit ausgebreiteten Armen und zugeknöpften Mänteln allein auf dem weiten Meer, bis die jüngste Vergangenheit von ihnen driftete, fort zu den schon verschollenen Jahren.

Gegen sieben wurde es kalt. Sie fuhren an Pinienwäldchen und Strandhäusern vorbei, kehrten schließlich bei Maccarese in ein Strandrestaurant ein. Das San Giorgio war ziemlich leer. Ettore verschwand mit dem Restaurantbesitzer in der Küche, um einen Fisch auszuwählen. Eine halbe Stunde später machte sich der Kellner an einer Spigola in Salzkruste zu schaffen, wobei Ettore das Zerteilen dirigierte und dafür sorgte, daß Cassini nicht mehr als seine übliche Kinderportion auf den Teller bekam.

Als sie wieder draußen waren, legte sich die Nacht um ihre Schultern. Über dem dunklen massigen Meer erhob sich der gefleckte Himmel. Schwarze Fetzen schoben am Mond vorüber. Sterne mit Wackelkontakt blitzten auf und erloschen.

Auf der Rückfahrt war Ettore so gnädig, das Verdeck wieder herabzulassen.

Cassinis Wangen und Hände brachten etwas von der feuchten Meereskühle mit in die Wohnung. Er ging zu Bett und schlief gleich ein. Als er mitten in der Nacht erwachte, kräuselte sich der Schlaf auf seiner Oberlippe, etwas drehte sich hinter den Augen, ein magnetischer Kreisel suchte ihn wieder in das Gehäuse seines Inneren zu ziehen, Wachwellen und Schlafwellen rollten gegeneinander, bis der Schlaf siegte und Cassini in ihm versank.

AN DIESEM MORGEN ging sie nicht ans Telefon.

Auf der Loggia prüfte Cassini das Wetter. Es kam ihm wärmer vor als gestern. Ein leichter, durchlässiger Grauton lag über der Stadt, was auf Beständigkeit hoffen ließ. Um den Wetterbericht zu hören, schaltete er im Badezimmer das kleine Radio ein. Während der 6-Uhr-Nachrichten räumte der Rasierer den Schaum von seinen Wangen. Idiotischerweise hörte er am Wetterbericht vorbei. Als die Werbung wieder losging, warf er sich das Wasser mit Wut ins Gesicht. Für das Frühstück brachte er nicht die rechte Geduld auf, ein Fehler, wie er wußte, da er gerade für den heutigen Tag seinen Magen möglichst schonend hätte vorbereiten müssen. Zehn Minuten später verschwand er grußlos aus der Wohnung. Benito wartete direkt vor dem Haus auf ihn.

»Machen Sie bitte das Radio an. Ich muß den Wetterbericht hören.«

»Gerade habe ich ihn gehört, 19 bis 25 Grad, grau, Regen nicht sehr wahrscheinlich, kaum Wind. Massimo macht sich jedenfalls wegen des Wetters keine Sorgen.«

»Ich danke Ihnen«, sagte Cassini und verfiel in sein übliches Schweigen.

Weil die Einfahrt über die Via delle Terme gesperrt war, mußten sie einen Umweg über die Porta San

Paolo fahren. Die dahinter liegende Cestius-Pyramide mit dem angrenzenden Friedhof sah man vom Auto aus nicht.

Der Torhüter, für gewöhnlich ein scharfer Hund, der niemanden durchließ, der nicht dazugehörte oder glaubhaft auf einen Termin im Inneren der Spielzeugstadt verweisen konnte, nickte ihnen zu, als sie die Einfahrt zum Filmgelände passierten. Der frische Rasen leuchtete in der Morgensonne, in den Blüten der Rabattenpflanzen zitterte der Tau. Es war einiges los. Scharen von Leuten, teilweise in schweren Mänteln, liefen auf dem freien Gelände hinter den Studios herum. Cassini stieg aus und ging in sein Büro, während Benito den Wagen wendete und zu einer neuen Tour aufbrach.

Als er ins Zimmer trat, stand Massimo telefonierend am Fenster. Der Mann war bei hoher Betriebstemperatur angelangt, das Gesicht rot und verschwitzt, doch Cassini merkte an der Stimme, noch war er glücklich, noch war alles im Lot. Massimo klappte sein Telefon zu.

»Wir fangen pünktlich an, in zwei Stunden ist alles bereit. Bisher« – er griff sich in den Schritt – »läuft alles wie geplant. Die Kulisse steht. Statisten sind da. Roberto hat seine Leute im Griff. Wenn wir Glück haben, wird Ezzelino heute weniger Schaden anrichten als sonst.«

Cassini hob die Brauen, um Platz für die Schwierigkeit zu schaffen, die noch kommen würde.

Und wahrlich, sie kam, eine Stunde später, als an

Massimo vorbei und von Rossana mit flatternder Hand begrüßt, Ezzelino die Zimmertür sprengte.

»Frank ist nirgendwo aufzutreiben!«

Cassini schloß die Augen, öffnete sie wieder und sagte mit seiner gewohnten Stimme: »War er im Hotel?«

»Er war nicht im Hotel. Die ganze Nacht nicht. Telefon ausgeschaltet. Keine Nachricht, nichts. Benito war rechtzeitig da, um ihn abzuholen. Kein Frank, nirgendwo.«

»Wie lang können wir warten?«

»Wenn er in den nächsten zwanzig Minuten nicht aufkreuzt, wird's ernst.«

Ein Schwindelgefühl breitete sich bis in seine Zehen aus, Cassinis asketischer Kopf zog sich auf die wenigen essentiellen Punkte und Linien zusammen.

»Du hast behauptet, auf Frank sei Verlaß«, sagte Ezzelino mit leiser Stimme, die Cassini, gerade weil sie leise blieb, ungewohnt gefährlich klang.

Cassini wandte sich an Rossana: »Wo könnte er sich herumtreiben?«

»Keine Ahnung, aber ich mache mich gleich ans Werk.«

Kurz darauf waren vier Leute damit beschäftigt, nach Frank zu fahnden, dessen Agenten anzurufen, Gerüchten nachzugehen, die sich von Minute zu Minute an Unwahrscheinlichkeit überboten, in Hotels, Bars, Krankenhäusern, bei der Polizei und bei Leuten nachzufragen, von denen man hoffte, sie stünden mit dem Schauspieler in Verbindung. Rossana ging dabei instinktiv vor und Massimo cholerisch, während Massimos Schaf seine langen argentinischen Finger in Adreß- und Telefonbücher versenkte, ohne sich für eine Nummer entscheiden zu können. Von ihrem Schreibtisch in Prati aus machte Maddalena Franks Frau in London verrückt: systematisch, im Zehn-Minuten-Takt.

Um halb elf hatte man von Frank nicht mehr in der Hand als die von den üblichen Wichtigtuern erzeugte heiße Luft. Draußen warteten fünfhundert Statisten, vier Kamerateams und der komplette Stab von einhundertzwölf Leuten, die das Geld schneller verfraßen als die Heuschrecken dereinst Pharaos Weizen.

Die drei Männer in Cassinis Zimmer rauchten. Der schäbige Repräsentationsraum hatte sich in eine empfindliche Echokammer verwandelt. Einen Augenblick lang herrschte das berühmte Maximum an Verfall, das einem Minimum an Zeugung gleichkommt. Ezzelino saß auf der Ledercouch und rauchte mit bebenden Fingern, Massimos schweißiger Hinterkopf nährte eine Fliege, während Cassini auf geduldigen Hiobsknochen saß und seine Zigarette mit Sorgfalt betrachtete.

Ezzelino brach das Schweigen: »Wir können unmöglich länger warten.«

»Wir müssen ihn ersetzen«, sagte Cassini. »Heute können wir ihn zur Not ersetzen. Morgen sehen wir weiter.«

»Ich hätte da eine Idee.« Ezzelino fixierte Cassini mit ungewohnter Schärfe. »Du hast die gleiche Statur und auch annähernd sein Profil. Könnte hinkommen, wenn wir für heute auf die Nahaufnahme verzichten.«

»Laß die Witze.«

»Ich mache keine Witze«, beharrte Ezzelino. »Von allen da draußen bist du ihm am ähnlichsten.«

»Da ist was dran«, sagte Massimo.

»Du weißt am besten, was zu tun ist, in einer halben Stunde kriegen wir dich geschminkt, wir sprechen inzwischen mit Roberto, und dann geht's los.«

»Da draußen laufen hundert kleine magere Italiener herum. Schnappt euch einen von denen.« Cassini stand vom Schreibtisch auf, um die beiden aus dem Zimmer zu scheuchen.

Ezzelinos linkes Bein begann zu zittern. Er beugte sich vor und schickte jedem seiner Sätze eine kleine hackende Bewegung mit der Zigarette voraus: »Du hast mir Frank eingebrockt. Frank ist dein Hätschelknabe. Deine erste Wahl. Ich höre dich noch genau: Frank ist trocken. Seit Jahren trocken. Auf Frank ist Verlaß. Fünfzehn Kilo rauf, fünfzehn Kilo runter, Frank macht das locker. Frank ist der geborene Oppenheimer, und er kostet uns nicht mal ein Vermögen, dieser erhabene Neurotiker. Wir sind schlau und nützen seinen schlechten Ruf aus, wie gut, daß die anderen noch nicht kapiert haben, wie vernünftig der liebe Frank geworden ist. Wir wissen Bescheid, und das ist unser Vorteil. Wir bekommen einen zahmen Frank für die halbe Summe, wir bekommen ein As, das uns einen Jahrhundertfilm beschert – wir haben einen erstklassigen Scheißkerl gekriegt, der uns am neunten Tag davonrennt!«

»Nicht ganz meine Worte, aber so ungefähr«, sagte Cassini.

»Du siehst dem Scheißkerl verdammt ähnlich, deshalb hast du ihn engagiert.«

»Du solltest es machen«, sagte Massimo.

Und einem bleichen Cassini, der sich dem Fenster zugewandt hatte, strich Ezzelino versöhnlich über die Schulter und führte ihn wie ein Schlachtlamm zur Tür.

Auf was für eine Albernheit er sich da eingelassen hatte! Draußen begegneten ihm gleich vier schmächtige Männer, die genausogut hätten einspringen können. Warum sollte ausgerechnet er den Lückenbüßer machen, noch dazu in einem knallroten Gewand? Er würde in die Geschichte eingehen als Produzent eines mittelmäßigen Historienschinkens, der Millionen dafür hinausgeworfen hatte, um für drei Minuten auffallende Klamotten tragen zu dürfen. Als er geschminkt war und ihm der schwere Rock umgelegt wurde, schlugen die ersten Wellen der Peinlichkeit über ihm zusammen. Hunderte von Leuten warteten draußen, und er ahnte, was für Sprüche sie schon klopften, über diese Lackwanze von einem Produzenten, der einem lächerlichen Schauspielertraum nachhing, der sich in ein Prachtgewand zwängte, wenn davon später auch nicht mehr als ein roter Fleck zu sehen war, zumindest solange er als Ersatz darin steckte.

Ersatz! Das Wort schmeckte nach gräßlichen Lebensmitteln. Ersatzbutter, Ersatzkaffee, Ersatzkartoffel. Die Ersatzkartoffel bekam einen Schweißausbruch. Dicke Tropfen rannen ihr über die Stirn. Er, der für gewöhnlich trocken durch die Backofenhitze des römischen Sommers ging, mußte jetzt zur Strafe alles auf einmal ausschwitzen. Die Schminke war schon aufgeweicht, bevor die erste Kamera auf ihn gerichtet war. Und da kam auch noch Rossana, gab sich entzückt, klatschte in die Hände und pries ihn als *den* Jud Süß, ganz wie er leibt und lebt. Er hätte sie ohrfeigen können. Die Gebetskapsel! Herrgott, daran hatte er nicht gedacht, daß man ihm eine Gebetskapsel auf die Stirn schnallen würde. Die Idiotie auf ihrem Gipfel. Er begann vor Kälte zu schlottern. Als heißkaltes Bündel wurde er auf einen idiotischen Fasching geschleppt, mit einem Dings am Kopf, peinlicher als ein Tütenhütchen am Gummiband.

Er drehte einen Film, dem er nicht gewachsen war. Er hatte eine Rolle übernommen und sich damit auf die lächerlichste Weise an das Idol des Vaters herangeschoben. Montgomery Clift, der sich wahrlich oft preisgegeben hatte und mehr als einmal halbnackt und vollgepumpt mit Drogen im Rinnstein gelandet war, niemals war dem eingefallen, sich so lächerlich zu benehmen wie er als Ersatzmann in diesem Moment.

Draußen war schon alles bereit. Er stand hinter den Kulissen auf einem Podest, zwei Wachen neben sich, die offenbar auch unangenehm berührt waren und stoisch an ihm vorbeiblickten. Dann kam das Zeichen. Seine Wächter zwangen ihn durch die Papptür zum Rathaus heraus, erst fünf Stufen hinunter und dann auf den Karren hinauf. Cassini merkte, daß sie aus Scheu nicht richtig zupackten. Die Arme im Rücken gebunden, kam er aus eigener Kraft nicht auf den hohen Karren und fiel den Burschen aus ihren übervorsichtigen Händen. Ein Fehler, den er sich selbst zuschrieb. Zwölfmal ging es zurück und wieder vor, bis er oben hockte und an der Bank festgemacht werden konnte.

Endlos mußte er herumsitzen, bis es soweit war und der Karren paar Meter fuhr. Flocken, von den Schneekanonen gen Himmel gespien, trudelten auf ihn herab; es war ihm recht, er fühlte sich dadurch geschützter. Auch hatten sie verabredet, daß er das Gesicht ganz zwischen die Schultern zöge und sein Profil so gut als möglich unter dem hohen Kragen verberge. Er blieb in dieser Haltung sogar zwischen den Pausen, während derer das Fuhrwerk wendete und wieder an die Ausgangsstelle zurückfuhr. Es war wirklich eine Schindmähre, die sie da aufgetrieben hatten. Um ihre Spitzigkeit zu betonen, hatte man rund um die Rippenpartien graue Asche aufgetragen, wahrscheinlich auch die Mähne gerupft und die verbliebenen Fransen mit irgendeinem Malerkot verklumpt. Das Pferd war so kopfhängerisch veranlagt, als wäre es bei den Herrnhutern in die Schule gegangen; auf Zuruf konnte es den Kopf sogar noch weiter senken.

Unter seiner Gebetskapsel begann es zu jucken. Er hätte sich gern gekratzt, das Ding wie eine Brille zurück in die Haare geschoben. Schweißbäche rannen ihm den Nacken hinab. Daß der Abkömmling eines NSlers aus Degerloch – seine Phantasie führte den Großvater heran, aufgeputzt wie ein Hollywoodfaschist in blankgewichsten Stiefeln und einer Uniform, an deren Kragenspiegel SS-Abzeichen wie die Juwelen blitzten –, daß ausgerechnet so einer den heldenhaften Juden mimen mußte, bei dem Gedanken konnte einem übel werden. Das Ungeheure dieser Anmaßung erfaßte ihn. Seine Existenz war plötzlich ins Lächerliche gekippt.

Was gehörte überhaupt hinein in die Kapsel? Die zehn Gebote in einer eckigen Schrift? Er hatte ja keine Ahnung. Vielleicht hatte jemand, wie es Filmleuten so einfällt, einen Streifen Kaugummi hineingelegt, oder die Kapsel war leer. Wie hatten sie noch geheißen, diese Gebote? Er versuchte krampfhaft, sie zusammenzubringen. *Ich bin der Herr, dein Gott, du sollst nicht andere Götter haben neben mir,* klar, das sagte sich flüssig herunter, aber waren Jesus und der Heilige Geist nicht sowieso immer dabei? Als Spaltgötter des Einen, in einer schwebenden Verbindung mit Ihm? Die zehn Gebote hatten aber mit Jesus rein gar nichts zu tun, denn der war später hinzugekommen. Es war wieder so eine ausgemachte Perversität, die ihm dazwischenfunkte. Jesus, immerzu Jesus. Jesus mit den blutunterlaufenen Augen, der seine kindlichen Alpträume beherrscht hatte. Im Bett hatte sich die Löwenstraße bis zur Epplestraße hinabgewölbt, hintereinanderweg waren die Kanaldeckel aufgesprungen, der Jesuskopf mit der Dornenkrone hatte herausgeguckt und ihn mit langen Blicken verfolgt, für weißgottwelche Dinge, die er getan oder gelassen hatte. *Du sollst dir kein Bildnis noch irgendein Gleichnis machen, weder des, das oben im Himmel, noch des, das unten auf Erden, oder des, das im Wasser unter der Erde ist. Bete sie nicht an und diene ihnen nicht. Denn ich, der Herr, bin ein eiferiger Gott.* Des das oben, des das unten, darüber war er schon als Kind ganz wirr geworden. Das da oben auf dem Kran war jedenfalls Kamera A, die sich ein Bild von ihm machte und dabei drei Positionen durchlief, bei 60 Zentimeter Höhe beginnend, ging sie auf 1 Meter 50 hoch und am Schluß bis auf 7 Meter, in einer gleichmäßigen Bewegung, von drei Bühnenarbeitern auf einer gebogenen Schiene gerollt, wobei sie erst seine Füße, dann seine Hände und schließlich seinen Rükken verfolgte. Das da unten, das war Kamera B, die in einer Weinfaßattrappe steckte und mit langer Brennweite die Räder des Karrens, die Hufe und schließlich die Kuppe des Pferdes ins Visier nahm. Dann gab es noch C, fest installiert auf einer Tribüne, die den Karren in der Totale einfing und ihn ins Offene hinausbegleitete. D wiederum war um die Brust eines Mannes geschnallt. Ihr metallener Arm ragte aus einer panzerhaften Weste und war von den freien Händen leicht zu bedienen. D bewegte sich am Körper des Mannes mitten im Gewühl, fing schiefe, gehässige Blicke ein, sofern sich die Statisten darauf verstanden, solche zu werfen, war hinter geifernden Mäulern her, dem Geschiebe und Gezerre, den drohenden Fäusten und dem andächtigen Glotzen, sie folgte den Grenadieren und Stadtreitern in ihren blauen und grüngelben Wämsern und dem traurigen Pferd. *Du sollst den Feiertag heiligen.* Heute war Montag, ein unverfänglicher Tag. Sie vermieden es, an einem Sonntag zu drehen, aber nicht, um ihn zu heiligen, sondern weil dann alles doppelt so teuer kam. *Du sollst deinen Vater und deine Mutter ehren.* Das sollte ihm mal einer verraten, wie man einen Vater ehrte, der sich verdrückt hatte, als sein Sohn gerade mal hatte Papi sagen können. Wie ehrte man eine Mutter, die bei Goebbels' Anblick feuchte Höschen bekam? Laß das, sagte er sich, das sind unerquickliche und zur Genüge ausgeschöpfte Themen, dann brabbelte es in seinem Hals noch einige Male *Du sollst*, und er kam auf *Ehebrechen und kein falsch Zeugnis ablegen,* kein Wunder, wo er gerade dabei war, das verlogenste aller Zeugnisse abzulegen. Die dafür vorgesehene Strafe wollte ihm allerdings nicht einfallen. Die Bibel kannte ja den Fall nicht, daß einer, der nur noch auf dem Papier Christ ist, sich ins Judentum hinüberschwindelt und den erzfrommen Märtyrer mimt. Ebensowenig kannte sie den Film, hatte für dessen Frivolitäten keine einzige Regel vorgegeben. Nummer 6 war ein alter Hut, bekannterweise verboten und wahrscheinlich mit Grund, aber manchmal kam es halt anders, wie zum Beispiel beim Großvater, der im ersten

Weltkrieg zwei Franzosen totgeschossen hatte. Vielleicht schmorte der jetzt irgendwo und mußte seinen Franzosen als Knecht dienen. Aber was machte die Bibel mit den Späßen von Cinecittà, wo sie all Augenblick jemanden abmurksten, der nachher fröhlich wieder aufstand? Das ganze Gebotszeugs kam ihm plötzlich sehr weit hergeholt vor, veraltet wie das Gewese um Mägde und Knechte, purer Unsinn, wahrlich, es brauchte kein Dekret, um ihn davon abzuhalten, eine x-beliebige Pasqualina ins Bett zu schleppen.

Schon zum vierten Mal wurde der Karren gewendet und vor das Rathaus zurückgefahren. Er steckte noch immer in einem kalten Schweißwickel. Ein Idiot hatte die Windmaschinen im falschen Abstand zu den Schneekanonen aufgestellt, aus den Augenwinkeln bekam er mit, daß die Verwirbelung nicht für gleichmäßigen Schneefall sorgte. Darüber erbost, rupfte er an seiner Handfessel, besann sich aber noch rechtzeitig auf seine Pose und senkte das Kinn. Wenn er endlich aus dem Kostüm heraus war, würde er einen Wutanfall bekommen und sich dann betrinken. Er hörte Ettore lachen. Ettore würde die nächsten zwanzig Jahre lachen, für Munition war ja gesorgt. Die Leichtigkeit, mit der er in der Jugend auf Freundschaften verzichtet hatte! Warum hatte er später schwach werden und auf die Freundschaft hereinfallen müssen? *Von dem herrlichen Mann war nichts übrig als ein schwebender Totenkörper,* das hatte jemand über Süß gesagt, er hatte manchmal auch einen schwebenden Totenkörper gehabt, aber jetzt hatte er den gewiß nicht, jetzt hatte er einen stinkenden Lebendkörper, und zwar in schmierigster Verfassung. Ihm fiel die Frau mit den Erbsen ein, einen Beutel Gefriererbsen hatte sie gestohlen und sich unter den Hut gesteckt und war dann vor der Kassiererin lang hingeschlagen, tot. So würde er auch hinschlagen, vor Gott und den fünfhundert Statisten, wenn man ihm die Fesseln aufband und er da wieder heruntermußte, herunter von dem rohen Brett, von dem er wahrscheinlich schon Spreißel im Hintern stecken hatte, herunter als Fallobst, verklebt, ranzig, versaut.

Der vielgepriesene Wandel durch Selbstbelauschung! Über den Köpfen der Menge, zwischen zwei hohen Rädern, die wie Ohren an dem Karren klebten, konnte er gar nicht anders, als in sich hineinzuhorchen. Und was förderte er da zutage, während zwei Schafsnasen neben ihm herwandelten, die sogenannten Henkersknechte mit Weinkrug und Becher? Sprüche tauchten auf, Sprüche von alten Männern, die am Stammtisch dröhnten, sie hätten wieder wen im Bett gehabt und dabei einen Flurschaden angerichtet. Seine Selbstbelauschung ergab: mit solchem Unfug hatte er sich nie gebrüstet, größere Männergesellschaft immer gemieden, wie überhaupt jede mehrzählige Gesellschaft. Zweifellos war er ein Egoist, und ein einsamer dazu. Aber war ein Egoist nicht das harmloseste aller Wesen, selbstfreundlich und deshalb frei von Gehässigkeit? Auch der Großvater war ein Egoist gewesen, wenn auch ein spezieller, nicht gar so freundlicher. Eine Vaterfigur, die penetrant Gottvater ähnelte in ihrer kindischen Besessenheit für ein einziges Geschöpf. Offenen Mundes hatte er zum Schluß dagelegen, tagelang, hatte mit der knotigen Hand nach ihm getappt und gerufen: *Da kommt ja mein Robertle!* Und der falsche Robert saß prompt in der Falle, getraute sich nicht, seinen Namen zu nennen oder die Hand zurückzuziehen, saß da und musterte den Großvater kalt, bis der die Hand wieder losgab und sein Atemgerassel von vorn anfing. An Kugeln hatte er damals denken müssen, Kugeln, die im Hals des Großvaters durcheinanderkollerten. Mit Kugellagern hatte der Großvater sein Geld gemacht. Sie wurden in Flugzeug- und Automotoren eingebaut, waren unentbehrlich für die Wehrmacht und fanden nachher Absatz bei den Amerikanern. In den fünfziger Jahren wurden sie unter die Rollschuhe von Kindern montiert, das hatte das Geschäft noch einmal belebt. Ein wahrer Geldmensch war der Großvater gewesen. Und er selbst war auch einer, wenn auch ein nicht ganz so großer. Mit einundzwanzig hatte er das Geld in den Wind geschlagen und sich vom Proletariat entzücken lassen. Eine Liebe, die unerwidert blieb. Zwei Jahre später war aus ihm ein junger Geldmensch geworden und kurz darauf sogar ein erfolgreicher. Josef Süß war auch ein Geldmensch gewesen, von Jugend an, zuletzt sogar ein Geheimer Finanzrat, allerdings mit ganz anderem Schneid. Es hatte viel Mut dazu gehört, sich der vorgeschriebenen Judenkleidung zu entledigen und seine Geschäfte unter einem launischen Landesfürsten zu betreiben, einem katholischen Fürsten über einem fest verbakkenen Württemberger Filz. Ein hochgefährlicher religionsverdruckster württembergischer Filz, um genau zu sein. Der mit Süß stellvertretend abrechnete, sobald der gehaßte Landesfürst tot war. Cassini ärgerte die Heimtücke, mit der sie zu Werk gegangen waren, noch nach zweihundertfünfzig Jahren. Allesamt Beutelschneider, die sich zu kurz gekommen wähnten, Kirchenratsmitglieder, pietistische Geheimräte, Oberhofrichter, Oberhofkanzler und gewöhnliche Schranzen. Ihre Gemeinheit war in den Gesichtern der Nachfahren am Leben. All diese Bilfinger-, Gaisberg-, Harpprecht-, Zech-, Röder-, Wallbrunn- und Schützgesichter mit ihrem säuerlichen Haß, sie waren zu besichtigen in der Tabakhandlung Gohl in der Epplestraße, beim Hundezüchter Haug in Hohenheim, bei den Lehrern Hitzacker und Spohn in der Albschule, beim Pfleiderer, sofern er selbst am Tresen stand, und bei den beiden Ramparter vom Baugeschäft Ramparter & Sohn. Sie redeten wie Eugen Raff, der Prokurist der Karl-Stahl-AG, und konnten schweigen wie der alte Stahl, wenn er jemanden ins Bockshorn jagen wollte. In aller Ruhe hatten sie ihre haßerfüllten Suppen gekocht, und als sie endlich wieder am Ruder waren, Rache genommen gegen jedes Recht und Gesetz. Nicht einmal die Trauerkleider hatten sie ihm gegönnt, die Süß auf seiner letzten Fahrt hatte anlegen wollen. Statt dessen hatten sie ihm dieses Prachtgewand aufgenötigt. Um zu zeigen, was da für ein hoffärtiger Mensch gerichtet werde und damit die zu Tausenden hergeströmten Galgentouristen und einheimischen Galgenvoyeure ihn auch bestimmt erkannten nach dem Bild, das die Flugschriften schon von ihm gemacht hatten. Die Hinrichtung hatte dafür gesorgt, daß die Stadt mit Menschen gefüllt war wie noch nie, Stuttgart, das sich damals noch nicht über die Hügel ausgebreitet hatte, sondern im Tal kauerte, ein Nest zwischen Wald und Reben neben dem benachbarten Cannstatt am Neckar.

Und wieder ging's zum Rathaus zurück. Die Statisten kamen ihm jetzt, da er schon so oft an ihnen vorbeigefahren war, zu römisch vor, ihre filzigen Umhänge, die Kappen und Hüte sahen aus der Entfernung ziemlich echt aus, nur ihre Gesichter wirkten etwas dunkel. Zwar gab es auf der Schwäbischen Alb recht südländische Gesichter, eine seiner Tanten hatte Tante Mohrle geheißen, wegen ihrer schwarzen Haare und der braunen Hautfarbe, aber solche Gesichter waren in Stuttgart eher die Ausnahme. Die Requisiteure hatten sich rund um das volkshafte Treiben etwas einfallen lassen. Zuviel des Guten, wie er fand. Holzfeuerchen loderten zum Würstlbraten im falschen Schnee, Bäcker boten Krapfen feil, an langen Stangen hochgereiht, Winzer schenkten Most in ihren Buden aus, wieder andere gingen herum und verbreiteten die fliegenden Ein-Blatt-Zeitungen, die hauptsächlich aus Bildern bestanden, da ja das Volk damals nicht lesen konnte.

Er selbst hatte, anders als Robert, erst in der Schule lesen gelernt, bei Fräulein Heinz. Mit so harmlosen Sächelchen wie *Anna hat einen Hund* und *Der Ball ist rot* hatte es angefangen. Aber dann kam *Wer das liest, heißt Jürgen Schaal*, der Satz, der seine Alpträume für die nächsten Jahre regierte. Er stand an einer Mauer, an der er als Erstkläßler vorbeimußte. Wenn er zur Schule ging und wenn er aus der Schule kam, er las ihn, denselben, immer denselben Satz. Lesen war ein Zwang, und der hieß Jürgen Schaal. Nur Robert wußte, wie sehr ihn Jürgen Schaal beschäftigte. Wenn er keinen Umweg machen wollte, mußte er an der Mauer vorbei. Manchmal war er zu einem weiteren Weg bereit, auch mit Robert, den er dann gut fünf Minuten länger herumschieben durfte. Kam die Mauer in Sicht, klebte sein Blick am Boden, aber sein Gedächtnis lieferte das Bild des Satzes und hypnotisierte ihn. Dann mußte er jedesmal den Kopf heben, um sich zu vergewissern, ob er noch dastand, sah aus den Augenwinkeln hin, und da war sie wieder, die weiße krakelige Schrift *Wer das liest, heißt Jürgen Schaal.* Er hatte keine Ahnung, ob es einen Jürgen Schaal gab, oder ob er selbst vielleicht heimlich Jürgen Schaal war, wie es ihm die verdammte Mauer Tag für Tag einzureden suchte. In seiner Klasse gab es jedenfalls keinen Jürgen Schaal. Wenn es diesen Kerl wirklich gab, warum mußte der dann auf so vertrackte Weise alle Welt mit sich bekannt machen? Oder hatte ein Schulkamerad sich den teuflischen Satz ausgedacht, um die, die an der Mauer vorbeiliefen, zu quälen? Andere wurden von dem Satz aber nicht gequält. Robert zumindest nicht. Nur ihn, das Kind mit den wackeligen Namen, ihn brachte der Satz ins Grübeln. Und beim Grübeln verhedderte er sich so, daß ihm davon schwindlig wurde und er einmal sogar in Ohnmacht fiel. Ihm war der Vorfall peinlich genug, der sich während einer Pause beim Chorsingen ereignet hatte. Wachstumsstörungen, hatte es hernach geheißen. Er aber wußte, daß die Ohnmacht vom Rätsel Jürgen Schaal herrührte. Jürgen Schaal spornte ihn auch beim Lesen an. Schneller als die andern in der Klasse lernte er lesen. Er sog die Buchstaben förmlich auf und hatte eine zu schöne Schrift für einen Buben. Mit neun Jahren hatte er den kompletten Karl May ausgelesen, sogar den Band *Ich*, der auf geheime Weise mit Jürgen Schaal in Verbindung zu stehen schien. Das Buch war aber sterbenslangweilig und hatte mit Jürgen Schaal nicht das Geringste zu tun. Danach hatte Jürgen Schaal seine Macht über ihn verloren. Die Schrift an der Wand verblaßte und wurde in einer Rumpelkammer seines Gedächtnisses versenkt.

Geendigt als ein dürrer ausgeglühter Mann. Noch so eine Bemerkung über Süß, die er nicht vergessen konnte. Sie paßte auch auf den Ersatz. Obwohl er sich noch nicht so ausgeglüht vorkam, um gleich endigen zu müssen. Wahrscheinlich hatte er auch sein Herz noch nicht genügend erforscht, um endigen zu können. Jedenfalls hatte er sich heute sechshundert Leuten zur Erforschung überlassen, und die zögerten gewiß nicht, ihre Schlüsse zu ziehen. *Wie durch-*

schaue ich meinen Nebenmenschen? Das war nach dem Krieg ein beliebtes Vortragsthema gewesen. Die harte Rassenkunde lag auf Eis, man begnügte sich mit der weicheren Charakterkunde, Lavater kam wieder zu Ehren, man unterschied schlankwüchsige, rundwüchsige und athletische Menschentypen, guckte sich die Löwen- und Schafsgesichter von Della Porta an. Im Hintergrund geisterte der Hitlersche Basiliskenblick herum, dem man zugetraut hatte, daß er den ganzen Volkskörper durchschaue. Dessen hinterbliebene Kraft versuchten die Alleingelassenen nun unter sich aufzuteilen für den kleinen Kampf von Nebenmensch zu Nebenmensch. Sie übten fleißig, den andern mit dem Blick niederzuzwingen. Der Trick war, sich jedem seelischen Kontakt zu verweigern, durch die Augen des andern zu schauen, als wären es Glaskugeln, bis der geängstigte Verlierer die Wimpern senkte und seine Gedanken ihm zu den Poren herausquollen. Solche Fixierspiele kamen auch unter den Schulkameraden auf. Er befand sich jedoch so im Abseits, daß niemand auf die Idee kam, ihn dazu herauszufordern. Heute hätten es die Charakterkundler mit ihm nicht schwer. Sie brauchten bloß an ihm zu riechen, um festzustellen, was für einer er war.

Zum Ende der Fahrt war sein Schädel entleert. Massimo band ihn los und half ihm hinunter. Das entstockte Blut rieselte durch seine Arme. Es hagelte Lob. Lob auch von Roberto, dem Kameramann. Alle schienen sich dazu verabredet zu haben, auf ihn einzuloben. Wie er sich auf dem Karren gehalten hatte! So lang und ohne einen Mucks! Dem Hauptdarsteller so täuschend ähnlich! Das brachte ihm keine Erleichterung, er fühlte sich zerdrückt, versuchte in die Garderobe zu entkommen, zog jedoch einen Pulk von Leuten hinter sich her, die alle auf ihn einschwatzten, nach seinen Ärmeln faßten, ihm wie Enthemmte Schultern und Rücken beklopften. Noch vor paar Stunden hätte sich keiner von denen getraut, ihn so ungeniert anzufallen.

Und da, am Ende des Ganges, als er gerade in Franks Garderobe verschwinden wollte, wartete sein Mädchen. Er war nicht fähig, sich einfach zu verdrücken. Um keinen Preis wollte er, daß sie näher kam und Witterung aufnahm. Einen Augenblick stand er reglos da, in heller Panik, brachte eine stummelhafte Bewegung hervor, eine Art Hitlergruß für Kinder, dann war er durch die Tür und fürs erste gerettet.

An dem idiotischen Gruß hatte er noch eine Weile zu kauen. Erst als er geduscht hatte und wieder in den eigenen Kleidern steckte, kehrte etwas von der alten Sicherheit zurück. Wer jetzt noch kam, um ihn zu tätscheln, den wies sein gefrorener Blick in die Schranken.

Im Büro empfing ihn Rossana, im Schlepptau das Mädchen. Ihr Freund Frans war nicht mitgekommen. Cassini frohlockte; nach all den Qualen konnte er ein gutes Omen gebrauchen, obwohl er sich nicht verzeihen konnte, daß er in diesem albernen Aufzug vor ihr hatte aufkreuzen müssen.

»Sie haben die Verträge dabei?« fragte er so nüchtern wie möglich.

»Ja«, sagte sie, »unterschrieben, wie Sie es wünschten.«

»Sie oder er?«

»Was?«

»Unterschrieben, meine ich.«

»Er natürlich.«

Ein Hauch von Mißbilligung lag in ihrer Stimme.

»Na, da bin ich aber froh. Sie hatten mir schon jede Hoffnung genommen.«

»Das war nicht meine Absicht.«

Er bat sie zu sich herein. Ob sie noch ein wenig Geduld hätte? Zusammen könnten sie in die Stadt zurückfahren, er würde sie vor dem Hotel absetzen. Nach und nach füllte sich das Zimmer. Hinter Massimo trottete das unvermeidliche Schaf, ein Argentinier namens Enrique Lightowler-Stahlberg, den sich Massimo wahrscheinlich zu masochistischen Zwekken hielt. Welchen anderen Nutzen man aus ihm hätte ziehen können, war nicht bekannt, umständlich und schwer von Begriff, wie der Lulatsch war. Cassini war immer gereizt, wenn er im Weg war, der schwülstige Name dieser Spottgeburt klang wie das alberne Echo seines eigenen. Im Moment kümmerte ihn der Argentinier jedoch kaum. Ihn freute, daß sein Mädchen auf der Couch saß und ihm zuschaute. Sie dabei zu haben, während er die Gehirne seiner Untergebenen betrat! In Maßen leutselig wollte er sich geben, obwohl der Haß auf diesen zusammengescharten Haufen ihm noch frisch auf den Zähnen lag.

Von Frank nicht mehr als eine dünne Spur. An der Piazza Barberini wollte ihn jemand gesehen haben, in einem Stehcafé. Morgen früh, wenn es an die Nahaufnahmen ging, konnten sie ihn beim besten Willen nicht ersetzen.

»Es sei denn, wir fangen noch mal von vorn an, und diesmal gleich mit dir«, sagte Ezzelino.

Massimo ruderte vor Begeisterung mit den Armen. »Nach dem, was du heute geliefert hast, sollten wir das ins Auge fassen.«

»Ich erlaube mir hinzuzufügen, daß Sie Respekt und Bewunderung verdienen«, verlautete das Schaf. »Ich fand es nachgerade unerhört, wie Sie in die Bresche gesprungen sind. Welcher Produzent sonst hätte so was getan? Wir hätten den Tag wegwerfen können, ich darf gar nicht daran denken.«

»Hört auf mit dem Stuß«, sagte Cassini. »Wir müssen den Kerl finden, und zwar noch heute.«

Aus Ezzelinos Richtung tönte das übliche Gejammer, doch Cassini würgte ihn ab.

Gegen sieben kamen sie endlich los. Benito hatte den Wagen mit vier offenen Türen vor das Büro gestellt. Das Mädchen stieg vorne ein, Cassini hinter ihr. Er besah sich das energische Adernetz auf seinem Handrücken und war wieder leidlich mit sich zufrieden. Rossana neben ihm mit Adreßbuch, Telefon, einer Karte von Rom und einer Liste, auf der verzeichnet war, wer wann wo Frank gesehen haben wollte.

Obwohl schon zwölf Stunden im Einsatz, zeigte Benito keine Spur von Ermüdung. Er machte den Touristenführer und erklärte der Holländerin Ruine um Ruine, als habe er in Zeiten, als Rom noch Rom war, die Toga um die Brust getragen und das Liktorenbündel auf der Schulter. Auf den Citroën war Verlaß. Keine Kopfstützen oder hochgezogenen Schalensitze. Cassini hatte freien Blick auf Haar und Nacken. Ihr dünnes rebhuhnfarbenes Haar, er wollte es so gern mit den Fingern durchfahren! Sein Kopf war wie vollgeblasen von diesem Haar. Er sah sich auf dem glatten Schopf seine Hand ablegen, wie man es bei einem Kind tut. Trotz Rossana, die neben ihm saß und der auch beim Telefonieren nichts entging, riskierte er es, sich vorzubeugen, und kam mit der Nase fast bis an das Haar.

Als sie am Ponte Fabricio vorüberfuhren, machte er einen Vorschlag, der ihn selbst überraschte. Er lud alle zum Essen ein, was auch Benito einschloß, mit dem er noch nie etwas zusammen verzehrt hatte.

Rossana schaute ihn von der Seite an: »Sollten wir das nicht lieber aufschieben, bis wir Frank gefunden haben?«

Er ließ sich von seiner Idee nicht abbringen. Die Runde erlebte einen aufgekratzten Cassini, dessen Zigaretten zwischen den Fingern auf Wanderschaft gingen, der Camparis hinunterstürzte und den Espresso hinterher. Seine Augen flitzten, mit den Kellnern schwatzte er aus dem Schaum seiner Einbildungen. Im Nu sprang er von Thema zu Thema, strich

Benito als das größte Renn-As aller Zeiten heraus, das eigentlich nach Monza gehöre und nicht auf die Polster einer alten französischen Tante, *jeder Muskel ein Rennfahrermuskel*, worauf das Renn-As errötete und zur Abwehr den Finger auf sein goldenes Brustkreuz legen mußte. Er ließ die Feuerzeuge zischen, schlug mit der Serviette auf seine brosamenbedeckten Schenkel los, versuchte mit Rossana zu scherzen wie in alten Tagen. Nur das Mädchen sparte er aus, und essen tat er so gut wie nichts. Ein vernünftiger Teil seiner selbst wußte, daß er sich befremdlich benahm. Was um Gottes willen trieb ihn so um, daß er vor diesem Mädchen die Kontrolle verlor? Machte ihn die kleine blaue Ader verrückt, die von ihrer Nasenwurzel aufstieg, Ader, die auch die Stirn Roberts geziert hatte? Normalerweise regte es ihn nicht sonderlich auf, eine Frau zu verführen. Wenn ihm ein Fall zu kompliziert schien, ließ er davon ab, ohne allzuviel Gedanken daran zu verschwenden.

Unterdessen wurde Rossana immer nervöser. Sie telefonierte mit ihren Kundschaftern, machte sich Notizen und versuchte mit Benito die Route zu besprechen.

Zeit, die Rechnung zu bestellen. Zu Cassinis Verdruß ließ es sich nicht länger aufschieben, daß sie Frank finden mußten. Sein holländischer Zwilling sah nicht danach aus, sich nun von Bar zu Bar schleppen zu lassen. Sie lächelte zwar und schaute ihn ohne die steilen Falten an, die bei der ersten Begegnung ihr Gesicht zerzogen hatten. Cassini kämpfte verzweifelt um einen Einfall, wie er sie weiter im Auto behalten könnte.

»Wir bringen Sie jetzt in Ihr Hotel«, kam es prompt von Benito.

Cassini zahlte mit zornrotem Kopf. Er hätte den Kerl draußen versauern lassen sollen. Heutzutage hatte kein Chef mehr seine Untergebenen im Griff, wenn sie so offen wagten, ihm in den Rücken zu fallen.

Sie hielten an der Via della Scrofa. Cassini stieg aus und öffnete die vordere Wagentür.

»Ich hoffe, ich sehe Sie noch, solange Sie in Rom sind. Grüßen Sie Ihren Freund von mir. Es war mir ein Vergnügen, und es währt noch, da wir auf diesem Gehsteig stehen, sozusagen ein Gehsteigvergnügen, ein wie auch immer, entschuldigen Sie meine Worte, außerordentliches Vergnügen. Ich fürchte –«

Er brach ab und sah ihr in die Augen.

»Wir sind die Woche noch da.«

»Ich rufe Sie morgen an.«

Er warf die Tür zu und ließ sich auf den Rücksitz fallen. Dann sank das Fieber in sich zusammen, die lang eingebürgerte Kälte nahm wieder von ihm Besitz. Er lehnte sich zurück und fand ihren Plan albern. Frank in dieser aufgeweichten Mainacht suchen zu wollen, in irgendeiner beschissenen Bar oder einem beschissenen Privatbordell, wo er versackt war, was für eine abstruse Idee! Frank hatte es gut. Vielleicht lag er halbtot hinter einem Gebüsch oder hockte mit irgendwelchen Pennern auf einer Treppe zwischen Bierdosen und gebrauchten Präservativen. Wohin sie fuhren, war ihm gleichgültig, klar war nur, daß dieser Film ihn ruinieren würde und daß es keinen Sinn mehr hatte, dagegen anzukämpfen.

»Ich wüßte, wie man dem römischen Schmutz Herr wird«, sagte er unvermittelt, während Rossana die Tasten ihres Telefoninos drückte.

»Tag, Giogiò, was gibt's Neues?«

»Es sollte doch möglich sein, Quartier für Quartier generalstabsmäßig zu säubern –«

»Und wer will ihn da gesehen haben?«

»Vierundzwanzig Stunden dürften in der zu reinigenden Zone keine Autos, Motorinos, Fahrräder parkiert werden. Dann schickt man einen Trupp los, der alles schrubbt und fegt bis ins letzte Eck. Dann hält man mit den Wasserkanonen drauf –«

»Was sagst du? … Wann soll das gewesen sein?«

»So kämpft man sich nach und nach von Quartier zu Quartier –«

»Und du bist sicher, daß das keiner von deinen üblichen Schwätzern ist?«

»Ebenso die Flußböschungen und öffentlichen Grünanlagen –«

»Hör mal …«

»Der Tiber wird umgeleitet und das Flußbett gesäubert –«

»Wo soll das sein? Ecke Ludovisi?«

»Man muß natürlich mit Verordnungen nachfassen, die das Wegwerfen von Müll und Flaschen aufs strengste ahnden. Für die Überwachung werden Obdachlose abkommandiert –«

»Du bist ein Schatz.«

»Die ihre bevorzugten Plätze zu Revieren bekommen und in Uniformen gesteckt werden, sagen wir mal in khakifarbene –«

»Melde dich, wenn du noch was hörst, und steck das Ding nicht wieder in den Rucksack.«

»Sie sollen sich die Wegwerfer greifen und sie abkassieren, werden aber sofort entlassen, wenn sie zu lasch sind. Wie findet ihr das?«

»Wir haben ihn, das heißt vielleicht.« Rossana faßte Benito an der Schulter. »Fahr Ludovisi Ecke Veneto. Vor zwei Stunden will ihn eine Freundin von Giogiò dort gesehen haben.«

»So hat man immer Lust und Trieb, vor fremden Türen zu kehren. Wie findet ihr das?«

»Was?« Sie sah Cassini aus großen Augen an.

»Goethe.«

»Wo genau?« fragte Benito.

»Auf der Straße. Ist mit zwei Kumpeln die Veneto runtergelaufen.«

Cassini merkte, daß jetzt wahrscheinlich nicht der Moment war, sie mit seinen Theorien über die Todesstrafe bekannt zu machen.

»Das mit Goethe mußt du mir mal genau erklären.«

»Ich wünsche mir manchmal das Durchlüften der unzulänglichen Rechtspflege« – das mit der unzulänglichen Rechtspflege kam ihm besonders schön vor, wenn auch etwas lang –, »und zwar durch die Todesstrafe. Allerdings nicht, wie sie zum Beispiel in Texas praktiziert wird.«

»Ich verstehe. Du willst Frank erschießen lassen. Aber er ist doch Engländer!«

»Ich sehe den Staat in ein amorphes Chaos hineinrudern, in eine dicke Suppe, die ...«

»Gut Chef, Sie wollen die Triebtäter aufknüpfen lassen. Bin ich sofort dafür. Meinetwegen auch die Terroristen und dieses Zigeunerpack und einige von diesen messerwerfenden Albanern.« Benito zuckte mit den Backenmuskeln und fühlte sich ermuntert, die DS ein bißchen strenger ranzunehmen.

»Ich sehe, daß in diesem Staat das zu seiner Fruchtbarkeit Nötige nicht mehr richtig hin und her witscht«, erklärte Cassini würdevoll.

»Ich bin sicher, wir finden den Verbrecher«, sagte Rossana munter und tuschelte ihm einen Kuß ins Ohr, was ihn früher schon genauso geärgert hatte.

Sie kamen überein, die Veneto bis zur Via Sardegna langsam hochzurollen und die Cafés auf der rechten Seite durchzukämmen, dann wollten sie hügelab entsprechend verfahren. Bergauf saß Cassini wie ein Toter im Wagen. Benito stellte den Citroën alle paar Meter in der zweiten Reihe ab, stieg mit Rossana aus, um Erkundigungen einzuziehen. Nichts konnte idiotischer sein, als in einem Auto zu hocken, das alle drei Minuten zwanzig Meter weit fuhr. Cassini kurbelte die Scheibe herunter. Mit dem glitzernden Kanal, in dem abends der gesellige Strom auf und ab wogte, hatte die Via Veneto nichts mehr gemein. Heute hörte man die Kastanienbäume rauschen. Herrliche Zeiten waren das damals, als flinke Fiats in jede Lücke vorstießen, die sich zwischen den amerikanischen Chromschlitten öffnete, und die Paparazzi von ihren Lambrettas aus Jagd machten auf die Stars. Ins Feuer ihrer sperrigen Blitzlampen geriet der dikke Faruk und hielt es für ein Attentat, mit den Begleitern von Anita Ekberg und Ava Gardner zettelten sie ihre berühmten Fang- und Prügelspiele an, die Callas erwischten sie mit einer Eisbombe. Unglaublich, wie sie ihre Beute nervös machten und dann fixierten, mit welcher Schnelligkeit sie die schweren Blitzgeräte mit den Bleiakkumulatoren in Anschlag brachten!

Als er 1963 nach Rom kam, hatte die Straße schon etwas von einer asthmatischen Kokotte. Ihm war es damals natürlich anders vorgekommen, ihre Lebhaftigkeit hatte ihn schier über den Haufen geworfen. Daß man so laut die Nacht durchknattern durfte! So sorglos dahinleben konnte! Jemand hatte ihn aus seinem Stuttgarter Pietistengrab erweckt, nun stand er da und rieb sich die Augen, während alle seine Auferstehung feierten. Die Mädchen waren schon drauf und dran, aus ihren schwarzen Existentialistenröhren zu steigen, tranken aber noch die knalligen, schirmchenbewehrten Cocktails. Die Jungs hatten schwere Hornbrillen auf den Nasen, stellten ihre dünnsohligen Schuhe zur Schau und fingen gerade damit an, das gesalbte Haar zwei Zentimeter länger zu tragen. Daß die Stars schon seltener dort zu finden waren und die goldene Zeit des italienischen Films nur noch wenige Jahre dauern würde, konnte er damals nicht ahnen. Und heute? Gewiß, die schmiedeeisernen Lanzen in der unteren Straßenhälfte zeugten von Macht und Reichtum, und einige Hotels wirkten noch imposant, aber die Lokale waren öde Touristenbuden, die vom Talmi der Vergangenheit lebten. Selbst in einer warmen Nacht, wo die Leute auf den Plätzen sonst wie die Stehgockel herumstanden, war in der Via Veneto nichts los, und die paar, die hier hängengeblieben waren, ahnten, daß sie was verpaßten.

Als es auf der anderen Seite wieder hinabging, hatte er das Warten satt. Er quälte sich aus dem Polster, übernahm es, mit Rossana die Lokale abzuklappern, so konnte Benito im Schneckentempo neben ihnen herfahren. Cassinis Aufgabe war es, auf den Männerklos nachzuschauen. Beim ersten einsamen Waschbecken nutzte er die Gelegenheit, legte Uhr und Manschettenknöpfe ab und ließ sich kaltes Wasser über die Gelenke laufen. Inzwischen befragte Rossana die Kellner und zeigte ihnen ein Foto von Frank. Sie hatten ein privates Foto gewählt, in der Hoffnung, die Leute würden zwar Frank, aber nicht den Schauspieler darauf erkennen. Das Gerücht bestätigte sich. Er war gesehen worden, in übler Verfassung mit zwei üblen Kerlen, unter Protest hatten sie das Lokal verlassen, da der Kellner sie nicht hatte bedienen wollen.

Stunden später, nach etwa siebzig Männerklos und mehreren Rolladen, die hinter ihnen heruntergescheppert waren, bewegten sie sich auf geleerten Straßen. Eine schlappe römische Nacht, die ihre Tragödien in kleiner Münze auf den Asphalt warf. Cassini verlangte es nach einem scharfen Getränk, damit diese Nacht endlich präzis wurde. Im Zickzack der Querstraßen war es hügelab gegangen, unter der Führung von Rossana, die immer wieder ihre Leute zu Rate zog und als eine sehr bewegliche Spinne die Fäden ihres Netzes prüfte, bis sie schließlich in einer Gegend landeten, wo selbst sie sich schlecht auskannte: an der Piazza Indipendenza, in der Nähe der Stazione Termini. Hier waren die ganz miesen Läden. Spielautomaten, Resopaltische, verdreckte Plastikstühle. Kippen und breitgetretene Zigarettenschachteln auf dem Boden. Ein Pakistani stand hinter dem Tresen. Im schweißigen Dunkel des *Ohio* hockten die leidenschaftlichen Flaschensäufer, Polen, Ukrainer, Schwarze und paar zittrige Kreaturen, die noch von alters her aus dem Viertel stammten. Mit tranigen Augen kippten junge Schnapskameraden, fett gewordene Veteranen des letzten jugoslawischen Gemetzels, ihren Wodka, in gefleckten paramilitärischen Hosen, dreckig von den Nächten, die sie im Freien verbracht hatten. Ihre Leichen waren nicht von selber umgefallen, die Frauen hatten sich ihnen nicht freiwillig an den Hals gehängt. Jetzt hatten sie sich um eine Prostituierte zusammengeschlossen, deren Lippenstift breit über die Mundwinkel hinaus verschmiert war. Cassini stellte sich an den Tresen und verlangte einen Brandy. Er mußte diese Mundwinkel anstarren, es war der Mund der Schwarzen Dahlie, bis zu den Ohren aufgeschnitten. Ein Kasperlekopf mit breiter schwarzer Lache. Warum liebe ich ein Mädchen, das ich erst zweimal gesehen habe, wie eine große verlorengegangene Geliebte? riefen seine Gedanken in einer melodramatischen Aufwallung. Der einzige, der es ihm hätte erklären können, war der Pakistani mit den höflichen Händen, der einen Lappen vor ihm hin und her schob. Im Aschenbecher verzehrte sich eine liegengebliebene Zigarette. Warum muß mir so etwas Wahnwitziges passieren? Diese fetten Krieger mit ihren Kinderegos, die sich betranken, um wieder nüchtern zu werden von dem Irrsinn, der sie befallen hatte, in ihren Rülpsern hörte er es heulen, das angstschwitzende Tier.

Dünn, der Rücken, und die Beine fohlenhaft wie bei einem Backfisch, sechsundfünfzig Jahre waren an Rossana vorbeigeflogen, und noch immer mußte sie sich der Männer erwehren, die versuchten, sie anzufassen.

»Da ist er!« flüsterte sie und drückte ihr leichtes Gewicht an Cassinis linke Seite.

Er hätte ihn übersehen. Ein halb zusammengesunkener Frank, Kopf an die Wand gelehnt, Kopf, der langsam an der Wand hin und her rollte und aus dem es redete, neben einem stoisch dasitzenden Mann, Schädel einer Henkers, mit starken Jochbögen. Ivan Lendl bewacht Frank, dachte Cassini. Knochengesicht zuckte mit keiner Wimper, als sie näher kamen und Cassini vorsichtig Franks Kopf zwischen die Hände nahm. Knochengesicht kümmerte sich auch nicht darum, als sie versuchten, Frank hochzukriegen, Frank, aus dem irgendwelche englischen Wörter quollen, vermutlich in seinem walisischen Heimatidiom.

Das Fliegengewicht erwies sich als zu schwer, um von den beiden hinausgeschleift zu werden. Mit den Armen leistete es keinen Widerstand. Frank war ein höflicher Besoffener, der sich für jeden Handgriff bedankte, nur seinen Hintern zog es jedesmal wie einen Zementsack zurück auf den Stuhl, von dem sie ihn gerade gelöst hatten. Rossana mußte Benito zur Verstärkung holen. Ivan Lendl mischte sich auch nicht ein, als die beiden Männer seinen Kumpan endlich im Griff hatten, er zog bloß den Holzhackerarm unterm Tisch vor, sicherte die restlichen Zigaretten und das angetrunkene Bier.

An dem jugoslawischen Haufen kamen sie nicht so leicht vorbei. Er vermehrte sich in sechs Einzelwesen, sechs benommene Brummer, die um das Schleppgespann zu kreiseln begannen. Sie hatten jenes Stadium der Trunkenheit erreicht, in dem sie unbedingt alle Freunde sein mußten, fingen an, einen hochnervösen, kinnladenknackenden Benito anzutatschen, wollten dem neuen Bruder noch ein Gesöff einflößen und ihm in ihrer Babelsprache komplizierte philosophische Dinge erklären. Nur Cassini schien sich mit ihnen auszukennen. Er begann zu reden, ausgerechnet Schwäbisch, sprach in einem leicht pastoralen, mit beruhigenden Diminutiven gespickten Schwäbisch auf sie ein, geradeso wie er es mit dem zitternden Schnacks getan hatte, wenn zu Silvester die Böllerschüsse losgegangen waren. Mit dem freien Arm fing er die nachdrängenden Hände ab und brachte sie aus dem Weg, hatte dabei ein Auge auf Benito, aus dem die ersten Flüche sprudelten, und gottlob, es glückte, das Dreiergespann im Zaum zu halten, es den schweißigen Umarmungen zu entwinden und durch die Tür zu bringen.

Rossana hatte inzwischen die Zeche gezahlt und schlängelte sich als letzte hinaus. Sie schafften es, Frank im Wagen zu verstauen. Die Jugoslawen folgten, begannen das Auto zu bestaunen, fummelten am Wagenblech und an Rossana, die vorne einzusteigen versuchte, mit der gleichen Inbrunst herum. Endlich saßen alle, die hineingehörten, drin, und einer, der mit hatte einsteigen wollen, auf dem Gehsteig. Cassinis Tür zuzukriegen war eine schwere, Geduld erfordernde Arbeit. Finger um Finger mußte losgemacht, mit brüderlichen Versicherungen durfte nicht gespart werden. Benito verzichtete auf das Pneuma beim Anfahren. Der Citroën gab einen röchelnden Laut von sich und bockte los, wobei einer der Männer, der sich über den Kühler gebeugt, ein strahlendes Gesicht und eine lieb winkende Hand vor die Frontscheibe gehalten hatte, weggeschlagen wurde, und zwar in voller Absicht.

Benito machte sich Luft, indem er bis zur Via Nazionale ununterbrochen fluchte, ließ sich auch von Rossana nicht beruhigen, die ihm eine brennende Zigarette zwischen die Finger steckte. Cassini hatte den Arm um seinen Schützling gelegt. Der war tief in den

Sitz gerutscht und lehnte den Kopf an seine Brust. Kurioserweise fühlte sich Cassini wohl wie lange nicht mehr, obwohl Frank stank. Er stank sogar gewaltig, seine Kleider waren über und über besudelt. Cassini wollte lieber nicht wissen, womit. Er kurbelte das Fenster herunter, aber der Hosenbodengeruch mit einem Stich ins Säuerliche ließ sich durch den Fahrtwind nicht vertreiben. Franks Verfassung machte es höchst fraglich, ob er in paar Stunden wieder verwendbar sein würde. Trotzdem war Cassini guter Dinge, als würde er aus dem Schmutz, dem er gerade entgangen war, und dem, der sich jetzt an ihn schmiegte, Kraft schöpfen.

In dem Zustand konnten sie ihn schlecht im Hotel abliefern. Ein sabbernder, durch die Hotelhalle geschleifter Sheeler hätte unweigerlich die Aufmerksamkeit auf sich gezogen, auch wenn so spät in der Nacht kaum noch mit Publikum zu rechnen war. Auf geschwätzige Hotelangestellte, die sich bei der Presse ein Zubrot verdienten, mußte man immer gefaßt sein. Außerdem hätten sie ihn dort sowieso nicht allein lassen können.

»Wie wäre es, wenn …«, begann Cassini und beugte sich, soweit es Franks Kopf zuließ, zu Rossana vor.

»O nein. Zu mir kann er nicht. Lorenzo ist da, und es ist schwer genug, ihm zu erklären, daß ich so spät aufkreuze.«

»Gut. Dann fahren wir zu mir. Aber ihr müßt mir helfen, ihn ins Bett zu schaffen.«

»Brauchen wir einen Arzt?«

»Wir riskieren es ohne.«

Die erkalteten Wagen schlummerten im Widerschein des angestrahlten Capitols. In der Häuserzeile brannte kein Licht. Die Blätter an der Fassade von Nr. 2 wirkten wie ein dichter dunkler Pelz. Zu dritt mußten sie Frank in den dritten Stock hochhieven, Rossana schob von hinten nach. Als Cassini den Schlüssel ins Schloß steckte, kam er sich wie ein Einbrecher vor. Nicht daran gewöhnt, daß man mitten in der Nacht mit mehreren Leuten in sie einfiel, schien die Wohnung vor Schreck zusammenzufahren, als er das Licht anknipste.

»Hier, gleich rechts. Wir packen ihn zuerst in die Wanne.«

Cassini war zwar dazu bereit, Frank in seinem Bett schlafen zu lassen, aber nicht in diesem Zustand. Sonst hätte er sich morgen ein neues Bett kaufen können. Benito setzte Frank am Wannenrand ab, Rossana zog ihm die Schuhe aus, während Cassini den Wasserhahn aufdrehte.

»Wir legen ihn mitsamt Kleidern ins Wasser und ziehen ihn dann aus«, sagte Cassini, während er Franks Taschen durchsuchte und nicht mehr als zwei Geldscheine und paar Münzen zutage förderte.

Rossana und Benito fanden die Idee weniger gut.

»Er muß mit allem drum und dran ins Wasser«, beharrte Cassini.

Er legte sein Jackett ab und krempelte sich die Hemdsärmel hoch. Die beiden Männer hoben

Franks Beine an und setzten ihn vorsichtig in die Wanne. Cassini nahm den Duschgriff und ließ warmes Wasser auf ihn rieseln, verstärkte den Strahl, um erst mal den gröbsten Dreck von den Kleidern zu spülen.

Frank ließ sich alles gefallen.

»Nice to be nice«, murmelte er selbstvergessen und hielt zwei Finger an die Brause.

Cassini genügte die Klarspülung nicht. Er drückte Benito die Brause in die Hand und machte sich auf die Suche nach einem Waschmittel, fand aber nur eine Packung mit dicken Tabletten. Er nahm Benito den Duschkopf wieder ab, verstöpselte die Wanne, stellte das Wasser heiß und zerbröselte eine Tablette auf Franks Brust. Das Wasser dampfte, er zuckte beim Hineinlangen zurück, rührte dann aber mit roten Händen darin herum, um ordentlich Schaum zu erzeugen, rieb und drückte Franks Kleider wie eine Waschfrau, die sich über einen Bottich beugt. Zu guter Letzt packte er eine Massagebürste mit langem Stiel und fuhrwerkte damit auf seinem Opfer herum, bis die Schaumflocken nur so an den Kacheln hochspritzten.

»Findest du das nicht etwas unpraktisch?« fragte Rossana.

Benito schickte sich an, die Nebenräume zu inspizieren.

»Wenn Sie sich mit der Waschmaschine nicht auskennen, kann ich's ja mal versuchen.«

Cassini machte einfach weiter.

»Man könnte die Sachen in die Maschine stecken und das Jackett wegwerfen«, sagte Rossana.

»Ich kann es morgen in die Reinigung bringen,« bot Benito an.

»Außerdem kommt mir die Prozedur etwas sadistisch vor.« Rossana war nicht entgangen, daß Frank die Behandlung nicht sonderlich schätzte und der Bürste auswich, so weit er konnte.

»Wieso sadistisch?« fragte Cassini.

»Vielleicht tut ihm das heiße Wasser nicht gut.«

»Ein bißchen Strafe muß sein.«

Cassini spülte den Schaum mit kälterem Wasser wieder ab. Erst jetzt fand er Frank genügend vorbereitet, ihm die Kleider auszuziehen. Er knöpfte ihm das Hemd auf. Benito half, Hemd und Jackett von den Armen zu winden, während Cassini die sich blähende Leinenhose samt Unterhose von den Beinen zog. Die nassen Sachen landeten in einer Plastikschüssel.

»Nice to be comfy«, sagte das Opfer und verhielt sich auch als nackter Mann noch genauso brav.

Cassini rückte ihm nun mit einem Stück Seife zu Leibe, Mandelseife von D. R. Harris & Co, die Frank zu mögen schien, vielleicht weil er das Geburtsland mit ihr teilte. Um die schwimmende Insel des Geschlechts, an deren Küste sich Schaumreste verfangen hatten, machte Cassini einen Bogen. Sonst ließ er keinen Körperteil ungeseift durchgehen. Gegen das Haarewaschen schien Frank etwas zu haben, er versuchte seinen Peiniger durch Gejammer zu erweichen, und als das nichts half, fluchte er leise vor sich hin. Zum Schluß wurde er mit kaltem Wasser abgeschreckt; um den Kreislauf wieder in Schwung zu bringen, wie Cassini sich ausdrückte.

Paar Minuten später saß ein dick in Frottee gepackter, notdürftig gefönter, von Benito und Rossana gestützter Frank wieder am Wannenrand. Er sackte ihnen bei geschlossenen Augen zweimal weg. Diesem Kreislauf war jedenfalls so wenig zu trauen, daß selbst dem sturen Kurarzt Zweifel kamen, ob er mit der verabfolgten Wasserbehandlung zu weit gegangen war. Mit mulmigem Gefühl ging er einen Schlafanzug für seinen Schützling heraussuchen. Im Bett drehte sich Frank gleich zur Seite. Als die anderen gegangen waren, hielt Cassini noch lange bei ihm Wache und beobachtete ängstlich, wie es um die Brust im weinfarbenen Seidenhemd bestellt war.

Gegen fünf in der Früh lag er draußen auf der Loggia, einen letzten Campari mit Eiswürfeln neben sich. Die Liege stand auf einem Bretterpodest, so daß er bequem über die Brüstung hinwegschauen konnte. Lachsfarbene Streifen zogen am Osthimmel auf. Die angestrahlten Altertümer verloren allmählich das Kulissenhafte und nahmen wieder etwas von der körnigen Wirklichkeit an. Hinter der Via dei Fori Imperiali brannte in den Wohnhäusern vereinzelt Licht. In Stuttgart waren ihm erleuchtete Zimmer immer geheimnisvoll erschienen, es hatte ihn gefreut, wenn er einen Kopf darin erblickte und sich um diesen Kopf ein Leben ausmalen konnte, meistens ein einsames, wo gleich etwas Böses geschah. Wenn sie im Haus seiner Tante Pauline auf dem Killesberg zu Besuch waren, bauten sich Robert und er am Fenster auf, zählten die vereinzelten Lichter der Reklame im Tal, sahen die Lampenketten, die sich wie die Arme eines Polypen die Hügel hinaufwanden, und waren immer wieder gefesselt von der riesigen Gleisanlage hinter dem Bahnhof, wo die beleuchteten Züge ein- und ausfuhren. Gleich nebenan ging es hoch zur Tunzenhofer Steige, wo Süß' Galgen mit dem eisernen Käfig gestanden hatte. Sechs Jahre lang hatte man seinen Körper im Käfig liegengelassen. Der Wind zerriß die Kleider, die Vögel pickten ihn sauber, bis nur noch der Schädel und paar größere Knochen übrig waren. Aber das hatten sie damals nicht gewußt. In Rom gingen ihn erleuchtete Fenster nichts an. Die Leute erledigten sowieso alles auf der Straße, und die vielen Scheinwerfer um die Denkmäler stahlen der Nacht ihr Geheimnis. Wie hätte es ihn gefreut, die zerschlagenen Reste seines geliebten Forums einmal im Mondlicht zu sehen. Sanftes Mondblut auf den Steinen und sonst nichts.

Aus der Morgenluft flog etwas her und breitete sich in ihm aus. Verschwimmende Erinnerungen und von den ausgeschwelten Gefühlen letzte Flocken. Es kamen die Sympathien herangeweht, die keinen Namen hatten und keine festumrissene Gestalt. Freundlich bat er sie zu sich. Sie dehnten sich in ihm aus, ihm wäre es recht gewesen, wenn sie ihn jetzt so, wie er war, für immer fortgenommen hätten. Als Seelenbehältnis wäre die kleine Eidechse in Frage gekommen, die unter seiner Liege wegschlüpfte. Wie schade, daß er den Film nicht mehr fertig bekam, von dem ja noch nicht einmal die Schlußeinstellung feststand. Mit einer Eidechse konnte der Film jedenfalls nicht enden. Joseph Oppenheimers Seele hätte höchstens mit einer der Krähen davonfliegen können, die um den riesigen Vogelbauer kreisten. Allmählich ging die Sonne auf und glänzte wie Stahl, und er legte sich sein Taschentuch auf die Augen, damit sie ihn nicht weiter störte.

Zehn Minuten bevor Pasqualina die Wohnungstür aufschloß, war er fest eingeschlafen und wehrte sich mit aller Kraft gegen die Zumutung, schon wieder aufwachen zu sollen.

PASQUALINA MERKTE GLEICH, daß etwas nicht stimmte. Fremde Männerschuhe vor der Tür! Im Flur brannte Licht, und die Tür zum Badezimmer stand offen. Ein großes weißes Frotteetuch lag auf dem Boden, ein anderes hatte jemand über den Wannenrand geworfen. So etwas war noch nie vorgekommen. In achtzehn Jahren nicht. Wie jeder anständige Mensch hängte er seine Handtücher über die Metallhalter im Bad oder packte sein Zeug in den Wäschekorb. Auf der Konsole lagen etwas Geld und eine Armbanduhr. Es war auch nicht seine Art, Geld herumliegen zu lassen. Manchmal blieben Münzen in seinen Hosentaschen zurück, aber die Scheine versorgte er immer in der Brieftasche. Am meisten staunte sie über die Plastikschüssel mit nassen Kleidern. Sie zog einen Zipfel heraus und stellte fest, daß dieses Würfelmuster nicht zu ihrem Herrn gehörte.

Nun war sie ernstlich besorgt, ließ zur Sicherheit die Eingangstür offen, damit sie notfalls gleich hinauslaufen und schreien konnte. Auch die Verbindungstüren zwischen den Zimmern standen offen. Vorsichtig sah sie ins Schlafzimmer. Aus der Ferne glaubte sie noch, da läge Cassini, aus der Nähe aber zeigte sich: ein wildfremder Mann!

Eine Sekunde lang war Pasqualina so verwirrt, als wäre sie aus Versehen in eine falsche Wohnung geraten. Erst als sie durch die halboffene Tür zur Loggia

Cassini auf der Korbliege schlafen sah, fand sie sich wieder zurecht, allerdings brauste ihr der Kopf von all den Neuigkeiten. Was sollte das heißen? Fing er jetzt damit an, seine Kumpane in die Wohnung zu schleppen? Hatte er sich in letzter Sekunde, nach werweißwelchen Schweinereien, eines Besseren besonnen und war aus seinem Schlafzimmer wieder ausgerückt, damit sie ihn wenigstens nicht im Bett fände mit diesem Kerl da?

Sie zog sich in die Küche zurück, um mit der neuen Lage fertig zu werden. An normale Arbeit war nicht zu denken. Wollte dieser Schmutzfink im Schlafzimmer vielleicht auch einen Malzkaffee? Einen Grießbrei mit Pfirsichen? Oder wollte er's lieber französisch? Womöglich ans Bett gebracht? Sie war keinesfalls dazu bereit, in einem Männerbordell die Aufwärterin zu spielen. Dazu war sie nicht angestellt worden. Sie schaltete das Küchenradio ein, blieb einfach sitzen und wartete, bis gegen sechs Cassini in die Küche kam. Mit deutlichen Spuren von der nächtlichen Sauerei, wie sie fand, mit Ringen um die Augen wie Autoreifen schwarz, wirren Haaren und einer Stimme, die ihm nicht ganz gehorchte.

»Ich brauche Ihre Hilfe. Wir müssen Frank Sheeler wieder auf die Beine kriegen. Sie wissen ja, wer das ist. Er war gestern nicht mehr ganz nüchtern. Ich vertraue auf Ihre Diskretion, das sollte sich nicht herumsprechen.«

»Sie können sich auf mich verlassen«, murmelte Pasqualina, der man in solcher Lage mit einem berühmten Mann noch lange nicht imponieren konnte.

»Haben wir noch genügend Orangen im Haus?«

»Orangen und Zitronen.«

»Dann mixen Sie bitte einen Fruchtsaft, und drei, vier Tassen starken Kaffee wird er auch brauchen.«

Bevor er sich um Frank kümmerte, telefonierte Cassini mit seiner Mutter. Pasqualina malte sich die Lügen aus, mit der er ihr von der letzten Nacht erzählte.

»Es wurde gestern ziemlich spät«, begann er in aufgeräumtem Ton. »Unser Hauptdarsteller ist auf einer Sauftour versackt. Wir mußten ganz Rom auf den Kopf stellen, bis wir ihn endlich wiederhatten.«

»Dann bist du wahrscheinlich noch müde.« Ihre Erwiderung klang fast, als hätte sie ein bißchen Mitgefühl.

»Und du?«

»Gestern bin ich in aller Herrgottsfrühe los und hab mir einen neuen Dackel besorgt. Ein Männle, wieder vom Haug.«

»Ach was! Und wie macht er sich?«

Sie redeten länger als sonst, er ließ sich von der ersten, im neuen Heim verbrachten Nacht des Welpen erzählen, der natürlich Schnacks hieß wie seine fünf Vorgänger, ebenso braunhaarig war und offensichtlich munteren Gemüts. Im Auto hatte er sich wie ein flotter Sommerfrischler benommen, daheim kaum gefremdelt und sich gleich an die Erkundung des Gartens gemacht. Auch hatte er schon die erste Unart gezeigt, die man ihm wahrscheinlich nicht würde abgewöhnen können. Obwohl kaum größer als eine Bockwurst, war er schon wieder dabei, ein Loch ins Rosenbeet zu graben.

Das schlechte Gewissen macht ihn zum Schwätzer, dachte Pasqualina, die durch den Türspalt sein ungewohnt redseliges Deutsch hören konnte. Eine halbierte Blutorange preßte sie so fest gegen den geriffelten Hügel der Maschine, daß es die Schale in Stücke riß und die Rotation zum Stehen kam. Als sie das Frühstück fertig hatte, stellte sie es auf ein Tablett, blieb aber in der Küche.

Nachdem er selbst im Bad gewesen war und dort etwas Ordnung geschaffen hatte, versuchte Cassini, Frank aus dem Bett zu holen. Solange er ihn bloß ansprach und an der Bettdecke zupfte, tat sich nichts. Erst als er ihn im Nacken faßte und den Kopf aufrichtete, schlug Frank die Augen auf. Minuten vergingen, bis der Engländer erkannte, daß sich da sein Produzent an ihm zu schaffen machte. Als er einigermaßen bei Kräften war, ließ er sich von Cassini ins Bad bringen.

Später saßen, zumindest was die Anzüge betraf, zwei Cassinis am Tisch. Einer von ihnen war auf der linken Seite eingeknickt, ließ einen Arm herabhängen, daß er fast den Steinboden berührte, während sein anderer auf dem Tisch ruhte wie tot. Auf seinen Lidern lag ein Zauber, der ihm anscheinend verbot, sie offenzuhalten. Dem Besitzer der Kleider kam es sonderbar vor, Kaffee einzuschenken für den Nebenmann im aschgrauen Anzug, dem hellblauen Hemd und den schwarzen Seidensocken, einer Kombination, die er selbst vor wenigen Tagen getragen hatte. Nur die Schuhe, von Cassini eigenhändig geputzt, gehörten Frank. Er wirkte etwas schlotteriger und zugleich seriöser als in seinen eigenen Kleidern, zumindest als er sich aufraffte, den Fruchtsaft hinunterschluckte und in ein Sandwich mit Huhn biß. Sein Kopf war noch beladen von Alkohol; es war ihm nicht möglich, sich zu wundern, daß er in der Wohnung seines Produzenten saß und frühstückte.

»Ich glaube, es ging gestern etwas länger«, sagte er obenhin und schaute zur Decke, schaute dann fest auf den Knopf an der Kaffeekanne, um nur ja nicht zu vergessen, was er gleich noch würde sagen wollen.

Cassini tauchte seinen Löffel in den Brei. »Es war ein Absturz von zwei Tagen. Sie waren gestern nicht im Hotel, und wir haben Sie überall gesucht.« Er sprach in sachlichem Ton.

»Schlimmschlimm«, kam es keinesfalls kleinlaut von Frank. Er erhob einen Finger, um Cassini daran zu erinnern, daß er Anspruch darauf habe, mit Liebe behandelt zu werden. »Da kann man nichts machen.«

»Man könnte schon. Ich wäre jedenfalls glücklich, wenn es sich nicht wiederholen würde.«

»Wiederholen? Warum sollte es sich wiederholen?« Frank hatte mit den Augen zu kämpfen und seinem Rücken, dem das Geradesitzen nicht gelingen wollte.

»Ich bin für Sie eingesprungen.«

»Tatsächlich? Gratuliere!« Frank riß die Augen

wieder auf und vertilgte das letzte Stück vom Hühnersandwich. »Ich wußte, daß ein Schauspieler in Ihnen steckt. Und in mir« – er sah an sich herunter und schien erst jetzt den falschen Anzug zu bemerken – »ein Produzent.«

»Ich wußte es nicht.«

»Macht nichts«, sagte Frank und brachte es fertig, mit seiner schlaffen Rechten Cassini tröstlich auf die Schulter zu tappen. »Jetzt ist es jedenfalls heraus.«

Als er sich wenig später erhob, tasteten sich seine Füße am Boden voran, als wäre auf ihn kein Verlaß. Mit gestrecktem Hals und tief gehaltenem Kopf folgte er Cassini in den Flur. Da stand, wie das Jüngste Gericht persönlich, Pasqualina vor der geöffneten Badezimmertür. Frank machte eine Verbeugung, die ihn dem Boden gefährlich nahe brachte, und bedankte sich für das Frühstück, von dem er in seinem dahingenuschelten Italienisch behauptete, ein solches habe er in Rom, ach was, auf dem ganzen Kontinent noch nicht bekommen. Worauf sie sich jegliche Entgegnung verbiß, auf dem Absatz kehrtmachte und auf die Schüssel wies:

»Und was ist damit?«

»Stecken Sie es bitte in die Waschmaschine,« sagte Cassini, »das Jackett ist wahrscheinlich nicht mehr zu retten, werfen Sie's einfach weg«, und zog einen sich immer wieder nach der Schüssel hindrehenden Frank, den irgendwelche Ahnungen nach seinem nächtlichen Selbst zu streifen schienen, aus der Wohnung.

Auf der Treppe wollte er sich hinsetzen und ein bißchen reden.

»Habe ich Ihnen schon erzählt, wie man eine Sache ins Extrem trägt, wie man aus der Flaute heraus etwas ins Extrem trägt und rettet?«

»Nein, haben Sie nicht. Aber kommen Sie doch weiter. Der Wagen wartet draußen auf uns.«

»Man muß es ins Universum werfen.«

»Tatsächlich.«

»Tja, so ist es leider. Man kommt nicht drumherum, man kommt sonst nie in die Nähe der hochgradigen Abhilfe. Leider leider ... wenn man dem näher kommen möchte, muß man sich gleichsam hinterherwerfen. In den Film übersetzt heißt es, man muß auf den Zuschauer niederfallen.«

»Sie wollen auf den Zuschauer niederfallen?«

»So ist es.«

»Wie soll das gehen?«

»Indem ... indem ...«

»Kommen Sie bitte noch ein Stückchen, wir können das ja im Wagen weiterbesprechen.«

»Wissen Sie, wie es ist, wenn man sich selbst hört? Haben Sie sich selbst schon einmal einen Befehl gegeben und ihn im selben Moment befolgt?«

»Ich glaube schon.«

»Nein, das glaube ich nicht.«

»Kommen Sie doch, es sind nur noch paar Stufen.«

»Ich habe den Befehl deutlich gehört.« Frank klammerte sich mit einer Hand ans Geländer, packte mit der andern Cassini am Oberarm, sah ihn aus Augen, die etwas flackerig hin und her sprangen, verschwörerisch an und flüsterte: »Ich soll mich hinsetzen!«

»Im Wagen können Sie sich gleich setzen.«

Benito nahm ihn unten in Empfang.

»Geht es Ihnen heute wieder besser?« fragte er gutmütig und verstaute seinen Fahrgast auf dem Vordersitz, legte, nachdem er selbst eingestiegen war, den Sicherheitsgurt wie um einen leeren Sitz, so dünn und flach war der Mann.

Frank schien seine Antwort noch ein Weilchen bei sich behalten zu wollen, dann aber tönte es plötzlich fröhlich: »O yes, perfectly well.«

Zwei Minuten später war er eingeschlafen. Und Cassini wäre ihm darin um ein Haar gefolgt.

Der Chauffeur entließ zwei schweigsame Männer vor dem Bürobau in Cinecittà, der eine eilte energischen Schrittes um den Wagen, während ihm der andere auf Beinen folgte, die ein in sie eingebautes Kommando zur Disziplin rief.

Das argentinische Schaf, Maskenbildnerin und Garderobiere, sie alle hatten ihre liebe Not damit, Frank so weit zu bringen, daß mit ihm gearbeitet werden konnte. Massimo rannte währenddessen aufgeregt im Flur auf und ab. Cassini besprach sich mit Ezzelino im Büro. Der hatte seinen wiedergefundenen Hauptdarsteller mit einer Mischung aus Erleichterung und Abscheu begrüßt.

»Es sollte ihm jemand mal richtig in den Hintern treten«, brach es aus ihm heraus. In seinem gequollenen Gesicht schwammen die Augen wie weiche verletzte Wesen.

»Überlaß das mir«, antwortete Cassini scharf, »ich bin froh, daß ich ihn so weit habe, nun sei freundlich zu ihm, sonst können wir den Tag abschreiben.«

Ein mühsam gestraffter Sheeler im roten Gewand, das bleiche Gesicht mit bleicher Schminke befestigt, wurde an den Karren gebunden, und siehe da, sobald die Kameras auf ihn gerichtet wurden, schien er aufzuwachen, so daß mit ihm leidlich zu arbeiten war. Cassini ließ ihn nicht aus den Augen, wanderte zwischen Regisseur und Schauspieler hin und her, überbrachte dem einen die Wünsche des andern, nicht ohne eigene Anweisungen darin einzuschmuggeln. Sehr zum Groll des Regisseurs waren diese Vermittlerdienste nötig, da Frank bei jeder Erklärung Ezzelinos sofort zu gähnen anfing. Sie drehten mit erheblich weniger Statisten als am Vortag. Mit dem Häuflein, das für den Hintergrund gebraucht wurde, gingen sie die Karrenfahrt noch einmal durch, mit nur zwei Kameras, die auf Franks Kopf und Oberkörper gerichtet waren.

Cassini versäumte sein Mittagessen und kam erst am späten Nachmittag dazu, etwas von der nach hinten gerückten Morgenarbeit zu erledigen. In aller Eile telefonierte er mit den wenigen, die noch zu erreichen waren, erwischte auch sein Mädchen, und siehe da, sie war bereit, mit ihm auszugehen, sogar gleich an diesem Abend, was ihm eigentlich nicht paßte. Trotzdem sagte er zu und bestimmte ein Lokal für das Treffen. Um zehn, an der Piazza del Paradiso.

Mit Rossana und Massimo wurde ein Schlachtplan entworfen, wie während der folgenden Tage Frank zu bewachen sei. Rossana kam auf die Idee, ihn für die nächste Zeit in der leerstehenden Villa einer Freundin einzuquartieren und dort auch einen Wächter zu postieren. Für die ersten beiden Tage sollte das Schaf die Aufgabe übernehmen, dann würde Rossana ihn ablösen. Sollte sich Frank nach einer Woche gefangen haben, würden sie ihn wieder im Hotel wohnen lassen. Als Cassini nach Abschluß der Dreharbeiten Frank in der Maske aufsuchte, um ihm den Plan mitzuteilen, hob dieser verwundert die Brauen.

»Sie werden tun, was ich Ihnen sage. Dafür erspare ich Ihnen eine genaue Schilderung, wo und in welcher Verfassung wir Sie gestern nacht gefunden haben.«

»Ich glaube, ich käme darüber hinweg.«

»Mag sein.«

»Sie wollen also eine Sicherheitsverwahrung über mich verhängen.« Frank lächelte maliziös.

»So könnte man es nennen.«

»Wollen Sie mich in ein Zimmer einschließen, oder bekomme ich hin und wieder Ausgang?«

»Begleitet, versteht sich. Wir führen Sie zum Essen aus.«

»Und wenn ich da nicht mitmache?«

Cassini zeigte ihm seine exakten scharfen kleinen Zähne: »Gehen wir beide gemeinsam unter.«

Frank gab aber nicht so schnell auf. »Wo ist mein Jackett geblieben?« fragte er hintersinnig.

»Ich fürchte, es ist nicht mehr zu gebrauchen«, sagte Cassini.

»Ohne mein Jackett kann ich aber nicht arbeiten. Es ist eine Art Talisman für mich, müssen Sie wissen.«

»Sie arbeiten in einem Kostüm und nicht in Ihrem Jackett. Einen Zusammenhang kann ich nicht erkennen.«

»Für mich ist da aber ein Zusammenhang, ein sehr sehr enger sogar, auch wenn für Sie da gar keiner ist«, erklärte Frank mit einem Grinsen, das sich von seinem Gesicht abzulösen schien wie das Grinsen der Edamer Katze.

»Ich kümmere mich gern darum, falls es noch zu retten sein sollte, aber versprechen kann ich es nicht.«

»Das sollten Sie aber. Ich brauche Ihr Wort.«

»Ich pflege nur zu versprechen, was sich auch halten läßt.«

»So kommen wir nicht weiter. Sie wollen doch, daß ich morgen wieder arbeite.« Frank legte die Handflächen aneinander. Auf seinem schönen Gesicht malten sich heroische Züge, als müsse er sich darauf vorbereiten, einer ausgeklügelten Folter zu widerstehen.

Cassini setzte sich, zündete eine Zigarette an und schwieg. Hinter dem Rauch kam irgendwann seine Stimme, emotionslos, jedes englische Wort ein ballistisches Wunderwerk an Präzision.

»Sie wissen genau, wie sehr ich Sie schätze, Frank. Sie sind der beste Schauspieler, mit dem ich je gearbeitet habe. Wir haben lange darüber gesprochen, was mir dieser Film bedeutet. Sie wissen genau, warum ich Sie dafür haben wollte und niemand sonst. Sie sind zweifellos ein intelligenter Mann, ein ziemlich intelligenter sogar. Mit einem intelligenten Mann lasse ich mich auf keine Kindergartenspiele ein. Mit einem dummen vielleicht, mit einem intelligenten niemals. Wenn Ihr Jackett noch zu retten ist, bekommen Sie es zurück. Wenn nicht, gehen wir zusammen zu meinem Schneider und lassen auf meine Kosten einen Anzug machen, ein Jackett, was immer Sie wünschen. Ich versichere Ihnen, der Mann versteht sein Geschäft. Das ist mein letztes Wort in dieser Sache.«

Frank begann zu zwinkern, aber noch war er nicht da, wo Cassini ihn haben wollte. »Wenn Ihnen der Film so sehr am Herzen liegt, wie Sie immer behaupten, warum haben Sie sich dann diesen Esel von einem Regisseur geholt?«

Auf diese Frage war Cassini gefaßt. Es freute ihn geradezu, sie endlich beantworten zu dürfen.

»Sie haben seinen letzten Film gesehen, und der ist gut. Mehr als das, er ist ausgezeichnet. Der Mann versteht etwas vom Historienfilm. Daß er mit Ihnen nicht umgehen kann, quält mich selbst am meisten. Er ist Italiener, ziemlich redselig, nicht an einen Mann gewöhnt, dem man nicht viel zu sagen braucht. Es macht ihn verrückt, daß Sie wissen, was zu tun ist.

Ich bin sicher, das Verhältnis wäre entspannter, wenn Sie ein klein wenig so täten, als hörten Sie ihm zu.«

Frank schaute ihn bloß an. Für dieses Mal hatte Cassini erreicht, was er wollte. Aber schon morgen konnte der Kerl wieder bockig werden, womöglich mit mehr Scharfsinn und größerer Energie.

Der Mustervorführung konzentriert zu folgen war für Cassini mühsam. Die Verwirbelung des Schnees ließ tatsächlich zu wünschen übrig, das hatte er richtig gesehen. Dagegen fand er das Gewoge der Statisten ziemlich geglückt, auch die Krämer und Budenleute, die Holzfeuerchen und Flugblattverteiler gefielen ihm wider Erwarten gut. Nur ärgerte ihn das in einen Hauseingang zusammengedrückte Häuflein Leidensgenossen, alles Männer, denen die Bärte wie Besen abstanden. Das klapprige betrübte Pferd war der heimliche Hauptdarsteller der Szene. Zum Karren erlaubte er sich keinen Kommentar. Die Tatsache, daß er dieses rote Gespenst da oben war, legte ihm Zurückhaltung auf.

Als er Frank bis zum nächsten Tag versorgt wußte, konnte er sich endlich selbst an die Heimfahrt machen. Da Benito anderweitig beschäftigt war, fuhr ihn bei Anbruch der Dunkelheit ein Taxi zurück in Richtung Forum. Ein lauer Südwind belegte die Stadt mit seinem klebrigen Atem. Der westliche Horizont brannte und brachte einige der Fensterscheiben zum Glühen.

Allmählich wurden die Lichter angeschaltet. Im Erdgeschoß der Via Bucimazza Nr. 5 waren sie schon längst an. Auch tagsüber kamen Pasqualina und ihre Schwester Giuseppina kaum ohne künstliches Licht aus. Eins der Zimmer zeigte zur Straße, zwei gingen zum Hof hinaus, wo pflanzliche Eunuchen in Kübeln zwischen Putzlappen und aufgespannter Wäsche ihr staubiges Dasein fristeten. Die Hofzimmer beherbergten die voluminösen Betten der Schwestern, vormals ein zusammengestelltes Ehebett, das sie mitsamt den Nachtkästen einer Witwe hatten abkaufen können. Mit jeweils einem Schrank und Stuhl waren die Zimmer restlos gefüllt. Trotzdem unterschieden sie sich voneinander. Während in Giuseppinas Zimmer auf einem Hängebrett allerhand Krimskrams wie Rosenkränze, mit Muscheln belegte Schächtelchen, leere Parfümfläschchen, Ketten aus Holzperlen und Glas liebevoll angeordnet waren, eine elektrisch beleuchtete Madonna über dem Kopfende des Bettes hing und die Schlafstatt nachts in ein religiöses Aquarium verwandelte, wirkte Pasqualinas Schlafzimmer streng. Auf die Dekoration der Wand hatte sie verzichtet. Ihre Schätze bewahrte sie in der Schublade des Nachtkastens auf.

Wenn sie sich nicht gemeinsam in der Küche zu schaffen machten, kamen die Schwestern im mittleren Zimmer zusammen. Von hier aus beobachteten sie durch das nach außen gewölbte Fenstergitter jeden, der auf der Straße vorbeiging, was leider selten vorkam. Hier standen der Eßtisch und eine Kommode, ein vielfach gekerbtes und von oben her befranstes Trumm, auf dem sich Bücher, Zeitschriften und eine Fruchtschale den Platz teilten, die mit Marmorobst und Jahrzehnte alten, kittgrauen Totenschädeln aus Zucker gefüllt war. Ein blauer Leinenband mit roter und goldener Aufschrift lag dahinter, gleichsam die Fibel der schwesterlichen Kindheit, jenes unvermeidliche *Cuore* von *Edmondo de Amicis*, darüber einige Heftchen der Serie *Harmony*, sodann zwei Liebesromane von *Delly* und einige *Libri gialli*, etliche Nummern der Zeitschriften *Gente* und *Oggi*, und ein Taschenbuch, das sich erst vor einigen Monaten hinzugesellt hatte: *Sull'altra sponda? Come affrontare l'omosessualità del proprio figlio*, die kniffligen Betrachtungen einer Mutter namens *Maria Giovanotti-Ragusa* zu einem kniffligen Thema. Seine Eselsohren und die mit Ausrufungszeichen besäten Randleisten bewiesen, daß dieses Buch heftig zu Rate gezogen worden war. Und dennoch: das Gedruckte, das früher neben der Schale immer einen würdigen Platz behauptet hatte, war inzwischen in den Hintergrund gedrängt; geradezu wüst übereinandergestapelt klebte es an der Wand und hatte seinen Platz für den Computer hergeben müssen. Dieser wechselte hin und wieder auf den Eßtisch, was aber nur geschah, wenn Pasqualina sich mit ihm befaßte.

Der Fernseher lief unentwegt. Wenn sich die beiden unterhielten, stellten sie den Ton etwas leiser. Er war aber immer noch laut genug, um sein Geflacker und seine Weisheit aus Busen, Schwänzen, Rennwagen, Kochlöffeln, blondiertem Haar und Maschinenpistolen zwischen ihre Sätze zu werfen.

Giuseppina hatte die Hände im Schoß. Sie forschte im Gesicht der jüngeren Schwester, die ihr mit Lokkenwicklern gegenübersaß. Eine straff angezogene Miene kündete von der Empörung, die sie seit dem Morgen gehegt und nun zur Blüte gebracht hatte.

»Ruft mich doch tatsächlich diese Sekretärin an und fragt, was ich mit dem nassen Zeug gemacht habe. Na, der habe ich aber die Meinung gesagt!«

»Sie war doch sonst immer so nett.«

»Ich sage dir, niemand bringt mich mehr in diese Wohnung.« Mit dem Messer säbelte Pasqualina ein Stück von der Salami herunter und zog ihm die Haut ab.

Giuseppina nahm ein hartes Ei und schnitt es in vier Teile. »Das kannst du ihm nicht antun. Nach allem, was er für uns getan hat, kannst du ihn nicht einfach so verlassen.«

»Ich werde nicht in einem Bordell arbeiten. Das kann niemand von mir verlangen.«

Der feststehende Gegenstand ihrer abendlichen Erörterungen, jahraus, jahrein, war niemand anderer als Cassini. Wobei sich ein präziser Rollenplan entwikkelt hatte, von dem abzugehen sich keine der beiden erlaubte. Pasqualina pflegte den Mann zu beschuldigen und Giuseppina ihn zu verteidigen, während ihr zugleich die Aufgabe zufiel, Pasqualina des langen und breiten über ihn auszuquetschen. Was er getan hatte und was nicht, woran er dachte und woran nicht, mit welchen Geschwüren seine inneren Organe behaftet waren, was es mit dem Ring auf sich hatte, den er am Finger trug, ob es besser war, wenn er sein Geld in Aktien oder Immobilien steckte, wie er seine verhängnisvolle Neigung für das eigene Geschlecht verbarg und welche Absonderlichkeiten er womöglich noch verbarg, dies alles und mehr war Gegenstand einer minutiösen Auslegung, die an sich bewunderungswürdig war, nur litt sie ein wenig darunter, daß sie sich aus einer einzigen Quelle speiste.

Der Mann schien phantastische Eigenschaften zu haben. Einerseits war er immens reich und seine Macht schier unbegrenzt, ein Alleskönner, an den niemand herankam, dem die berühmtesten Leute auf einen Fingerschnips hin folgten. Andererseits war er abhängig wie ein Kleinkind, das sich ohne die Unterstützung seiner Haushälterin kaum vor die Tür wagen konnte. Mal war er kaltschnäuzig, herrschsüchtig und hart, dann wieder zu Tode betrübt und weich wie eine Molluske. Seine spezielle Idiotie nährte sich aus seiner deutschen Herkunft, die ihn für sämtliche Dinge des alltäglichen Lebens unfähig machte. Bei Gott, natürlich war er diszipliniert, diszipliniert eben wie ein Deutscher; im nächsten Moment freilich ein lendenlahmes, entschlußunfähiges Wesen, das dringend auf die Ermahnungen Pasqualinas angewiesen war, die dann gleichsam seinen Kopf in die Hände nehmen und zurechtrücken mußte. Überhaupt schien der Mann unendlich viel Zeit für die Gespräche mit seiner Wirtschafterin zu erübrigen, ohne deren Verstand er in dem römischen Haifischbecken keinen Tag überlebt hätte.

Giuseppina war ein Mensch ohne Arg. Gläubig nahm sie die Schilderungen ihrer Schwester in sich auf, und im Laufe der Zeit hatte der allabendlich beschworene Mann in ihrem Herzen einen Platz gleich neben der Madonna eingenommen. So lebte sie, wenngleich auf eine mildere Weise, in derselben Symbiose wie ihre Schwester mit dem *piccolo tedesco* aus Haus Nr. 2. Obwohl sie drei Jahre älter war, bewunderte sie Pasqualina, die das Schicksal dazu ausersehen hatte, in das Leben eines außerordentlichen Mannes hineinzuregieren, die meist schon ab elf einen freien Tag hatte und fast doppelt so viel verdiente wie sie selbst. Giuseppina arbeitete als Köchin für die Mönche von San Teodoro und kam erst gegen sieben Uhr nach Hause. Giuseppina, die über ein Heer von Töpfen, Kesseln, Schüsseln, Terrinen, Kuchenformen und vier Küchenhilfen gebot, besaß jene seltene Sanftmut, die andere friedfertig stimmt. So machte sie, sieht man von kleineren Küchentragödien einmal ab, die Wirtschaftsräume des Konvents von San Teodoro zu einem Hort der Glückseligkeit. Die Dinge fügten sich ihren Händen, ihre Gehilfen führten ein sorgloses Dasein, den Mönchen schmeckte ihre Kost, und Giuseppina war mit ihrem Zehn-Stunden-Tag und dem schmalen Verdienst, den er abwarf, zufrieden, wie nur ein schlichtes Herz es vermag. Das Erbsenenthülsen und Kartoffelschälen erledigte sie mit derselben Geschicklichkeit, wie sie früher, als dies noch öfter vorkam, die Hühnchen mit einem Schlag enthauptet, ihren Seelen ein schnelles Kreuzeszeichen nachgesandt, ihre Leiber in heißes Wasser getaucht und sie dann mit Fingern, die wie rasend eine nackte Schneise nach der anderen zogen, gerupft hatte. Wenn das Küchenpersonal beim eigenen Mittagessen um den Tisch saß, ging sie mit Feingefühl zu Werk, um den einen oder anderen reizbaren Geist zu versöhnen. Wenn dann alle Fenster offenstanden und man im Hof die Vögel zwitschern hörte, war Giuseppina glücklich. Sie war mit dem Himmel zufrieden, zufrieden auch mit der Erde, und nie verließ sie den ovalen Innenhof, ohne auf das von Dornen umschlossene steinerne Herz zu blicken, das sich dort neben den Eingangsstufen erhob.

1962 waren die Schwestern auf Vermittlung eines Priesters ihres sizilianischen Heimatdorfes nach Rom in ihre ersten Stellungen gekommen. Die damals siebzehnjährige Pasqualina hatte weniger Furcht vor der großen Stadt gezeigt und sich schneller eingelebt. Die Schwestern blieben zusammen, auch wenn es in ihrer beider Jugend einen Paolo, einen Enzo und einen Cesare gegeben hatte, durch die ihre Gemeinschaft auf die Probe gestellt worden war.

Über dem Sims des geöffneten Fensters schwebte in seinem Käfig Buzzi und lauschte in den Abend. Von einer Stange zur andern hupfend und zwischendurch hinfällige Piepslaute ausstoßend, hatte er die meiste Zeit seines Wellensittichlebens hingebracht. Nachts schlief er unter einem geblümten Tuch. Wenn alle Fenster geschlossen waren, durfte er sein Gefängnis verlassen. Buzzi turnte dann wie ein Akrobat herum, übte sich in Sturz- und Steigflügen, hockte sich auf die Kommode oder auf den Computer, wo er aber von Pasqualina verscheucht wurde, die einmal hatte mitansehen müssen, wie er auf die Lüftungsschlitze kackte, und dieses Risiko nicht noch einmal eingehen wollte. Obwohl es an Buzzis Exkrementen wenig auszusetzen gab. Sein After wurde täglich inspiziert, ob sich daran der gefürchtete Durchfall zeige. Aber der gesunde Buzzi schiß klitzekleine dickbreiige senffarbene Würstchen, die man nur ein wenig trocknen lassen mußte, um sie dann vom Tischtuch oder von wo auch immer wegzublasen. Überhaupt war Buzzi eine genügsame Natur. Sein Futter verursachte kaum Kosten, und er ging haushälterisch damit um. Die ihm in Rispen gereichte Kolbenhirse verputzte er bis auf das letzte Korn, einige wenige Samenhülsen fanden sich in einem spärlichen Kreis um seinen Kasten und konnten leicht aufgesammelt werden. Giuseppina hatte ihn als Nestling mit warmem Kinderbrei aufgezogen, deshalb hatte er zu ihr das größere Vertrauen. Manchmal hockte er auf ihrer Schulter und knabberte an ihrem Ohr. Oder er flog ihr auf die Hand und schlupfte in den Kleiderärmel. Sie hatte sich redlich darum bemüht, ihm das Sprechen beizubringen. Und Buzzi hatte mit zur Schau gestelltem Lerneifer den Kopf geneigt und sie aus einem stecknadelkopfgroßen Auge betrachtet. Ihre Lieblingsidee war, er würde morgens, wenn sie das

Tuch wegnahm, *Guten Tag, ich bin Buzzi!* sagen und anschließend *Ave Maria gratia plena, benedictus fructus ventris tui.* Sie war noch immer der festen Überzeugung, in ihrem Buzzi schlummere ein großer Sänger und vor allem ein Sprecher. Er wollte mit seinem Talent bloß nicht herausrücken. So stellte sie sich vor, er würde, sobald sie die Wohnungstür zumachte, seinen Schnabel zu Ehren der Mutter Gottes auftun. Dem war aber nicht so. Alleingelassen, wurde er melancholisch und tat keinen Mucks. Nur wenn Buzzi im geöffneten Fenster schwebte, draußen eine Amsel oder Drossel pfiff, wenn die Schreie der Mauersegler aus dem Himmel fielen, erwachte sein Gesellschaftstrieb. Er hupfte dann unruhig herum oder pickte wie rasend gegen das runde Spieglein in seinem Käfig und brach in klägliche Laute aus, ein im Ansatz abgewürgtes Tschiep-tschiep, das eher Mitleid erregte als fröhlich stimmte.

»Du kannst ja gar nicht wissen, weshalb er diesen Mann zu sich nach Hause nahm. Vielleicht war es ein Notfall«, sagte Giuseppina und goß noch etwas Wein in die Gläser.

»Schöner Notfall«, schnaubte Pasqualina, »daß ich nicht lache!«

Sie lachte aber nicht, sondern stand auf und ging mit Schritten, die eines Herkules würdig waren (sie brauchte dafür nur zwei), zu Buzzi, nahm den Käfig vom Haken, stellte ihn auf einen Stuhl und deckte ihn mit dem Tuch zu. Dann schleuderte sie die Vorhänge über die offenen Fensterflügel, ließ aber einen Spalt frei, damit noch etwas Luft hereinkäme. Spätestens ab zehn Uhr abends erschien es den Schwestern ungehörig, wenn man so offen zu ihnen hereinschauen konnte.

»Er ist doch so ein anständiger Mensch«, sagte Giuseppina und seufzte, als wäre Anständigkeit eine schwere Last. »Vielleicht wird er es nie wieder tun.«

»Du glaubst also, er hört damit auf, einfach so!« Pasqualina spreizte indigniert die Finger ihrer rechten Hand, als habe man sie gezwungen, etwas ekliges Blutwarmes damit anzufassen.

»Vielleicht ist das Ganze ein schrecklicher Irrtum.«

»Wieso sollte er sich denn geirrt haben?«

»Vielleicht hat er den Mann guten Glaubens bei sich aufgenommen, und dann ist vielleicht etwas passiert, wer weiß.« Giuseppina strich sich über das sanfte Haar, das in einem kleinen Knoten im Nacken zusammengedreht war.

Pasqualina tastete nach einer Haarnadel, die sich gelöst hatte, um sie in den Lockenwickler wieder hineinzubohren. »Ich verstehe nicht, warum du ihn unentwegt verteidigst. Der Schmutzfink hat es nicht verdient.«

»O doch!« Diesmal widersprach Giuseppina mit einiger Heftigkeit. »Er ist ein nobler Mensch, der uns immer geholfen hat, das weißt du sehr wohl. Und jetzt, wo er dich braucht wie vielleicht nie zuvor, willst du ihn einfach im Stich lassen. Das ist nicht recht. Gott vergibt den Sündern, und du solltest es auch tun.«

Pasqualinas Brauen zogen sich zusammen. Dies war das oft geübte Vorspiel zu einem Einlenken ihrerseits, das nun köstlicherweise in die Länge gezogen wurde, da sie jeden Augenblick genoß, in dem sie Giuseppina noch einmal sorgfältig die Gründe ausbreiten hörte, weshalb ihre Dienste gerade jetzt unverzichtbar waren. Dann schauten sie noch eine Weile fern. Bis sie sich für die Nacht zurechtmachten und im Vertrauen auf einen neuen Tag, an dem sich nicht das Geringste ändern würde, in ihre riesigen Betten stiegen.

Cassini hatte das Taxi vor seiner Wohnung warten lassen, sich rasch umgezogen, um dann zur Piazza del Paradiso zu fahren. Er war um ein weniges zu spät. Kaum hatte er das Restaurant betreten, wie durchfuhren ihn da Ärger und Scham, als er an einem der Tische seine Zwillinge erblickte, ein höflicher Frans sich auch gleich erhob, ihm entgegenkam und sich für die unverhoffte Einladung bedankte. Das Mädchen sah ihn mit Genugtuung an. So würde er den Abend nicht überstehen. Er entschuldigte sich für einen Moment, lieh vom Wirt ein Telefon und läutete bei Ettore an, der gerade im Begriff war, auszugehen. Es war nicht leicht, ihn herumzukriegen, aber er bat so dringlich darum, mit einer Ettore unbekannten gaumigen Stimme, daß dieser schließlich einwilligte, herzukommen. Schon etwas ruhiger, setzte sich Cassini an den Tisch.

»Ich möchte Sie nachher gern mit meinem Freund Lombardi bekannt machen. Er wäre natürlich eine großartige Besetzung für Ihren Film, wer weiß, wenn er Vertrauen zu Ihnen faßt, ist er zu allerhand Schandtaten bereit. Wir werden das heute abend aber noch nicht ansprechen, ich möchte Sie keineswegs jetzt schon festlegen. Warten wir einfach, was dabei herauskommt, wenn Sie sich kennenlernen.«

Frans strahlte. Obwohl er an Lombardi noch keine Sekunde gedacht hatte, ehrte ihn der Versuch seines Produzenten, ihn gleich bei ihrer zweiten Begegnung mit dem berühmtesten Schauspieler Italiens zusammenzubringen. Er umschlang sein Mädchen mit dem Arm und schaute in die Welt wie einer, der einen Glücksfang getan hat. Sie hatte Cassini durchschaut und bedachte ihn mit einem schlangenschnellen Blick, der ihn an ihrem Charakter zweifeln ließ.

»Es ist einfach großartig, was Sie alles für uns tun wollen.« Frans nahm den Arm wieder zu sich her und brach eine Gebäckstange in der Mitte durch. »Ich habe gehört, was für Probleme Sie gestern hatten. Der verschollene Schauspieler, den Sie so glorreich vertreten haben.« Er schien auf einmal in die Idee vernarrt, daß alle Produzenten im Notfall ihre Schauspieler zu ersetzen hätten.

»Erinnern Sie mich bitte nicht daran, es waren die peinlichsten Stunden meines Lebens. Ich würde sie gern wieder vergessen.«

»Wenn das so ist, halte ich sofort die Klappe«, erwiderte der rücksichtsvolle junge Mensch und schob ihm den Brotkorb hin.

In Cassinis Herzen rumorte ein müdes Gewitter, gehüllt in eine leichte Kruste aus Scham, die jeden Augenblick zu knacken drohte. Er hatte keine Lust mehr auch nur zur mindesten Galanterie. Eine schweigsame Spannung lastete auf ihm, die sich gottlob kaschieren ließ, da jetzt der Ober mit den Speisekarten kam. Er spürte einen peinlichen Hohlraum in seinem Magen, der nicht vom Hunger herrührte. Einmal blickte er ganz unsinnig zur Saaldecke hinauf, wohin ihm die beiden gleich folgten, als gäbe es da etwas Hochinteressantes zu sehen.

In der unreinen Atmosphäre fiel es schwer, sich zu behaupten. Er mußte es seinen scharf gebügelten Manschetten überlassen, diesem unentwegten Pärchen zu imponieren. Dann setzte er ein apostelhaftes Lächeln auf und erklärte ihnen ein Gericht nach dem anderen, zog die Sache auseinander, solange es irgend ging.

Ettore! Es gab kein ersehnteres Geschöpf als Ettore! Im Lokal sorgte sein Auftritt sofort für Wirbel, alle Köpfe drehten sich nach ihm um, man war jedoch so höflich, ihm nicht mit Autogrammwünschen zu kommen. Den Kellnern hoben sich die Füße, als bedienten sie in einem Ballett und nicht in einem gewöhnlichen Restaurant die gewöhnlichen erdschweren Esser. Wirt und Küchenchef kamen nacheinander an den Tisch, um mit dem hohen Gast das Beste, was die Küche hergab, zu diskutieren. Die Holländer überließen ihm das Geschäft der Bestellung, und Ettore begann sofort, sie ohne die geringste Scheu mit seinem fehlerhaften Englisch zu traktieren. Frans wurde lustig, er kam von Ettores Lippen gar nicht mehr los. Cassini lehnte sich zurück. Er beteiligte sich nicht am Gespräch und schaute dabei sein Mädchen an, deren Blick sich hin und wieder zu ihm verirrte. Wie ein Spatz war sie seiner umschließenden Hand entschlüpft und noch einmal davongehupft. Weit würde sie nicht kommen.

Cassini hörte natürlich heraus, wie ungern sich Ettore mit diesem Abend beladen hatte. Die verläßlichsten Tricks wurden aus der Mottenkiste gezogen. Cassini kannte jeden Satz und war froh darüber, daß Ettore ihm nicht auch noch mit Neuigkeiten aufwartete. Der Schauspieler unterhielt die Holländer mit Geschichten über ihre erste Begegnung. Wie er aus einer Laune heraus es mit einem Anfänger riskiert hatte, der noch so unsicher war wie eine Jungfrau, einem kleinen Schlaks mit fahrigen Händen und zu wenig Geld. Dessen Name ihn aber verlockt hatte, weil er so brenzlig nach Montecassino klang, wo beim Beschuß der Benediktiner-Abtei viele Zivilisten umgekommen waren, darunter die Schwester seines Vaters. Wußten sie überhaupt, was sich da abgespielt hatte? Nein? Und so malte er mit Brot, Löffeln, Gabeln, Salz- und Pfefferfaß den in historischen Dingen nicht sehr bewanderten holländischen Kindern ein Bild von der berühmten Schlacht.

Im Laufe des Abends driftete Cassini immer weiter

ab. Er folgte dem Gespräch höchstens an der Oberfläche und bekundete Ettore seine Dankbarkeit, indem er ihm den Arm um den Rücken legte und hinter seiner Schulter fast verschwand. Das Mädchen wurde ihm gleichgültig. Er begann seine schweigsame Müdigkeit zu genießen. Weit rückte sie ihn von allem fort. Die einzige Verbindung zu dem, was ihn umgab, war Ettores Rücken. Er liebte Ettore. Liebte Ettores Geruch, liebte diesen festen Rücken, der sich in die Anzugsjacke spannte und sich von ihm nicht belästigt fühlte. Warum konnte er nicht für immer hinter Ettores Schulter leben.

Sein sinkender Geist landete bei Robert, der dünnen Haut Roberts, Haut von der Farbe heller Butter, die auch das Fleisch seines Mädchens überzog. Sie zeigte einiges von dieser Haut, denn sie hatte ein leichtsinniges Sommerleibchen an. Er mochte weiße Haut mit einem gelblichen Schimmer. Als Kind hatte er in die Butter gebissen, um seinen Zahnabdruck in ihr zu hinterlassen. Und er hatte die Schlegel toter Hühner geküßt, weil sie kalt und gelb waren.

Sobald sich ihre Augen von ihm bemerkt sahen, wandten sie sich ab. Er nahm es hin, das Mädchen ging ihn nichts mehr an. Doch merkte er mit feinen Luftwurzeln, daß sein Wegsinken sie nötigte, ihn zu betrachten, ja, ihn sogar gierig zu betrachten, wie er jetzt glaubte. Was das Vergnügen schmälerte, sie wieder in die Hand zu bekommen. Offenbar liebte sie gefährliche Männer im Dämmerzustand, deren Interesse am weiblichen Geschlecht erloschen war.

Anders als von ihnen immer behauptet wurde, waren Frauen leicht zu berechnen. Wie die Flugbahn jener Krümel, die seine müde Hand gerade von der Tischkante fegte.

Er zahlte mit den routinierten Gesten eines Mannes, der es gewohnt ist zu zahlen. Das war die letzte Anstrengung, zu der er sich noch aufraffen konnte. Als sie auf der Straße standen, fiel ihm auf, daß sie Sandaletten mit kegelförmigen Absätzen trug. Ihm kam ein Geräusch in den Sinn, das ihn immer angewidert hatte. Ein Gnatschen. Sulzig geworden an der Hitze, erzeugten es nackte Frauenfüße, sobald sie sich von den klebrigen Sohlen ihrer Sandalen lösten. Um ihm klarzumachen, daß sie zu Frans gehörte, zu ihrem langen blonden Frans, hatte sie diese hohen Gebilde mit den schmalen Riemchen angezogen, die allerdings das Geräusch nicht machten, jedenfalls nicht im Moment.

Er verabschiedete sich von den Holländern ohne jede Gemütsregung, als wären es Fremde.

Ettore fuhr ihn nach Hause und sah ihn beim Abschied mitleidig an: »Du hast schon besser ausgesehen, alter Freund. Was war eigentlich los? Doch nicht das Mädchen?«

»Wenn ich das noch wüßte.«

»Also doch das Mädchen. Das ist ja ganz was Neues. Muß ich mir Sorgen machen?«

»Mach dir lieber keine Sorgen. Ich muß bloß ins Bett. Trotzdem bin ich dir dankbar. Du ahnst gar nicht wie sehr.«

Ettore blickte auf und wurde befangen. »Wenn ich wieder was für dich tun kann, laß es mich wissen.«

Als sein alter Freund Miene machte, aus dem Auto zu steigen, um ihn noch ein Stück zu geleiten, winkte Cassini ab. Als habe ihm jemand einen eisigen Finger in den Rücken gebohrt, ging er steifbeinig bis vor die Haustür.

Er hörte den Ferrari noch rauschen, als der schon längst auf der Via dei Cerchi fuhr. Die Treppe schlich er hoch. Er mußte sich am Geländer festhalten. Und obwohl er fast besinnungslos war vor Müdigkeit, lag er bloß wie erschlagen da und fand ewig nicht in den Schlaf.

AM NÄCHSTEN MORGEN, es war Mittwoch der 19. Mai, quälte er sich mit Mühe aus dem Bett. Sein linker Arm schmerzte, vielleicht hatte er ungeschickt darauf gelegen. Um die nächsten Stunden zu überstehen, nahm er Captagon. Als er sich im Spiegel sah, erschrak er über seine Augen. Zwei kleine Mücken, noch im Flug miteinander kopulierend, landeten auf der fleckenlos polierten Fläche. Er schlug sie tot, reinigte den Spiegel mit einem Blatt angefeuchteten Klopapiers und wusch sich die Hände. Seine Erinnerung rief ihm die Mücken unversehrt zurück, ihre zarten Flügel, die sackartige, fast durchsichtige Ausstülpung, durch die sie miteinander Verbindung gehalten hatten.

Pasqualina fuhrwerkte in der Küche herum. Er konnte jetzt keinen Menschen um sich brauchen, jemanden nur zu hören, zerrte schon an seinen Nerven. Zu allem Überfluß paßte sie ihn im Gang ab, als er aus dem Bad kam. »Sie sehen aber schlecht aus«, sagte sie und rückte näher an ihn heran. Am liebsten hätte er sie in die Küche zurückgestopft und die Tür hinter ihr verriegelt. Er brauchte dringend einen menschenfreien Tag, und allenfalls gegen Abend, wenn er sich erholt hätte, einen Schwatz mit Ettore in der Loggia.

Als er seine Mutter anrief, hatte er sich wieder gefaßt. Der neue Dackel hatte sie in eine anhaltend beschwingte Stimmung versetzt. Er brauchte sich bloß nach ihm zu erkundigen, schon plauderte sie los, ohne die Pausen, die sich sonst wie eine gedeckte Wetterfront zwischen ihre Antworten schoben.

Im Wagen fühlte er sich überwach, durchpulst von einer Energie, die sich nicht beherrschen ließ. Seine Augenlider zitterten. Auf das Skript, das für ihn bereitlag, konnte er sich kaum besinnen. Sie kamen nur langsam voran, die Straßen waren heute schon am frühen Morgen verstopft. An den Ampeln stocherte Cassini in der Vorlage, die sich bei Shakespeares Titus Andronicus bediente und in einem künstlichen, zeitlosen Rom spielte. Das Ganze kam ihm vor wie ein großer Metzgerfasching.

Mit Grausen dachte er an den Vormittag. Er hatte eine Delegation nach EUR zu begleiten. Wenn er etwas haßte, so waren es Delegationen. Diese bestand aus einem englischen Produzenten mitsamt Entourage, der ihn als ausführenden Koproduzenten für die englisch-römische Schlachtoper gewinnen wollte, die auf seinen Knien lag.

Auf seinem Schreibtisch im Büro wartete ein Stapel Mappen und Notizen auf ihn. Die zwei Tage, die er nicht hier gewesen war, machten sich bemerkbar. Er begann das Zeug zu sortieren, sich die Schriftstücke zurechtzulegen, mit denen er bis zur Ankunft der Engländer fertig werden wollte.

Gegen elf drängelten sich alle in seinem Zimmer. Steve Maxwell, der Produzent, ein bulliger Mann um die sechzig, bildete den Mittelpunkt. Ein japanischer

Schneider, von dem er oft redete, entwarf ihm die Anzüge, solche feinen rauchgrauen kleingemusterten Häute, in denen sich ein Kraftstrotz wie in einem Schlafanzug bewegt. Darin steckte aber kein gemütlicher Mann, sondern ein eiskalter Mr. Gutman, der sein Gegenüber am liebsten wie einen Floh unterm Daumennagel hielt. Cassini hatte diese Seite von ihm schon zur Genüge kennengelernt und war vor ihm auf der Hut. Ein bißchen sah er wie Göring aus, wenn dieser lieb zu den Frauen war, während er sich jetzt dem englischen Kulturattaché zuwandte, einem älteren Knaben namens Talbot Darcy, eine jener prächtigen kulturellen Staatsmumien mit parfümiertem Taschentuch. Daneben stand ein junger Mann, der Regisseur Leonard Ford. Lederne Schläuche umfaßten seine stelzendürren Beine. Unglücklicherweise trug er dieselbe Frisur wie Ezzelino. Dann wurde ihm Stacey Davenport vorgestellt, die Kamerafrau, wie sich herausstellte. Was machen Sie denn hier? hatte Cassini Lust, in ihr Gesicht zu fragen, das ihm gut gefiel. Aber er beherrschte sich, verfiel in ein höfliches Gemurmel und machte sich weiter an die systematische Begrüßung reihum. Es gab noch drei wohlerzogene Leute, die sich im Hintergrund hielten: eine mollige Frau im blauen Kostüm und zwei lange Herren mit exakt gescheiteltem Haar. Von ihnen war nicht bekannt, weshalb sie gekommen waren. Dazwischen glitt Rossana umher, plauderte, reichte Getränke und Gebäck, zog alle Welt in eine federleichte Konversation. Maddalena mühte sich mit dem Korken einer Champagnerflasche, Sorgenfalten auf der Stirn. Ihr wie vom Scharfrichter abgetrenntes Haar wippte eifrig hin und her, bis einer der exakt gescheitelten Herren sich aus dem Hintergrund löste und ihr die Flasche abnahm.

Drei Wagen wurden benötigt. Maxwell und Ford stiegen bei Benito ein, weil sie den Citroën ausprobieren wollten. Cassini führte mit Maxwell ein kleines Gespräch auf der Rückbank, das von Rom handelte, wie Rom auf Rom gefolgt und dabei doch immer wieder Rom geblieben war. Ein Zwei-Kaiser-Gespräch sozusagen, bei dem jeder Kaiser zunächst einmal abwartete. Später würden sie die Punkte umkreisen, auf die es ihnen ankam.

Sie fuhren direkt zum Palazzo della Civiltà e del Lavoro, die vielbestaunte Kulisse von zahlreichen Spiel- und Werbefilmen, die Cassini inzwischen nicht mehr sehen konnte. Gewidmet war der Quader den Poeten, Künstlern, Wissenschaftlern, Heroen, Erfindern und Entdeckern, allen, die Mussolini glaubte als Starkmacher auf seinen Schild heben zu müssen.

Cassini ärgerte schon, wie sie andachtsvoll ausstiegen, die Augen mit den Händen beschirmten, als stünden sie vor der Cheops-Pyramide oder dem Empire State Building. Es wehte ein hinderlicher Wind um das Gebäude. Touristen waren gottlob keine da. Der Quader, wie überhaupt die gesamte Anlage von EUR, machte einen verwahrlosten Eindruck. Der Regisseur schien geradezu in einen Taumel zu verfallen. Wie ein Füllen lief er voraus, zückte seinen Fotoapparat und begrüßte das Monument in einer Weise, als komme erst jetzt sein einziger wahrer Liebhaber zu ihm gesprungen.

Mit den schwarzen Rundbogenarkaden – sechs Reihen mit neun Höhlungen auf jeder Seite, auf Fotos und in Filmen zumeist von der tiberseitigen Böschung aus aufgenommen – war das eine Behausung für gefährliche Vögel. Eine dunkle metaphysische Unruhe verbarg sich darin. Wenn man davorstand und genauer hinsah, erlosch der Eindruck. Es waren ja keinesfalls Öffnungen, welche die Eulen hätten durchfliegen können, dahinter befand sich bräunliches Glas. Von der zwingenden Form des Kolosseums, an das es erinnern sollte, keine Spur.

Sie stiegen die Treppe an der tiberabgewandten Seite hinauf.

Die Statuen, an denen sie vorbeigingen, all die Musen und Krieger und Denker und Arbeiter, die Heroen mit ihren Pferden am Zügel, doppelt so groß wie ein italienischer Mensch, aus der Nähe wirkten sie plump, ihre Gesichter dumm. Aus ihren Augenhöhlen, über die Backen, hinein in die ungeschlachten Kleidfalten, lief eine schmutzige Soße. In ihren dicken walzenförmigen Fingern hielten sie Stäbe und Fackeln und Liktorenbündel, die Lieblingsspielzeuge der faschistischen Macht.

Cassini kam sich vor wie eine auf die Nase gelegte Statue, so schwer fiel es ihm, sich an all dem *Look at this!* und *Look at that!* zu beteiligen. Einen Augenblick lang glaubte er, seine tadellosen Manieren würden nicht mehr hinreichen, um einen Ausbruch reiner Anarchie zu verhüten. Diesen Regisseur wollte er an seinem Pferdeschwanz packen. Statt dessen hörte er brav zu, wie Leonard schwärmte. Hier, auf diesem Sockel würde Saturninus seine Reden schwingen und da, auf der Treppe, Titus seinen Sohn Mutius erstechen. Ganze Kübel voll Blut müsse man aus diesen sagenhaften Hohlaugen kippen, alle auf einmal, wie ein Schwall müsse es herunterlaufen und die Leute von der Treppe reißen. Dann wieder sah er in jedem der Bögen einen Soldaten mit medusenhafter Helmzier, Stoffbahnen, die über die Brüstungen hingen, einen Stangenwald, der zu den Seiten herausstach. Er sprach von Leder und Metall und leuchtenden Stoffen, von der Dramatik zwischen Schwarz, Weiß und Rot.

Maxwell lachte und behauptete, daß Cassini ihm all diese Wünsche gewiß werde erfüllen können, sein Studio sei schließlich berühmt für die tollsten Nachbauten. Stacey Davenport sah sich alles genau an und zeichnete in ihr Notizbuch. Der Kulturattaché begleitete Leonards Reden mit einem feinen Lächeln und rauchte. Die zwei langen Herren gingen gelassenen Schrittes einmal um das Gebäude, und dann noch einmal und noch einmal. Die Dame im blauen Kostüm drückte ihr Gesäß an die marmorne Schaufel eines Arbeiters und plauderte mit Rossana.

So schnell, wie Cassini sich das gewünscht hatte, waren sie nicht wieder ins Auto zu bringen. Man fühlte sich allseits beschwingt, hatte noch Lust auf eine kleine Exkursion, und so ging man eine Viertelstunde durch das Gelände, vorbei am Palazzo del Ristorante, das ein endlos langes Café beherbergte, in dem kein Mensch saß, über die Piazza Marconi hinüber zum Völkerkundemuseum, wohl das tristeste Museum von ganz Italien. Hinter den staubigen Scheiben des Verwaltungstraktes stapelten sich leere Kartons und ausrangierte Möbel. Über den riesigen leeren Platz mit den geborstenen Platten trieb der Mittagswind Plastikbeutel und Papier. Auf der sechsspurigen Via Cristoforo Colombo, vormals Via Imperiale, riß der Verkehr niemals ab. Sie waren die einzigen Fußgänger weit und breit.

Zum Glück brachte Rossana die Leute wieder zur Vernunft. Sie hatte einen Tisch bestellt in einem Restaurant in Parioli, der Weg dahin war weit, besonders bei dem Verkehr, und wenn sie noch etwas zu essen bekommen wollten, mußten sie sich auf den Weg machen.

Auf der Fahrt zum Lokal kam sich Cassini wie ein Versager vor. Noch vor wenigen Jahren hätte er Maxwell fiebrig erwartet, ihn herumgeführt und dabei einen Plan ersonnen, wie er dem Oger ein möglichst saftiges Stück abjagen könnte. Heute fühlte er sich dazu nicht in der Lage. Er mußte sich fragen, ob er überhaupt noch taugte für den Beruf. Alles schien an ihm vorbeizulaufen, und sollte es in wenigen Tagen zum Geschäftsabschluß kommen, dann nicht, weil ihm daran gelegen war.

Sie wurden mit erlesener Servilität begrüßt. Cassini haßte das Lokal, obwohl man dort ausgezeichnet aß. Sie setzten sich an das Ende eines langen Tisches und warteten. Die Augen des Regisseurs schweiften bewundernd umher. An einem kleinen Tisch nahe der Theke saß eine alte Dame. Es war klar, daß sie dort jeden Tag saß, an keinem anderen Platz. Ein geringschätziger Blick aus Augen, die jeden wissen ließen, daß man ihr nicht das geringste vormachen könne. Ihre langen Finger mit den Ringen und dem kostbaren Emaille der Nägel waren zu einem Geflecht geschlungen. Was den Regisseur zu der Bemerkung veranlaßte, wie elegant es doch in Rom zugehe. Cassini kramte einen alten Schlager aus dem Gedächtnis, sang, er wußte selbst nicht, wie er dazu kam –

L'ho sognato tanto l'attico ai Parioli, molto chic
Me lo son sudato
Quanto m'é costato …

und erklärte den Engländern, wie beliebt Parioli als Wohnviertel in den sechziger und siebziger Jahren bei Schauspielern und Filmleuten gewesen war. Das Eis war gebrochen. Er fühlte sich leichter, sein Charme kehrte zu ihm zurück.

Die Ober spurten, das war sicher einer der Vorzüge des Lokals. Als Berater der Speisekarte fungierten Rossana und der Kulturattaché. Cassini bestellte gemischte Vorspeisen für alle, dann umlief der Ober den Tisch mit seinem Block. Cassinis heikle Mittagszeit war vorüber, das machte es ihm leichter, die Gesellschaft zu ertragen.

»Es ist das Stammlokal von Alessandra Mussolini«, erklärte Rossana und rupfte ein Brot in viele kleine Stücke, als wolle sie es den Spatzen vorwerfen. »Man ißt aber trotzdem ziemlich gut. Sie wissen schon, sie ist die Enkelin Mussolinis und die Nichte von Sophia Loren, also Tochter der Loren-Schwester.«

»Eine falsche oder eine echte Blonde?« fragte Talbot mit gespielter Neugier.

»Wasserstoff pur«, sagte Cassini. »Sieht aus wie eine Fernsehsoubrette und versucht das Kinn zu rekken wie der Großvater.«

Leonard schaltete sich ein: »Ich habe mir erst kürzlich die Fotos vom hängenden Mussolini aus dem Internet geholt, mitsamt den Vergrößerungen. Wenn man die Bilder auf den Kopf stellt, gibt's einen komischen Effekt. Die Freundin scheint wie ein ungläubiger Engel zu schweben. Ihre Beine sind ziemlich hübsch ...«

»Trug er noch seinen Ehering am Finger? Er hatte so ein fadendünnes Ding von einem Ehering«, unterbrach ihn die Dame im blauen Kostüm.

»Keine Ahnung. Das Gesicht ist jedenfalls total verrutscht, als hätte sich ein Maskenbildner für Horroreffekte dran versucht, mit Beulen und Fleischsäcken und zugeleimtem Auge ...«

Maxwell klatschte in die dicken Hände: »Kinder, bitte! Wir kriegen gleich was zu essen!«

Er hatte schließlich ein *pollo alla diavola* vor sich

liegen, ein halbes Hühnchen, das man zwischen zwei heißen Platten flachgequetscht hatte. Knusprig, aber schwierig zu essen, da Fleisch und Haut unlösbar mit den Knochen verschweißt waren.

Cassini lockerte mit der Gabel seine *agretti all'agro*, ein Gespinst aus engelhaardünnen grünen Würmchen, das im Grunde nur eine Beilage war. Maxwell wunderte sich, weshalb er nur dies bißchen Gemüse aß.

»Sie halten sich in Form, alter Knabe«, sagte er anerkennend, während ihm beim Herumfuhrwerken mit dem Besteck immer wieder was vom Teller flog. »Sie kommen mir vor wie einer von diesen Luftessern, die von der nervösen Sorte, die immerzu Witterung aufnehmen müssen.«

»Es geschieht aus simplen Gründen«, erwiderte Cassini, »ich habe mittags keinen Hunger.«

»Oh, ich glaube, Sie sind ein ganz Schlauer. Wenn wir alle satt auf unseren Stühlen hängen, kommen Sie zur Sache und ziehen uns über den Tisch. Leonard, merk dir das: traue nie einem Produzenten, der nichts ißt!«

Leonard war aber noch immer mit seinem Würfel beschäftigt: »Ich hatte nicht geahnt, daß so viel Kraft in dieser Architektur steckt. Sie ist wie eine geballte Faust. Die Antwort auf alle unsere Fragen.«

»Welche Fragen hatten Sie sich denn gestellt?« fragte der Kulturattaché mit sanftem Spott.

»Ich suche eine überzeitliche Moderne, die sich mühelos mit der Antike vereinigt, so wie im Titus eine Gewalt herrscht, die sich praktisch zu jeder Zeit ereignen könnte.«

»Ich glaube mich zu erinnern, daß *Titus Andronicus* eher eine Satire ist, mit der Shakespeare Marlowe aufs Korn nehmen wollte. Eine übertriebene Blutwurst, an die kein Mensch glaubt«, sagte Cassini, während er die Gabel weglegte und die Hände über dem Teller faltete, um den winzigen Rest zu schützen, der darauf noch verblieben war.

»Das sehen Sie aber ganz falsch!« wehrte sich der Regisseur.

»Leg los, Leonard, zeig unserem Freund, was du auf dem Kasten hast!« ermunterte ihn Maxwell, wobei wieder ein Knochenstückchen Richtung Cassini flog, dessen kleiner Finger dafür sorgte, daß es gleich vom Tisch kam.

Und Leonard legte los. Was für ein Eifer, dachte Cassini, was für eine Redseligkeit! Fast beneidete er ihn darum. Er war ja nicht unfreundlich, dieser junge Mensch, nicht einmal unsympathisch, er lächelte sogar beim Sprechen. Ein junges Genie, das Shakespeare, Dante und Mussolini als seine Patenonkel beschwor, weil es Angst hatte, allein auf sich gestellt, könnten ihm die Streichholzbeinchen wegknicken. Dante! Was er bloß mit Dante hatte! Cassini war überzeugt, daß Leonard keine Zeile von Dante gelesen hatte, aber das sogenannte Danteum schien ihn irgendwie verhext zu haben. Es handelte sich um den Entwurf des Architekten Giuseppe Terragni, den er unbedingt nachgebaut haben wollte. 1938 entworfen, hätte es gegenüber der Maxentius-Basilika entstehen sollen, an der von Mussolini durch das Forum geschlagenen Achse vom Kolosseum zum Monumento a Vittorio Emanuele II. Als Museum und Studierzentrum war es geplant gewesen. Zeile für Zeile habe sich Terragni die *Göttliche Komödie* vorgeknöpft und diese in strenge geometrische Architektur verwandelt, so der Regisseur. Was sich Cassini beim besten Willen nicht vorstellen konnte. In dieses Danteum wollte Leonard Anfang und Schluß der Tragödie packen. Unten, zwischen den Betonsäulen, würden die einundzwanzig Urnen mit Titus' Söhnen Einzug halten, und oben, zwischen den paradiesischen Glassäulen, die das zum Himmel hin offene Konstrukt der Deckenbalken wie ein Flechtmuster einfingen, würde Lavinia, die arme geschändete Lavinia, mit ihren Armstümpfen in der *Göttlichen Komödie* blättern. Nicht in Ovids *Metamorphosen*, wie von Shakespeare vorgesehen. Warum eigentlich? wollte Cassini fragen, er hätte am liebsten all Augenblick nur warum gefragt. Warum, warum, warum, wie ein aufsässiges Kind.

»Schleppt Lavinia die abgeschlagene Hand ihres Vaters mit den Zähnen auch da oben rauf?« fragte statt dessen der Kulturattaché, mit dem Cassini sofort fraternisierte.

»Ich weiß nicht, ob wir das überhaupt brauchen«, sagte Leonard matt, als wäre plötzlich alles zu viel für ihn. Er gönnte sich einen Schluck Wein.

Maxwell durchstieß die Hülle des Zahnstocherpäckchens mit einem der Hölzchen, zog es heraus und nahm es in den Mund, wobei er wie der Deckel auf einer heißen Kanne zu zischeln begann.

»Ich habe von diesem Danteum ja gar nichts gewußt«, bekannte Rossana fröhlich. »Warum hat man es denn nicht gebaut?«

»Es ist tatsächlich beeindruckend«, sagte Stacey. »Es läßt sich eine Menge damit machen. Allein die Ausblicke auf den Himmel.«

»Man hat es nicht gebaut, weil der Krieg dazwischenkam«, erklärte einer der gescheitelten Herren, und der andere ergänzte: »Mussolini ist einfach das Geld ausgegangen.«

»Und wo erledigen Sie die Fliege?« Einmal in Fahrt, ließ Talbot von seinem Opfer nicht so schnell ab. »An die Granitsäule oder an die Glassäule gespießt?«

Maxwell lachte dröhnend, wobei seine Augen starr und trocken blieben. »Kinder, hört endlich auf!« kam er seinem Schützling zu Hilfe. »Leonard wird seine Fliege schon irgendwie um die Ecke bringen, da bin ich mir sicher.« Er nahm allen Ernstes eine dicke Zigarre zwischen die Produzentenfinger und tränkte die Runde mit ihrem Rauch. Der untere Teil seines Führerkopfes legte sich in gemütliche Falten. Er ließ alle sein goldenes Herz spüren.

Dann kam ihr Gespräch endlich in ruhigere Gewässer. Sie sprachen über Schauspieler, die Maxwell schon verpflichtet hatte, und andere, mit deren Zusage er rechnete. Hier fühlte sich Cassini wohl. Die

Besetzung war vielversprechend und konnte diesem Schmarren zu einigem Glanz verhelfen. Zugleich fand er es abscheulich, gute Leute daran zu vergeuden. Maxwell und er, sie würden diese Blutwurst zusammenrühren, und so abstrus der junge Mann auch daherredete, aller Voraussicht nach war sie profitabel.

Cassini ließ die Rechnung kommen. Beim Abschied richtete Maxwell ein sulzfunkelndes Auge auf ihn. Bis Montag hätte Cassini Zeit, sich um die Verträge zu kümmern. Am Montag wäre er, Maxwell, wieder in Rom. Dann müßten sie Nägel mit Köpfen machen. Cassini verabschiedete sich merkwürdig leicht und obenhin, als ginge ihn das Ganze nichts mehr an.

In den Wagen mußten Umgruppierungen vorgenommen werden. Rossana und Cassini ließen sich von Benito nach Cinecittà fahren. Bei dem starken Verkehr brauchten sie fast eine Stunde. Rossana hatte kein Glück mit den Witzen, die sie über die Engländer riß. Cassini machte einfach die Augen zu. An einer der Ampeln stieg sie hinten aus und vorne wieder ein, wo sie leise auf Benito einschwatzte, mit gebührender Vorsicht, damit der Tote auf der Rückbank nicht über die Lebenden käme.

Als sie vor den Studios anlangten, war man mit den Dreharbeiten gerade fertig geworden. Massimo lief ihnen entgegen, grinsend, die Daumen über den Fäusten erhoben. Cassini besuchte Frank in der Garderobe. Sheeler saß vor dem Spiegel und rieb sich die Schminke vom Gesicht.

»Wie ich höre, lief heute alles wie am Schnürchen.«

»Tat es das nicht immer?« Sheeler legte den Wattebausch hin und bediente sich aus der dargebotenen Zigarettenschachtel.

»Ich bin jedenfalls froh, daß ich mich nicht wieder in Ihr Kostüm zwängen mußte«, sagte Cassini und setzte sich in einen Sessel hinter Sheeler. »Die Schauspielerei ist mir auf den Magen geschlagen. Sie ist Gift für mich.«

»Es gibt schlimmere.«

»Gift oder nicht, jedenfalls haben Sie mich verhext. Ich würde gern wissen, womit. Man braucht mir bloß von einem Film zu erzählen, und wen sehe ich? Frank Sheeler in sämtlichen Rollen. Gerade komme ich von Maxwell –«

»Maxwell und sein neues Hündchen Ford?«

»Wir waren zusammen auf einem Ausflug.«

»Hat sich schon herumgesprochen. EUR. Shakespeare.«

»Shakespeare scheint mir in dem Zusammenhang etwas hochgegriffen. Reden wir lieber von einer Splatter-Version des *Titus Andronicus*. Ich habe Maxwell gesagt, daß Sie der ideale Titus wären und sämtliche Schurken dazu – Saturninus, Aaron und das blonde Gotenweib Tamora.«

»Der gute Max kann mich nicht ausstehen.«

»Ich ihn auch nicht.«

Sie grinsten und rauchten und schwiegen. Cassini lehnte sich zurück und streckte die Beine aus, als würde er im Sessel gleich ein Schläfchen machen.

Schläfrig klang es auch, als er von Sheelers Jackett wie von einem lieben Verstorbenen redete. »Da kam leider jede Rettung zu spät, obwohl sich mein alter Hausdrachen nach Kräften darum bemüht hat.«

»Ich bin dabei, mich damit abzufinden.«

»Nächste Woche werden wir wissen, ob mein Schneider den englischen Könnern das Wasser reichen kann.«

»Die Italiener lieben diese harten scharfen Schultern, ich habe es gern ein bißchen runder, weicher.«

»Sie kriegen die weichsten Schultern, die ein Italiener imstande ist zu machen. Zur Not weiche ich sie selber wieder ein.« Cassini stand auf, legte die Hände auf Sheelers Schultern und brachte sein Gesicht so nah, daß sich ihre Wangen fast berührten. Als sich ihre Blicke im Spiegel kreuzten, kam beiden die Geste so ungewöhnlich vor, daß Cassini sich sofort zurückzog. Für den Bruchteil einer Sekunde war es wie damals, als er nach der Schule zufällig an die Seite Ralf Knopps geraten war und in einem Anfall von Kühnheit gefragt hatte, ob er mit ihm bis vors Haus gehen dürfe. Ralf Knopp hatte in sein Brötchen gebissen, war einige Schritte kauend neben ihm hergelaufen, hatte dann plötzlich die Straßenseite gewechselt und mit schriller Stimme herübergerufen: *Ich find dich zum Kotzen!*

Cassini wich zur Vorsicht noch paar Schritte zurück und sagte so leise, daß nur seine deutliche Aussprache die Wörter in Sheelers Ohren trugen: »Frank, ich mag Sie. Was immer Sie anstellen, wenn Sie auch nicht immer meinen Segen haben, so doch meine Sympathie.«

Sheeler schaute im Spiegel zu ihm auf, griff nach der Watte und rieb sich den restlichen Belag von der Stirn.

Als Cassini ins Freie trat, kam ihm das Wetter ideal vor. Es paßte zu seinem Gemütszustand, der etwas Nervöses und zugleich Schwebendes hatte. Die Sonne war schon auf dem Rückzug, aber noch kräftig genug, seinen Rücken zu wärmen. Er trödelte auf dem Weg in den Vorführraum und hörte die Piniennadeln unter seinen Sohlen knistern.

Sie hatten auf ihn gewartet.

Ezzelinos Stimme schwirrte wie ein Bumerang durch den Raum. »Heute war er ganz passabel. Wahrscheinlich hat sich das Aas doch ein wenig geschämt. Er kann sich sogar wie ein zivilisierter Mensch benehmen, wenn er will.«

Es wurde dunkel. Cassini saß im Sessel, ein Wasser und einen Espresso, den er sich aus der Kantine hatte kommen lassen, neben sich. Die Muster zeigten Frank, immer wieder sein Gesicht, schwankend im Gerüttel des Karrens. Es war so eindringlich, daß Cassini innerlich jubelte. Das war genau, was er haben wollte. Nichts Zerlaufenes, keine schmierige Gefühligkeit, das Gesicht war wie verholzt, zeigte sein Leid zundertrocken. Nur aus den engen schwarzen Augen schlugen die Funken, als wollten sie Löcher in die Schneedecke brennen. Sheelers Schlotterigkeit wurde durch das Kostüm betont. Kinderdünn wuchs sein Hals aus dem großen Kragen. Aus der darin versteckten Kehle hätte man einen hohen bangen Ton erwartet, es kam aber nur ein eindringliches Summen heraus, eher ein Brummen, das den Todeskandidaten auf das einschwor, was ihm bevorstand.

Kinder säumten seinen letzten Weg. Im nackten Gezweig der winterlichen Bäume hockten sie wie dicke dunkle Vögel. Der Onkel war auf die Idee gekommen, jede Menge Kinder auf die Bäume zu pakken, stumme Kinder mit roten Nasen, die unbeweglich auf den Ästen hockten. Kind für Kind hatte man mit einem Kran hinaufgehoben und sie an markierten Stellen abgesetzt, Stellen, frei von Eiszapfen, die man sonst überall an die Unterseite der Baumarme geklebt hatte. Mit Gurten waren die Kinder befestigt worden. Ihre Jacken fielen darüber, so daß man im Film nicht sah, wie sie angebunden waren. Schneekristalle an den Wimpern, Schnee auf Mützen und Haar, hielten diese steifgefrorenen Beobachter Joseph Süß Oppenheimers Fahrt unabänderlich fest. Die Idee des Onkels bewährte sich hervorragend. Langsam pirschten sie sich an diesen Film heran, langsam bekam er die Atmosphäre, die er brauchte. Zum ersten Mal sprach Cassini zu den versammelten Leuten. Seine Sätze dehnten sich wohlig bis in jeden Winkel des Raums. Glück! Glück! Glück! Die Leute lächelten. Sie hatten etwas vollbracht, das vor dem unbestechlichen Auge ihres Gottes Gnade gefunden hatte. Die Anspannung der letzten Tage wich aus ihnen. Ihre Körper begannen die Sessel zu füllen wie Puddinge.

Cassini kümmerte jetzt nur noch der Abend, der vor ihm lag. Wieder drohte der Aufenthalt in einem Lokal. Sie mußten Sheeler zum Essen ausführen, er konnte das nicht allein Rossana überlassen. Ezzelino, der davon wußte, packte ihn draußen am Arm und schlug vor, sie sollten zur Feier des Tages alle zusammen eine Trattoria aufsuchen, draußen an der Via Appia Antica.

Sie umringten ihn so erwartungsfroh, Cassini durfte ihnen das nicht abschlagen. So landeten sie in einem dieser Ausfluglokale mit offenem Grill, wo Steaks und Würste zu den Klängen einer Folkloretruppe aufs Feuer geworfen werden.

Massimo bestellte *salsicce e polenta* für alle. Er glühte und mußte sich mit dem Taschentuch den Nacken wischen. Mit Ausnahme von Sheeler waren die Leute den ganzen Tag aus ihren Kleidern nicht herausgekommen; sie schwitzten und stürzten den Frascati hinunter, wobei Rossana, die vorsorglich neben Frank Platz genommen hatte, darüber wachte, daß sein Glas sich nur mit Wasser füllte.

Es wurde eine launig und laut vor sich hintreibende Geselligkeit, über die Cassini allmählich die Gewalt verlor. Niemand ahnte, daß sich hinter seinem Taktgefühl eine famos kaschierte Verachtung verbarg. Sie waren ja so leicht zu gewinnende Leute! Wie einer, der sein Ohr neigt und dabei schläft, hörte er ihrem Geschrei zu, denn sie mußten schreien, wollten sie über die Musik hinwegkommen. Gleichwohl gewannen sie den Eindruck, als seien sie, seine ihm anvertrauten Geschöpfe, ihm die liebsten auf der Welt. Ihre gehäuteten Seelen, ganz zart und fromm, stärkte er mit seinem märchenhaften Zunicken und kam sich dabei vor wie ein Automat. Während er ihre Gemeinschaft mit seinen verständnisvollen braunen Augen beschwor, kreuzten unsinnige Gedanken sein Hirn. Ich bin reich, und mir ist schlecht. Ich bin frei, und mir ist schlecht. Mir ist alles fremd. Ich weiß aber nicht warum. Er lächelte ohne Grund in sich hinein.

Maultaschen vom Kussmaul. Hefezöpfe vom Nast. Kühlschränke vom Bosch. Er war in festen Bezugssystemen aufgewachsen. Alles fest, bis auf ihn selbst. Sogar der mißgestaltete Robert saß fest in seinem Rollstuhl und gehörte dazu. Robert ging als Robert Stahl durch. Im Schwabenland seiner Kindheit hatte es drei Arten von Fremden gegeben: die Vertreter der Besatzungsmächte, die Vertriebenen und einige Jahre später die italienischen Gastarbeiter. Juden gab es so gut wie keine mehr, und wenn, wußte man nicht, ob es welche waren, da sie nicht als solche in Erscheinung traten. Er schwamm zwischen den Kategorien und hatte niemanden zum Freund. Trotz seiner Menschenscheu besaß er ein feines Gespür für die anderen Außenseiter der Klasse. Mitten im zweiten Schuljahr war eine Amerikanerin aufgetaucht: Pearl. In einem weißrosa Petticoat war sie hereingeschwebt, eine Zuckerprinzessin von einem fremden Stern. Klar, eine Amerikanerin durfte man nicht verprügeln. Aber niemand konnte dazu gezwungen werden, mit ihr zu reden. Das Mädchen, neben welches die zierliche Amerikanerin gesetzt wurde, empfand dies als schwere Strafe und drückte sich an den äußersten Rand der gemeinsamen Bank. Einmal, da ein Aushilfslehrer die Vornamen der Schüler aufrief und sein Name fiel, blickte Pearl hoffnungsvoll zu ihm herüber. Die Arme glaubte, endlich einen Verbündeten gefunden zu haben. Aber er ging ihr genauso aus dem Weg wie alle übrigen in der Klasse. Nach drei Monaten war Pearl wieder verschwunden, ohne mit einem einzigen Kind ein Wort gewechselt zu haben. Dann gab es noch die Söhne der Vertriebenen: Rudolph, Arnolt, Hermann. Sie hausten in einer Pappendeckelsiedlung und sprachen kein Schwäbisch. Ihre Mitschüler hatten sich die Abneigung der Eltern zu eigen gemacht und behandelten sie entsprechend. Angeblich hatte jeder Vertriebene ein Rittergut im Osten verloren, und nun wurden die Schwaben im Rahmen des Lastenausgleichs gezwungen, diesen Hochstaplern ihre Güter zu ersetzen. Schwerer wog, daß sie an der Niederlage Deutschlands schuld waren. Die Vertriebenen waren samt und sonders Nazis, neunundneunzigprozentige. In Stuttgart hingegen hatte es exakt zwei gegeben: Gauleiter Murr und Kultminister Christian Mergenthaler. Alle übrigen waren widerwillig in die NSDAP eingetreten, weil man ihre Familien bedroht hatte. Die nationalsozialistische Ideologie paßte nicht zu dem eigenbrötlerischen, freiheitsliebenden Charakter der Stuttgarter. Nach 1945 berief man sich auf jenen legendären Techniker vom Süddeutschen Rundfunk, der während einer Rede Hitlers 1933 das Übertragungskabel durchtrennt hatte. Alle Stuttgarter waren im Grunde solche heimlichen Kabeldurchtrenner. Sie hatten den Mann entweder persönlich gekannt oder standen in verwandtschaftlicher Beziehung zu ihm. Die Vertriebenen hatten nichts Entsprechendes vorzuweisen. Sie waren mit ihrem ewig gestrigen Aussatz behaftet und beklagten sich unaufhörlich. Cassini spürte durch den Dunst des Lokals, wie Rudolph, Arnolt und Hermann ihn mit ihren hungrigen Vertriebenenaugen ansahen. Er war ihre letzte Hoffnung, der sonderbare Sprößling aus reichem Fabrikantenhaus. Aber er hatte sie enttäuscht, wie er auch jetzt über kurz oder lang jeden Menschen enttäuschte, der sich etwas von ihm erhoffte.

Lauter Vertriebene saßen um seinen Tisch, und er war ihr Gönner. Ein schwäbischer Gönner mußte sich in Bescheidenheit üben. Die tonangebenden Stuttgarter hatten sich gern auf Robert Bosch berufen, von dem die Legende wollte, daß er mit dem Fahrrad in die Fabrik gefahren war. Und sie hatten sich an der Leutseligkeit des letzten württembergischen Königs erbaut, der seine beiden Spitze am Schloßplatz spazierengeführt hatte. Für die armen Stuttgarter hielten die reichen Stuttgarter das Vorbild der italienischen Gastarbeiter bereit. Diese waren sparsam und arm. Sie ähnelten den fleißigen Schwaben aus mythischer Vorzeit, schufteten, ohne zu klagen, im Straßenbau, beim Daimler, beim Bosch und sprachen, sofern sie überhaupt Deutsch sprachen, Schwäbisch. Jeder reiche Stuttgarter kannte einen italienischen Gastarbeiter, der ihm einen köstlichen schwäbischen Satz serviert hatte. Die Sympathien der reichen Stuttgarter gingen aber nicht so weit, daß sie den Italienern ihre Töchter überlassen hätten.

Cassini war hinter eisernem Gelächel und dem Geblinzel seiner ermüdeten Augen verschwunden, die mit dem Rauch nicht mehr fertig wurden. Gottlob legte die infernalische Truppe ihre Instrumente beiseite. Die Leute schrien aber immer noch aufeinander ein. Sheeler kriegte seine Zähne kaum auf, schüttete das von Rossana unaufhörlich nachgeschenkte Wasser mürrisch in sich hinein. Als ihm der Kellner eine Cola servierte, taute er auf und kam ins Reden, beängstigend schnell und zunehmend wirr. Die Kostümbildnerin faltete aus einem Zeitungsblatt einen Hut für ihn und befestigte daran ein Sträußchen aus der Tischdekoration. Mit dem Hut auf dem Kopf ging er aufs Klo und zigeunerte anschließend durchs Lokal. Es war ihm zuzutrauen, daß er den Kellnern vom Tablett weg sich was zu trinken holte. Cassini behielt ihn im Auge und führte die Glutköpfe seiner Zigaretten in immergleichen arabischen Schriftzügen an der Luft spazieren.

Viel zu spät kam er ins Bett, schlief rasch ein, hatte aber eine ungute Fracht im Schädel liegen, die just in dem Moment explodierte, als ein Tropfen, ein ihm wohlbekannter, schrecklich glänzender einsamer zitternder Tropfen, der eine Ewigkeit lang an einem

Astende gehangen hatte, auf eine Wasseroberfläche zu fallen drohte. Eine spiegelglatte Fläche, die man auf keinen Fall aufrühren durfte. Über dem Bett wurde eine Flutlichtanlage angeschaltet. Wie ein Klappmesser schnappte er zusammen. Und wurde erst Stunden später wieder von einem harmlosen Traum empfangen, in dem die Wellen des Meeres zu ihm sprachen. *Mit Übernahme der Weltherrschaft*, sagten die Wellen, *mit Übernahme der Weltherrschaft hast du dich aufgegeben, sei so gut und finde dich mit dieser Lappalie ab. Damit alle andern schlafen können, mußt du ab jetzt immerzu aufbleiben und wachsam sein.*

ALS ER PASQUALINAS SCHRITTE im Flur hörte, wußte er, daß er es mit einem dieser nicht enden wollenden Zeitlupentage zu tun hatte. Aus dem Bett zu kommen war eine mühsame Arbeit. Schmerzen strahlten über seinen Brustkorb, wahrscheinlich kamen sie vom Magen, in dem sich außer Säure seit Stunden nichts mehr befand.

Das Gespräch mit der Mutter gestaltete sich zäh, er war nicht recht bei der Sache und verpaßte den Moment, wo er sich hätte nach dem Dackel erkundigen müssen.

»Und du?« fragte sie ihn. Gemeint war, wie es ihm gehe.

»Ich?« gab er so unsicher zur Antwort, als wäre dies Ich eine im Ungefähren schwimmende Person.

»Mit dir ist heute nicht viel los«, sagte sie.

Dann entstand eine fürchterliche Pause, die er beendete, indem er nach einem fast unhörbaren »Ade« auflegte.

Wie ein Invalide, mit nachschleifendem Bademantelgürtel, schleppte er sich vor das Waschbecken. Totenrunzeln bedeckten sein Gesicht, die Bartstoppeln kamen ihm zu weich vor. Mit hohlen Händen schöpfte er kaltes Wasser und tauchte das Gesicht hinein. Vorsorglich löste er drei Aspirin im Zahnputzglas auf.

Beim Frühstück hatte er den Bademantel immer

noch an. Er ließ sich Zeit und kaute jeden Mundvoll so lange durch, bis er sicher sein konnte, daß die Nährstoffe genügend vorbereitet waren für sein exzentrisches Verdauungssystem. Etwas Ödes strömte aus seinen Poren. Seine Gedanken kamen ihm dünn vor. Dieser Tag lag wie ein Haufen Dreck vor ihm. Obwohl es ein wichtiger Drehtag war, auf den er sich gestürzt hätte, wäre seine Verfassung eine weniger stumpfsinnige gewesen.

Lustlos blätterte er in der Zeitung, bis er auf eine Notiz über den *Freitod der Hefe* stieß. Selbst Einzeller konnten mit überraschendem Verhalten aufwarten. Litt zum Beispiel eine Kultur aus gemeiner Bierhefe unter Nährstoffmangel, so begingen die älteren Hefezellen Selbstmord, um den jüngeren das Überleben zu erleichtern. Als er wenig später Pasqualina im Flur begegnete, die in einem kurzärmeligen Kleid aus großblättrigen fleischfarbenen Blüten das Glas der Küchentür abwischte, sagte er zu ihr auf deutsch, sie beide sollten dem Freitod der Hefe nacheifern, damit die Jüngeren auch noch was zu Fressen bekämen. Für kurz hielten die gelben Gummifinger inne. Pasqualina sah ihn mißtrauisch an. Dann wurde das Glas trockengeledert.

Die Stadt steckte in einem zähen grauen Sack. Heute hätte er frisch sein müssen. Ein Stapel Verträge wartete auf ihn, danach ein Kontrollbesuch auf dem Gelände. Damit sein Kopf beim Gehen klarer würde, schickte er Benito mit dem Wagen ein Stück voraus. Eine belebende Wirkung stellte sich nicht ein.

Wenig später saß er auf seinem Bürostuhl wie festgeleimt. Der Trübsinn seiner Jugend hatte ihn überkommen. Lang war es her – als junger Theologiestudent hatte er ein schlimmes Jahr durchmachen müssen, sein römisches Sofajahr. Eigentlich hätte er morgens um neun in der Gregoriana erscheinen müssen. Statt dessen war er auf dem Sofa regelrecht verfault. Seine Glieder waren immer träger geworden, schier unablässige Kopfschmerzen hatten ihn niedergehalten. Es war ihm zu mühsam geworden, *De Trinitate* von Augustinus oder Thomas von Aquins *Theologica* in die Höhe zu heben und darin zu lesen. Er hätte nicht mal den *Langen Abschied* von Chandler geschafft. Eine schwüle, verliebte Traumglocke hatte über ihm gehangen und doch nichts anderes als Kopfweh erzeugt. Danach hatte er das Studium sausenlassen und war bei einem Italo-Western als Aufnahmeassistent untergekommen. Seither hatte er wie rasend gearbeitet. Jetzt lagen seine Arme bleischwer auf dem Tisch, der Kopf sank auf sie nieder, er schlief aber nicht ein, sondern sah aus entzündeten Augen das Telefon an. Ein Monument, das nur von einem kühnen Eroberer bezwungen werden konnte, leider aber nicht von ihm. Wenn der zielgerichtete dynamische Liebeswille eines Produzenten sich in Schöpfung, Erwählung, Providenz und Prädestination, vor allem aber im Anstoßen der Zirkulation einer großen Menge Geldes als den Handlungsmomenten beim Hervorbringen eines Stoffes manifestierte, wenn sodann auf jenen Stoff das Lumen supranaturale fiel und ein seliges Schauen ermöglichte, so war der Produzent zum Teilhaber Gottes geworden. Er aber lag wie Terry Lennox nach einer durchzechten Nacht auf dem Schreibtisch und mußte zusammenkratzen, was von seinem Lebensmut noch übrig war.

Nach einer Weile wanderten seine Finger zum Telefon, er legte den Hörer auf die Platte und tippte eine Nummer, die er auswendig wußte, obwohl er erst ein Mal von ihr Gebrauch gemacht hatte. Es war noch nicht acht. Sie war sofort am Apparat.

Er legte sich den Hörer aufs Ohr. Seine Stimme hörte sich lahm an. »Wir sollten es wieder versuchen. Wenn möglich, ohne Frans.«

»Frans ist weggefahren.« Sie klang ihm allzu munter. Vielleicht hatte sie schon Gymnastikübungen hinter sich.

Sein Kopf kam von der Platte hoch, er lehnte sich in den Sessel zurück, sprach aber immer noch schwerzüngig. »Dann sehen wir uns morgen abend, und ich hoffe, daß Sie diesmal auf Ihre kleinen Überraschungen verzichten. Ich verspreche, daß ich dann auf Überraschungen meinerseits verzichte.«

»Was macht Sie so sicher, daß ich überhaupt kommen werde?«

»Sie sind natürlich nicht dazu verpflichtet. Strenggenommen sind Sie geradezu im Recht, wenn Sie es ablehnen. Vielleicht gefällt es mir sogar, wenn Sie ablehnen.« Das war gelogen. Aber es klang ziemlich gut. Er machte eine Pause und horchte. Sie atmete nicht mal. »Bitte kommen Sie. Ich möchte Ihnen diese Bitte so lange aufsagen, bis Sie mir versprechen, daß wir uns morgen sehen.«

»Und wohin soll ich kommen?«

»Selber Ort, selbe Zeit, wir haben an diesem Ort etwas gutzumachen.«

»Morgen um zehn?«

Er flüsterte nur noch: »Sie wissen vielleicht nicht, daß Sie meine Retterin sind, Retterin für mindestens einen Tag. Morgen sehen wir weiter. Um zehn.«

Kaum hatte er aufgelegt, berührten seine Finger die Tasten. Es war viel zu früh, um Ettore anzurufen, er tat es trotzdem, seine Sehnsucht ließ sich nicht mehr bezähmen. Während es klingelte, brach in ihm ein hysterisches Gestammel los. In wenigen Sekunden bekannte er Ettore seine Leidenschaft, seine Freuden, seine Ängste, seine Verzweiflung. Als sich die Stimme des Freundes auf dem Anrufbeantworter meldete, legte er auf. Er war wohl nicht mehr bei Trost, wenn ihn ein derart weibischer Anfall zum Telefon greifen ließ. Gottlob hatte Ettore nicht abgenommen.

Er rollte seinen Sessel zum Fenster und sah hinaus. Drei Männer standen im Toreingang des gegenüberliegenden Hauses. Einer hatte die Hände auf dem Rücken verschränkt und stand unbeweglich da. Ein Schwarzgekleideter, dünn und lang, ging immerzu vor ihm auf und ab, warf vielleicht Sätze hin, auf die keine Antwort erfolgte. Ein dritter Mann im blauen Hemd hielt die Hände gefaltet und leicht angehoben vor den Bauch, als wolle er dafür Abbitte leisten. Der Nervöse verschwand. Statt seiner kam ein weißhaariger Dicker heraus und stellte sich ruhig dazu. Blieb stehen, als wolle er im Boden Wurzel fassen. Und noch zwei kamen heraus und stellten sich dazu. Jetzt waren es, weil der Nervöse zurückkam und sein Hin und Her wieder aufnahm, schon sechs. Ihre schönste Eigenschaft war das gefällige Beieinanderstehen vor diesem vor lauter Eifer sich gleichsam in den Boden rennenden einen.

Er fuhr mit den Fingern durch das Haar und schloß die Augen. Mit vierzehn Jahren hatte er in einem Schulaufsatz ein Selbstzeugnis von sich entwerfen müssen. Meine Brust und meine Oberarme könnten kräftiger sein, hatte es da geheißen, aber ich habe Beine, mit denen ich gut rennen kann. Mein Charakter ist im allgemeinen ruhig, manchmal habe ich mich aber leider nicht in der Gewalt. Ich hoffe, daß ich es noch schaffe, mich besser zu zügeln. Ich höre nicht hin, wenn man mich beleidigt, und kann gut ohne Freunde auskommen. Im Geist gelingt es mir leicht, mich über diese elende Erde zu erheben, und zwar ziemlich hoch über sie hinaus. Heute würde dieses Selbstzeugnis etwas anders lauten: Zwar kann ich gut ohne Frauen auskommen, bewege mich aber ziemlich platt auf dieser elenden Erde.

Es gab eine Unmenge zu tun. Sein Justitiar war im Urlaub, und er hätte die Verträge für Maxwell selbst vorbereiten müssen, Hunderte von Seiten, die darauf warteten, überprüft und angepaßt zu werden. Dazu kamen die Antragsformulare für eine europäische Filmförderung, ein Stoß, drei Daumen dick. Für seine Sekretärinnen konnte er nichts davon abzweigen, sie hatten alle Hände voll zu tun und kannten sich in den Details nicht genügend aus. Er nahm sich die Akten aus der Schublade, holte sich die Ordner mit den üblichen Vertragsvarianten. Immerhin ein Beweis seines guten Willens. Aber die Höhe des Stapels, der sich da vor ihm aufhäufte, ließ ihn verzweifeln. Man mußte diesen Mist in einem Zug bearbeiten, sonst kam man nie durch. Um Zeit zu gewinnen, befaßte er sich mit seinem Füller. Ließ den noch vorhandenen Tintenrest ins Tintenfaß laufen und tankte ihn wieder auf. Dann formte er aus Schmierpapier eine Tüte, um den Rand des Zylinders zu säubern, dachte dabei an die Schutztüten, die Schnacks II und III hatten tragen müssen, wenn sich ihre Ohren entzündet hatten. Bis er dazu überging, die Feder mit einem Läppchen zu reinigen. Es konnte sich ja eine Faser in ihrem Schlitz verfangen haben. Er mußte lachen über dieser blödsinnigen Beschäftigung, kein richtiges Lachen, eher ein Lachersatz. Es war schon neun. Die Zeit bis zum Mittagessen reichte nicht aus, um zweihundertfünfzig engbeschriebene Seiten mit Kommentaren zu versehen.

Noch immer nicht die geringste Befähigung, damit anzufangen. Los, fang an! Er sagte es sich mehrmals, flüsternd, böse, mit langen Zähnen, im Falsett. Bis ihn der Ekel förmlich übermannte. Um wieder etwas Selbstachtung zu gewinnen, mußte er von diesem gottverdammten Schreibtisch weg. Er verließ sein Zimmer und kreuzte mit grimmiger Miene vor den Tischen seiner Angestellten, verlegte sich darauf, ihnen eine Lektion in Sachen korrekter Schriftverkehr zu erteilen. Diese Lektion geschah schweigend, und das machte einige Leute verrückt.

Maddalena senkte das schwarze Haupt, ihre Haarspitzen zitterten, starr vor Angst klebte sie im Stuhl, als er sich auf ihren Tisch niederbeugte und mit der Feder Korrekturzeichen zwischen die Zeilen ihrer Schreiben warf, selbst auf Faxe, die schon übermittelt worden waren.

Rossana hatte einen Drehbuchschreiber am Hörer, der schon seit Monaten auf Antwort von Cassini wartete.

»Er ist leider in Ägypten«, verriet sie dem Unglücklichen, während Cassini ihre Ablage zu durchstöbern begann und einen ihrer Briefe herauszog, »gedreht wird zu Füßen der Sphinx, und Sie können sich ja leicht vorstellen, was da los ist, lauter Nervensägen in Shorts und mit albernen Sonnenhütchen, tja, ein Paradies ist das nicht, trotz des Titels *Paradies der Pharaonen*, wenn Sie mich fragen, ein ziemlich alberner Titel für einen monumentalen Schinken mit fünftausend Mann Fußvolk und einem Gewabbel von Weibern im königlichen Bad, für mich ist der Monumentalfilm passé, und dabei müssen Sie bedenken« – sie senkte die Stimme, um ihn an einem auserlesenen Geheimnis teilhaben zu lassen, während sie Cassini zuzwinkerte, der jedoch nicht aufsah und mit seiner Feder einem Satz zu Leibe rückte, der ihm mißfiel – »er ist schließlich nur ein halber Italiener und nicht einmal an unser Klima hier richtig gewöhnt, Sie verstehen schon, nicht gerade robust, unser Chef, ein sehr empfindlicher Mensch, dem schon ein einziges Sandkorn sehr zu schaffen machen kann, und denken Sie bitte daran, wie viele es davon in der Wüste gibt. Es wird Monate dauern, bis er sich davon erholt hat.«

Cassini verschwand ohne einen Ton in seinem Zimmer.

Maddalena, noch immer wie gelähmt, bekam ausgerechnet Giuliano Confalioneri an den Apparat. Am Telefon, genauer gesagt, bei der Entgegennahme eines Telefonats war sie unsicher. Die spontanen Eingebungen, die Rossana so leichtfielen und sie mit instinktiver Sicherheit erkennen ließen, ob jemand wichtig war oder nicht, dieser Instinkt versagte bei Maddalena vollkommen. Aus Angst, etwas falsch zu machen, zögerte sie lange mit der Antwort, um sie dann mit einem Mal hervorzustoßen. Sie neigte dazu, wenn er nur gebieterisch genug auftrat, jedem x-beliebigen Hochstapler auf den Leim zu gehen. In ihren ersten Arbeitswochen hatte sie solche Exemplare immer wieder zu Cassini durchgestellt und sich damit Ärger eingehandelt. Auf falsche Eindringlinge, besonders während seiner morgendlichen Festungszeit, reagierte er gereizt. Es hatte dies aber nur den Effekt, daß sie von nun an niemanden mehr durchlassen wollte, weder leibhaftig noch am Telefon. Jenen

Giuliano Confalioneri von der Banco di Sicilia hatte sie einmal nach schwierigen Kreditverhandlungen so barsch abgefertigt, daß dieser seine Zustimmung zeitweilig zurückzog. Der Schlamassel war passiert, weil sie von der gewundenen Sprechweise des alten Herrn auf einen Bittsteller geschlossen hatte. Jetzt, ausgerechnet jetzt, war der Moment gekommen, alles wiedergutzumachen. Im Eifer warf sie Confalioneri aus der Leitung. Der unbeirrbare Mann meldete sich gleich wieder, als wäre nichts geschehen, und nun kannte sie sich überhaupt nicht mehr aus, weil Cassini ihn nicht sprechen wollte.

»Er ist ... er ist ... gerade mal schnell weggegangen«, stotterte sie entsetzt, »ich sage ihm aber gleich Bescheid, daß er Sie ssurückruft, wenn er wiederkömmt.«

Er war auch für De Mattia nicht zu sprechen, was eine fast ebenso große Bestürzung hervorrief.

Cassini wußte genau, was die zwei von ihm wollten. Die beiden Stinker hatten über Nacht lauter frische Sorgen ausgebrütet, um ihn an diesem gräßlichen Donnerstagmorgen mit ihrem Kontrollwahn zu überfallen. Der kleine Stinker mit den rosa Ohren, Mattia, das Marzipanschwein, hatte kalte Füße bekommen und wollte sich mit einer Überprüfung wichtig machen, und der alte Stinker, dieser Gipsmensch, Friede seinen Geschlechtsteilen, der Gipsmensch hatte gewisse sehr präzise Fragen zur Bilanz, o die erbärmlichen Mittel, derer sie sich bedienten, um ihn vollends zu erledigen, heute würde er nicht einmal das eigene Geschwätz ertragen, wenn er sich die Stinker zur Brust nahm, er würde es erst nächste Woche tun, bis dahin sollten sie ihn in Frieden lassen, er mußte seinen Film voranbringen, mußte ihn behüten, zumindest solange Sheeler nicht im Käfig umgebracht war, sollten sie ihm nicht mehr mit diesem Kram kommen, nächste Woche würde alles in anderen Bahnen laufen, von da an würden sie vier Wochen lang ohne Sheeler drehen, damit der sich mästen konnte für den ersten Teil des Films, obwohl da sicher noch die Kostümbildnerin mit einem Fettanzug und ausgestopften Waden würde nachhelfen müssen, mehr als vier, fünf Kilo würde Sheeler in der Zeit nicht draufkriegen für die glücklichen Ludwigsburger Tage, in denen Süß als feiner korpulenter Kavalier in bestickten Seidenschuhen übers Parkett geglitten und immerzu in Kutschen hin- und hergefahren war, so glücklich nun auch wieder nicht, dieses Gejage, in der Kutsche war immer die Angst gehockt, die Geschäfte könnten mißlingen, seine sogenannten Gönner nicht zahlen und ihren Teil der Vereinbarung in den Wind schlagen, daß Carl Alexander, dieser jähzornige launische Kerl, ihm die Gunst entzöge und ihn nicht mehr schützte, auch ein mächtiger Mann braucht einen Mächtigen, der ihn schützt, aber wer schützte *ihn*, das Bürschle, den italoschwäbischen Bastard, wer war sein Schirm und Schild, wenn es hart auf hart kam, der Onkel bestimmt nicht, er war schon alt und hatte nicht mehr die Kraft, von der geschäftlichen Seite des Films verstand er sowieso nichts, auch die Freundschaft mit Ettore würde sofort auf Schleuderkurs geraten, wenn er nicht mehr der war, der er war, Gebieter einer Riesenlauftrommel, Zirkulationsgenie, das sich in den Raubgesetzen der Branche behauptete, ein kleiner zäher Mann, der eine närrische Idee behauptete und über Hitlers Propagandaschinken hinaus in alle Welt triumphierte, bis nach Nordkorea, Togo, Tuvalu würden sie seinen Film exportieren, in die Vereinigten Arabischen Emirate, in den Jemen, nach Israel, Arafat und die PLO würden ihn sehen, Saddam Hussein würde ihn heimlich angucken und sich ärgern, der Papst würde ihn sehen, ach was, der Papst würde auf seinem Stuhl zur Premiere ins Kino getragen und dort ein Grußwort verlesen, auch wenn sein Gebrabbel keiner verstand, und er, er wäre endlich erlöst und ein Mensch geworden, Cassini, ein Mensch …

Er troff förmlich vor Selbstmitleid und haßte sich dafür. Immer, wenn der Mensch an sich angerufen wurde, kam etwas Schmieriges, Gemeines dabei heraus. Gleich würde er niederknien und mit dem Deklamieren anfangen: *Wenn ihr uns stecht, bluten wir nicht? Wenn ihr uns kitzelt, lachen wir nicht?* Was nutzten all die Grandiositätsideen, wenn er, trauriger, fiebriger, schweißglänzender Kloß nicht mal die Kraft hatte, den zwei lächerlichen Stinkern am Telefon zu begegnen. Er sollte lieber was tun. Wieder nüchtern werden. Wenigstens den Berg angreifen, der vor ihm auf dem Tisch lag.

Mit einem Grafikmesser, scharf wie ein Skalpell,

schnitt er einen Radiergummi in hauchdünne Scheiben. Fingerspitzengefühl, man brauchte Fingerspitzengefühl, um das Terrain zu sondieren, um sich an der richtigen Stelle hineinzubohren, nicht diese Ameisenfinger. Er öffnete die Mappe mit den Verträgen, kritzelte *Ich habe dieselbe Blutgruppe wie Schnacks* als unleserliche Paraphe auf die erste Seite links neben den Abschnitt, wo der Name seiner Firma als Vertragspartner aufgeführt war. Dann bemerkte er seine verschmutzten Nägel. Mit verschmutzten Nägeln durfte man keine wichtigen Unterlagen bearbeiten. Er mußte auf die Toilette, um sich zu reinigen.

Bei seiner Rückkehr traf er im Vorzimmer auf einen Mann mit wassergekämmtem Haar und riesiger Krawatte. Krawatte wie ein flammendes Schwert, das er sich um den Nacken gegürtet hatte. An Rossana war er vorbeigekommen, weil Rossana nicht da war und Maddalena es nicht geschafft hatte, ihn hinauszuwerfen. Nun heftete er die Augen erwartungsvoll auf Cassini.

»Spinola, Salvatore Roberto, wünscht nichts sehnlicher, als Sie zu sprechen, mein Herr«, sagte er und öffnete strahlend die Tür zu Cassinis Zimmer, um das Objekt seines Begehrens durchzulassen.

Einen Moment trug Cassini ein versteintes Gesicht zur Schau, aber dann machte ihm der Kerl Spaß. Warum auch nicht? Er konnte eine Abwechslung gebrauchen. Heiter faßte er die Hand Spinolas, ein weiches argloses Stück Fleisch, sehr warm.

Spinola, der Wochen damit zugebracht hatte, sich an das Großwild heranzupirschen, brauchte eine Minute, um sich von seinem Glück zu erholen.

»Bringen Sie uns zwei Kaffee und etwas Wasser«, befahl Cassini Maddalena und ließ den Mann im taubenfarbenen Anzug am Besprechungstisch Platz nehmen. In dem Raum begann es zu duften, als hätte man ein Großhandelspaket Seife abgeladen.

»Ein schönes Zimmer, in dem Sie da residieren, Fenster zu beiden Seiten, Licht aus dem Süden, Licht aus dem Norden, was will man mehr. Ich muß schon sagen, ein sehr schönes Zimmer.« Die Kinderfalten in dem Gesicht glätteten sich. Er stellte sein Köfferchen auf den Tisch und ließ die Schlösser mit Effekt aufschnappen, schnalzte mit dem Finger, als wäre dies eine noch nie gesehene, ganz unwahrscheinliche Zirkusnummer. Er entnahm ihm mehrere Schnellhefter, stellte den Koffer auf den Boden und strich genießerisch über seinen Schatz.

»Sie werden sich wundern, was das soll. Sie, der sich wahrscheinlich jahraus, jahrein mit den unmöglichsten Skripten aus ganz Europa herumschlagen muß.«

»Da haben Sie leider recht«, sagte Cassini freundlich und bot ihm eine Zigarette an.

Spinola fühlte sich durch diese Geste ermutigt, schlug die Beine übereinander und lehnte sich zurück. »Danke, ich rauche nicht mehr. Mir das abzugewöhnen hat mich einige meiner besten Mannesjahre gekostet. Aber jetzt bin ich darüber hinweg.

Rauchen Sie nur, bitte rauchen Sie, ich schnuppere gern ein wenig an Ihrem Duft.«

Er rückte wieder an den Tisch, faltete die Hände über seinen Papieren und wurde ernst. »Ich bin natürlich nicht gekommen, um Ihnen Ihre kostbare Zeit zu stehlen. Deshalb möchte ich Sie nicht unnötig auf die Folter spannen. Es ist mir ein Anliegen, Ihnen einige Vorschläge zu unterbreiten. Um es kurz zu machen: ich handle mit den aufgegebenen Ideen großer verstorbener Regisseure.«

»Wenn es sich um aufgegebene Ideen handelt, war es vielleicht gut, daß man sie beerdigt hat.«

»Sagen Sie das nicht. Es sind ganz vorzügliche Ideen darunter, was sage ich da, Ideen! Die meisten haben schon Drehbuchreife, und die berühmten Männer sind leider gestorben, bevor sie sie haben in Angriff nehmen können, was noch gar nichts besagt über die Qualität dieser Ideen, und ich versichere Ihnen, ich handle nur mit vorzüglicher Ware, ich habe mich selbst eingehend mit ihnen beschäftigt, ich neige dazu, sie meine Waisenkinder zu nennen, es sind ja alles Waisen, und ich, um sozusagen im Bilde zu bleiben, bin ihr Adoptivvater.«

Mit einem Blick hatte Cassini erkannt, daß dieser Adoptivvater seinen letzten Heller darauf verwandt hatte, sich die pompöse Visitenkarte drucken zu lassen, die er jetzt auf den Tisch legte.

»Ich nehme an, Sie haben sich auch um die rechtliche Stellung Ihrer Waisen gekümmert. Man könnte da schnell in eine verzwickte Lage kommen.«

»Natürlich handle ich nur mit Projekten, deren Rechte abgeklopft und auf mich übertragen wurden. Sie dürfen in mir also getrost den Inhaber dieser Rechte sehen. In dieser Hinsicht kann ich Sie voll und ganz beruhigen.«

Cassini war beruhigt. Aber anders, als dieser enthusiastische Mann es sich dachte. Maddalena kam mit den Getränken herein und huschte mit Eichhörnchenblicken über den seltsamen Eindringling hinweg.

»Er riecht vorzüglich, wie schön, sich von jemand wie Ihnen den Kaffee bereiten zu lassen«, sagte der geschniegelte Mann und lächelte gewinnend.

»Nun, was haben Sie mitgebracht, bitte legen Sie los.«

»Da wäre zum Beispiel ein nicht gedrehter Fellini-Film, an dem Fellini immer wieder ein wenig geknabbert hat, eine entzückende Idee, eine typische Fellini-Idee, die allerdings nur bis zur Exposéreife gediehen ist. Nehmen wir einen Wohnblock am Stadtrand von Rom, einer dieser Blocks aus den fünfziger Jahren, meinetwegen in Ostiense. Die Geschichte handelt von etwa dreißig kleinen Kindern, die sich hier auf der Treppe oder in den Fluren begegnen, stellen Sie sich diese herrlichen großäugigen römischen Kinder vor, wie sie hinter einer Tür stehen oder in einer Wiege liegen, im Kinderwagen herumgefahren oder wie ein Bündel Grünzeug an der Hand ihrer Mütter treppauf, treppab geschleppt werden. Bündel Grünzeug, ein typischer Ausdruck von Fellini. Fellini hat sich immer fabelhaft ausgedrückt, finden Sie nicht? Also: dieser Wohnblock lebt ganz aus der Sichtweise der Kinder, mit Geschichten von grenzenloser Liebe, bodenlosem Haß, Intrigen, Verwicklungen, Lachen, Weinen – alles im Treppenhaus, auf den Balkonen, den Vorgärten, den Gehwegen um den Block herum. Ein Film, der ganz und gar auf der mysteriösen telepathischen Kommunikation dieser Kinder beruht. Mysteriöse telepathische Kommunikation, auch das wortwörtlich Fellini, so hat er sich die Essenz des Films gedacht. Den Schluß stellte er sich in einem Kindergarten vor, wohin all diese Kinder wie die Kaninchen weggeschleppt und kastriert werden. Kastriert natürlich nicht im wörtlichen Sinn zu verstehen, wo kämen wir da hin.« Er machte eine Pause und fragte ein wenig verzagt: »Wie finden Sie das?«

»Nun, ich hätte diesen Film sehr gerne gesehen, nur eben von Fellini. Fellini ist tot. Außerdem hätte man ihn spätestens Anfang der sechziger Jahre drehen müssen. Jetzt ist es dafür zu spät.«

»Ich bin mir sicher, daß diese Idee auch weniger fellinihaft sehr gut funktionieren könnte, man muß nicht unbedingt einen Kindergarten der Vinzentinerinnen nehmen, nur damit die großen Flügelhauben zum Einsatz kommen, auf die Fellini so versessen war. Ich glaube sogar, daß die Idee des Kindes in unserem heutigen kinderarmen Italien auf eine bemerkenswerte Resonanz stoßen könnte. Ein Kinderfilm für die Erwachsenen! In einem Land gedreht, in dem es gar keine Kinder mehr gibt!«

»Was haben Sie noch im Gepäck?«

»Die Fuciletto-Geschichte.«

Der Mann hob seine weichen Hände und bot Cassini die rosigen Innenflächen wie eine Schale dar.

»Sie ist im Grunde ein Klassiker, eine literarische Wandersage, die unter verschiedenen Namen läuft, aber noch nie verfilmt wurde. Lubitsch hatte sie in den Fingern, De Sica wollte unbedingt an den Stoff, kam aber nicht mehr dazu. Er siedelt in einem exquisiten bürgerlichen Milieu. Hochbürgerliches Milieu sozusagen. Eine steinreiche Advokatenfamilie, nennen wir den Advokaten Maurizio Salvi. Dieser unglückliche Salvi begegnet eines schönen Tages einem entfernten Bekannten auf der Straße und lädt ihn zum Tee ein, rechnet gar nicht damit, daß der andere die Einladung ernst nimmt, Sie wissen schon, man sagt dieses und sagt jenes, wenn der Tag lang ist, und die meisten Leute, die man mal in einer unschuldigen Nebenbemerkung einlädt, kommen glücklicherweise nicht auf die Idee, einen beim Wort zu nehmen. Anders Fuciletto. Domenico Fuciletto. De Sica wollte natürlich Totò für die Rolle, Gott habe ihn selig, da mache ich mir allerdings wenig Sorgen, denn Gott liebt die Komiker über alles. Fuciletto-Totò also steht schon am nächsten Tag vor der Tür, es macht Ihnen doch nichts aus, daß ich meine Familie mitbringe, und da stehen hinter Fuciletto fünfundzwanzig Leute und wollen herein. Salvi fügt sich, er und seine Frau und die Tochter Laura sind ja schließlich wohlerzogene Menschen. Das Hausmädchen macht sich in der Küche zu schaffen, um Tee und Kuchen für die Meute zu servieren. Währenddessen stellt sich der kleinste Fuciletto auf ein Polsterstühlchen und sagt die Pfingstode von Manzoni auf, und der nächstgrößere will auch was aufsagen, den Anfang der Ilias von Homer, und klettert dafür auf die Kredenz, und die jüngste Tochter probiert den Flügel aus, findet den Steinway aber leider verstimmt, auch die nächstälteste Tochter gibt keine Ruhe, bis sie sämtliche CD's und Platten herausgezogen und festgestellt hat, daß eine wichtige Chopin-Aufnahme von Benedetti-Michelangeli fehlt, ein rotznasiger Neffe will hinter das Geheimnis einer Rokoko-Spieluhr kommen und schlägt sie entzwei, unterdessen erklimmt der drittälteste Sohn die Bibliotheksleiter und kann nicht verstehen, daß man sich in diesem Haus mit einer so billigen Vergil-Ausgabe begnügt, was eine russische Tante von Fuciletto veranlaßt, mit poetischem Lächeln die Ausgaben der russischen Schriftsteller zu inspizieren und einen kleinen Vortrag über Lermontow zu halten, inzwischen hat Fucilettos ältester Sohn sich in Salvis Arbeitszimmer umgesehen und in ein paar Akten von Fällen geblättert, zu denen er seinen Senf gibt, ein Onkel probiert Salvis Arbeitssessel aus und findet ihn unbequem, ein Schwiegersohn blättert in Salvis Kontoauszügen und will wissen, wie der Advokat es schafft, sein Schwarzgeld in die Schweiz zu bringen, Fuciletto-Totò pafft derweil eine dicke Zigarre, die er dem Humidor entnommen und dem Hausherrn zum Abzwicken hingehalten hat, Mama Fuciletto drückt den Kuchen mit der Gabel platt und bemäkelt, daß er zu trocken sei, weiß aber Rat, wie man ihn ein bißchen fettiger und weniger krümelig hinkriegt, und schickt Frau Salvi in die Küche, daß sie dem Hausmädchen gleich Bescheid sagt, natürlich müssen die Leute nacheinander aufs Klo und probieren Salvis Rasierwasser aus, testen die Biegsamkeit der Zahnbürsten, finden das Klopapier nicht so weich, wie es sich gehört, fragen Mama Salvi, ob sie die Handtücher zu 40000 Lire das Stück bei Croff kauft und ob bei ihr das Hormonmittel gegen die Wechseljahre, das Fucilettos Schwägerin nimmt, auch so gut angeschlagen hat …«

»Ich kann mir das Weitere vorstellen«, sagte Cassini. »Sie schrauben alle Klinken ab, schlitzen die Polster auf und decken das Dach ab.«

»Aber ist es nicht komisch?«

»Doch, es ist komisch. Aber auf Totò können wir leider nicht mehr zurückgreifen.«

»Benigni wäre auch eine wunderbare Besetzung.«

Ein Magenknurren war zu hören.

»Es … es muß nicht unbedingt Benigni sein, es könnte auch …«

»Was haben Sie noch?«

»Da wäre die Geschichte mit dem Kamel.«

»Ich habe mir immer gewünscht, mit einem Kamel zu arbeiten«, sagte Cassini nachsichtig.

Spinola blähte ein wenig die Nasenflügel, weil er eine geheime Ironie witterte.

»Vielleicht sollte ich Ihnen zuerst die Geschichte

vom Es erzählen, personifiziert vom unvergeßlichen Ninetto Davoli. Das Es, das vorzugsweise im Keller haust. Wo sollte es auch sonst hausen, das Es ist nunmal von Natur aus ein Kellergeschöpf, und von da unten aus unternimmt es ...«

»Nein, bitte bleiben wir beim Kamel. Ich liebe Kamele.«

Mit einem gutherzigen Lächeln kratzte sich Spinola am Hinterkopf, worauf sich einige Schuppen lösten und zu den großblättrigen Verwandten fielen, die bereits auf seinen Schultern siedelten.

»Die Araber haben über hundert Wörter für Kamel, wußten Sie das? Man sagt, daß sie ihre Kamele mehr lieben als ihre Frauen, wobei mich das nicht wundert, wenn ich bedenke, wie selten sie mal eine zu Gesicht kriegen. Entschuldigen Sie, ich bin ein wenig vom Thema abgekommen.« Er rückte seine Krawatte zurecht und warf einen ängstlichen Blick auf Cassini. »Das Kamel in meiner Geschichte haust aber nicht in der Wüste, sondern in Wales. Es gehört einer etwas spinnerten Familie, diese typischen englischen Exzentriker, wie man sie kennt. Präzise gesagt, es gehört dem Großvater dieser Familie. Bitte stellen Sie sich das herrliche Tier mit dem langen mädchenhaften Wimpern vor, in einem niedrigen walisischen Stall.«

»Ich bin glücklich, daß es nicht damit beschäftigt ist, den Sand von seinen schönen Augen fernzuhalten. Allerdings könnte es ihm in England zu kalt sein.«

»Darauf komme ich gleich. Bekanntlich gehen Kamele ziemlich leicht durch ein Nadelöhr …«

In diesem Augenblick läutete das Telefon. Das Kopierwerk meldete einen Negativschaden. Die Arbeit eines Tages war vernichtet. Ein unscheinbares Staubkorn war zu einem diabolischen Kratznagel mutiert und hatte dreihundert Meter Film von Kamera A unbrauchbar gemacht. Sie mußten die Fahrt durch die verschneiten Weinberge wiederholen, mit allen Statisten und dem kompletten Stab. Wahrscheinlich am Montag, sofern sich bis Montag das Wetter hielt, denn sie brauchten das richtige Anschlußwetter. Die Dispositionen mußten sofort geändert werden, danach würde das Gefeilsche mit den Versicherungen losgehen, wer für den Schaden verantwortlich war und dafür aufzukommen hatte. Gleich hinterher kam die Meldung, daß eine deutsche Verleihfirma pleite gegangen war, bei der *Prisoner of Memory*, der Film, den sie zuletzt gedreht hatten, in den Kinos hätte anlaufen sollen. Cassini konnte die Nachrichten nur entgegennehmen. Sie zerbrachen seine Schutzhülle. Sie waren aufgetaucht aus einem Nebel wie große Laster auf der Autobahn.

Ein Schweigen trat ein, das Spinola vorerst nicht zu stören wagte.

»Ich muß Sie jetzt leider bitten zu gehen«, sagte Cassini, worauf sein Gefährte sich langsam erhob und die Schnellhefter melancholisch im Koffer versorgte. Cassini holte einen großen Geldschein aus seiner Schublade und legte ihn wie ein prächtiges

Zertifikat obenauf. Ohne Cassini anzusehen, nahm Spinola ihn zwischen die Finger, faltete ihn klein und steckte ihn weg.

»Ins große Geschäft kommen wir wohl nicht«, sagte er geknickt.

»Ich hätte das Gespräch gerne fortgesetzt. Wirklich, Sie haben mir die Zeit aufs Angenehmste verkürzt. Ich hoffe aufrichtig, Sie finden jemanden, der sich für Ihre Pläne begeistert.«

»Und Sie wären nicht vielleicht derjenige ...?« Er riskierte ein letztes zaghaftes Kinderlächeln.

Als sein glänzender Hosenboden schon nahe der Tür war, rief Cassini ihm leise nach: »Leider bin ich im Moment nicht derjenige.«

Eine Stunde später holte ihn Benito ab. Die Masse der Schwierigkeiten rückte an ihn heran und löste ein Herzflackern aus, das sich nur durch Spinola dämpfen ließ. Er hielt dem Mann die Fahrt über die Treue, fabrizierte ein Paradies für den kleinen Betrüger. Mit der behutsamen Liebe des Wohltäters sah er sich ein graues Mäppchen nach dem andern aus Spinolas Koffer ziehen und es in einen prächtigen Film verwandeln. Es hat keinen Zweck, du mußt da raus, sagte er zu einem schweißglänzenden Spinola im Frack und schob ihn vor sich her auf eine Bühne, wo der Applaus brandete und Geldscheine wie riesige Schuppen von der Decke schwebten.

Er ließ sich vor der Pförtnerloge absetzen. Um den Weg ganz für sich auszukosten, verzögerte er seine Schritte. An einigen Stellen war die trübe Wolkenschicht aufgerissen. Die Sonne zwängte sich durch die Lücken und stach in dramatischen Strahlen auf die Kulissen herab. Aufgescheucht von dem Krach, der aus einem der Tonstudios drang, drehten die Vögel eine Runde und ließen sich erneut auf dem Gelände nieder.

Hinter den Stuttgarter Häusern, umgeben von Weinbergattrappen, die aus der Nähe nicht sehr überzeugend wirkten, lag der Richtplatz. *Mein Richtplatz*, dachte er unwillkürlich, weil er seinetwegen schon die härtesten Kämpfe ausgefochten hatte, mit dem Ergebnis, daß der Richtplatz nicht so geworden war, wie er sich ihn vorgestellt hatte.

Der Galgen beherrschte den Hügel. Eine riesige Konstruktion, ursprünglich aus Stein, Holz und Eisen. Die Handwerker hatten ihn nach einem zeitgenössischen Stich gebaut. Trotzdem wirkte er in seiner Monstrosität wie ausgedacht. Den Unterbau, damals bestehend aus Quadersteinen, deren Fugen mit Eisen ausgegossen waren, hatten sie täuschend echt nachgeahmt und rot angestrichen. Vielleicht war die Feuerwehrfarbe das Problem, obwohl die Bühnenarbeiter auch hierin getreulich den Aufzeichnungen gefolgt waren. Auf dem Fundament hatten sie ein zehn Meter hohes Holzgerüst errichtet, über dem sich der eigentliche Galgen erhob. Eine Eisenkonstruktion mit Querstange, an dem ein riesiger, ebenfalls rot angestrichener Eisenkäfig hing. Das Ganze wirkte wie das Skelett eines Kirchturms mit aufgesetzten Verzierungsspitzen; ganz oben, zur Bekrönung der höchsten Stange, saß eine Art Federbusch, den man von weitem auch für einen Wettergockel hätte halten können. Soweit die Ähnlichkeit mit einem Kirchturm. Nur daß daran unerklärlicherweise dieser absurde Vogelbauer hing. Bis nach oben, direkt zur Querstange und an die Öffnung des Käfigs, reichte eine dreiholmige Doppelleiter hinauf; ein Monstrum, das sich über sechs Stützbeine vom Boden erhob. Auf der linken Seite des Richtplatzes hatte man für die katholische Diplomatie, für die adeligen Damen und ihre Kavaliere, drei Tribünen aus Holz aufgebaut; rechts davon eine einfachere Tribüne ohne Dach für die Honoratioren des Kriminalgerichts.

Mit großem Gefolge hatten sie den ganzen Vormittag über gearbeitet. Da alles nach Plan gegangen war, wußte er, was sie gedreht hatten. Kamera A hatte auf einem drei Meter hohen Podest in weitem Abstand zum Galgen gestanden und eine Totale vom Platz in 24 Millimeter Brennweite aufgenommen. Sie hatte sämtliche Statisten im Visier gehabt, die Grenadiere auf ihren Pferden, die Henkersknechte, die Priester mit ihren Gerätschaften, die Zuschauer, Süß, den Galgen, den Himmel. Auf dem gleichen Podest war Kamera B gewesen, allerdings etwas tiefer ausgerichtet, auf den Anfang der Leiter konzentriert, auf Süß, auf die Priester, die Henker, und hatte eine halbe Totale in 50 Millimeter normaler Brennweite gedreht. Kamera C war auf der linken Seite hinter den Grenadieren versteckt gewesen, um in diversen Schwenks

Schnittbilder von Pferden und Soldaten zu liefern. Cassini konnte sich die Schnipsel mühelos zusammendenken. Sie ergaben schnelle, emotionsgeladene Sequenzen, wie sie unaufhörlich gemacht und unaufhörlich erwartet wurden.

Es ärgerte ihn immer noch, daß er in einem so wichtigen Punkt nachgegeben hatte. Keineswegs freiwillig und erst nach langem Hin und Her. Er war um die Einsicht nicht herumgekommen, daß die Leute, die ihn umgaben, nicht in der Lage waren, das zu drehen, was sich in seinem Kopf als Bild der Stätte festgesetzt hatte. Für den Anfang des Films hatte er ein heiteres Bruegel-Gemälde gewollt und für das Ende ein finsteres, etwa in der Stimmung der Bruegelschen Kreuztragung. Eine starre Totale. Am Anfang ein blühender Hügel im Frühjahr, Bauern bei der Arbeit, ein Weg, der sich zwischen grünen Weinbergen talwärts schlängelt, hinab zum harmlosen Städtchen im Hintergrund. Für das Ende ein Winterbild des leeren Geländes, auf das Ochsengespanne mit Stangen und Steinen fahren. Dann die Schlosser und Schreiner auf dem Gerüst; der hereinbrechende Abend, wenn die letzten Hammerschläge gerade verklungen sind. Dann wieder hellichter Tag; wie sich die Stätte mit Kutschen füllt, aus denen die Zuschauer steigen, und schließlich der Zug der Soldaten mit Süß' Karren. Die Kamera wäre um keinen Zentimeter verrückt worden. Aus gottgleicher Ferne hätte sie den Kampf des rotgekleideten Mannes verfolgt; wie er von drei starken Knechten die Leiter hinaufgezwungen wurde – denn Süß tat keinen Schritt freiwillig und kämpfte mit unglaublicher Kraft –, wie seine Perücke herunterflog, wie er schließlich als Bündel im Käfig lag, wie man den Käfig schloß und sich das Gelände allmählich leerte, während die Krähen über dem Abendhimmel kreisten. Gehört hätte man das Rühren der Trommeln – und Cassini hatte es förmlich im Ohr –, gehört hätte man lauter, als die Entfernung der Kamera es eigentlich erlaubte, die Schreie und Gebete des Joseph Süß Oppenheimer, lauter auch das Knarzen der Leiter und die quietschenden Scharniere des Käfigs zum Geläut der Glocken vom fernen harmlosen Städtchen.

Das Gehör schärfen! Das Auge beruhigen! Mit dieser Kampfansage hätte er auf sie losgehen müssen. Statt dessen waren sie elend lang in seinem Büro gehockt; er hatte die Finger einer Hand zur Kugel gekrümmt und sie eine Weile über dem Holzmodell gehalten. Schwebte ein Ballon über einer winterlichen Landschaft, stiegen einzelne Stimmen und Töne klar und scharf empor, als gebe es den Schmutz der sie umlagernden Geräusche gar nicht; man verstand jedes Wort, obwohl sich die Menschen wie Zwerge ausnahmen. So ungefähr hatte er sich ausgedrückt. Grinsend wie immer, wenn etwas nicht zu ihm durchdrang, hatte Ezzelino diesen Ballon vom Himmel geholt: Warum nicht gleich den ganzen Film vom Ballon aus drehen? Und milde lächelnd hatte ihm Roberto sekundiert: Ein Ballonfilm! Ganz was Neues! So was hatte er schon immer machen wollen!

Hätte er gleich am Anfang das fertige Konzept aus der Tasche gezogen und sich jeden Einspruch verbeten, wie viele lästige Diskussionen wären ihm dann erspart geblieben. Allein der nervenzerrende Aufwand, den es gekostet hatte, Ezzelino davon abzubringen, die Fäkalien des erwürgten Süß zu zeigen. Des langen und breiten hatte Ezzelino diese Fäkalien ins Bild setzen wollen, wie sie es heute immerzu wollten, sobald Fäkalien irgendwo anfielen.

Regisseur und Kameramann waren ihm mit tausend Einwänden gekommen, bis Cassini begriff, daß er seine Vorstellung nicht in ihre Köpfe verpflanzen konnte. Daß diese Leute *seinen* Film niemals würden realisieren können. Und wenn er sie dazu zwang, würde das Resultat kläglicher ausfallen, als wenn er sie wenigstens zum Teil ihren eigenen Film drehen ließe. Deshalb hatte er eingelenkt, was ihn jetzt aber wieder frisch wurmte und eine aggressive Unruhe in ihm erzeugte.

Man war gerade in der Drehpause und baute um. Weil sich die Nachricht vom ruinierten Material schon herumgesprochen hatte, herrschte bei den wichtigen Leuten schlechte Stimmung. Nur die Statisten freuten sich.

Einige der Schauspieler und Kleindarsteller waren aufwendig kostümiert, zumindest, was ihre Oberkörper betraf. Auf ihren Köpfen lagen flache gekräuselte Perücken, die hinten in einen Zopf ausliefen. Gesichter und Perücken waren weiß gepudert. Bei den adeligen Frauen hatte man die Wangen rougiert, da und dort Schönheitspflaster aufgeklebt. Sie hatten pelzgefütterte Seidenmäntel um, in Blaßblau, Blaßrosa, Blaßgelb, die bürgerlichen Frauen prächtige Kamisols und Schultertücher. Ihre Handschuhe hatten sie ausgezogen, um die belegten Brote besser anfassen zu können, die in Pappboxen ausgeteilt wurden. Da beim Sitzen auf der Tribüne nur ihre Oberkörper zu sehen waren, liefen sie darunter in Jeans und Turnschuhen herum. Die Herren vom Kriminalgericht waren in schwere schwarze Wollstoffe gehüllt. Ihre säuberlich frisierten Köpfe lagen auf tellerrunden Halskrausen.

Cassini hatte befürchtet, mit Sheeler endlos über den nachzuholenden Tag verhandeln zu müssen. Wider Erwarten zuckte Frank bloß mit den Achseln, als sei dies eine Kleinigkeit. Er traf ihn inmitten einer Gruppe Grenadiere, die ihre Bajonette auf einen Haufen gelegt hatten und ihre Pferde mit Karotten fütterten. Einige kauten an Broten und versuchten die Pferdemäuler von ihren Imbißpaketen fernzuhalten.

Massimo zog Cassini gleich von der Gruppe fort. Er war in Alarmstimmung, weil er mit dem verschobenen Drehplan zu kämpfen hatte. Bei den unklaren Wetteraussichten war die Entscheidung schwierig. Den verlorenen Tag auf den Sonntag zu legen war vom Wetter her sicherer, kostete aber mehr.

»Gut, dann am Sonntag«, entschied Cassini, als spiele Geld keine Rolle.

Kamera A wurde auf einem kleinen Podest installiert, das jetzt auf dem Galgenfundament genau in der Mitte stand. In einem 360-Grad-Schwenk sollte sie Bilder von den Grenadieren liefern, die sich mit ihren Pferden im Kreis um den Galgen zusammengeschlossen hatten, an dessen Fuß die Priester Heller und Hoffmann mit ihren Kultgeräten darauf warteten, Süß doch noch zur katholischen oder evangelischen Konfession herüberzuziehen. Sie würde auch den berühmten Wutausbruch von Hoffmann einfangen, der kurz vor der Erdrosselung zu Süß hinaufgeschrien hatte: *Du wirst in wenigen Augenblicken sehen, in welchen du gestochen hast. Jesus lebt!* Das war noch eine lange Zeit der Schlachtruf des Pietismus geblieben. Die Deutschen Christen hatten ihn später neu angestimmt und ausgelegt. Onkel Richard, ein Schwager des Großvaters, hatte zu ihnen gehört und von ihren Freiluftgottesdiensten geschwärmt. Die wenigen Kirchen, die sie besaßen, waren mit Hakenkreuzfahnen dekoriert. Hakenkreuze auf Bibeln, Traktaten, Gemeindeblättchen, darin eingezeichnet das christliche Kreuz. Die Oblate wurde aus dem Abendmahl verbannt, weil die Deutschen Christen in ihr das Abbild der Matzen sahen. Auf das Alte Testament wollten sie verzichten, um es durch Texte aus dem indogermanisch-nordischen Raum zu ersetzen. Ihren Konfirmanden schenkten sie ein Hitlerbild mit einem Denkspruch auf der Rückseite: *Ohne Juda, ohne Rom bauen wir den Deutschen Dom.*

Vor den überdachten Tribünen wurde eine Schiene verlegt, um mit Kamera B vor dem höfischen Publikum entlangzufahren, langsam von links nach rechts. Desgleichen eine Schiene vor der Tribüne des Kriminalgerichts, wobei Kamera C hier von rechts nach links gleiten würde. Mit einem herausfordernden Blick übersah Cassini das Gewusel all dieser teils beschäftigten, teils unbeschäftigten Menschen. Sie waren alle von ihm abhängig, er aber auf empörende Weise von ihnen. Als alle wieder in ihre Ausgangsstellungen zurückgekehrt waren, klemmte er sich hinter Roberto und verfolgte die Kreisbewegung von Kamera A. Cutler stellte sich wie immer übertrieben an, packte die Kultgeräte mit seinen Pranken, als wolle er sie zerschmettern. Zwei Pferde wurden nervös und brachen aus dem Kreis. Nach der dritten Wiederholung hatte Cassini genug davon und verzog sich in die riesige Halle von Studio 5.

Hier waren Bodenleger bei der Arbeit, die bemalte Pappfliesen aufklebten für den Marmorfußboden der Ludwigsburger Residenz. Die Pappquadrate waren kunstreich bemalt und fügten sich zu einer täuschend echten Oberfläche. Nur die Schritte klangen gedämpfter als auf echtem Steinboden. Mit der Innendekoration waren sie schon ziemlich weit gekommen. Montag würde alles fertig sein, und es sah gut aus. Erleichtert trabte Cassini herum, öffnete Fenster und Türen und sah sich den Raum von verschiedenen Blickwinkeln aus an. Hier würden die Damen in den breiten Fischbeinröcken seitlich zu den Türen hereinlavieren, ihre Kavaliere immer einen Schritt voraus, weil die Reifröcke keinen Platz ließen, um neben ihnen herzugehen. In wenigen Wochen würde Sheeler da hinten am Fenster stehen, ein Kavalier im braunseidenen Anzug, eine rosa und silbern bestickte Weste darunter, seinen Harlekin am Finger, der damals so großes Aufsehen erregt hatte und nun im Württembergischen Landesmuseum zu besichtigen war, eingearbeitet in die Diamantkette einer Fürstin und nur um weniges größer als die übrigen Steine. Die Kostümbildnerin hatte Cassini Aufnahmen von der Kette gezeigt, und er hatte sich gewundert, warum damals so viel Aufhebens um das Juwel gemacht worden war, wenn es in der Riesengröße gleich mehrere davon gab. Frank würde einen falschen Stein tragen, der aber harlekinhafter blitzte als der echte.

Mit Siegermiene verließ er Studio 5, bestellte sich beim Pförtner ein Taxi und fuhr ins Büro zurück. Confalioneri erwischte er noch am Telefon und verabredete sich für morgen früh mit ihm. Mit tollwütiger Energie ging er an die Verträge heran, kämpfte sich durch Hunderte von Seiten, indem er hier einen Passus strich, dort einen hinzufügte, bis er gegen drei Uhr nachts seinen Anteil am Titus in eine akzeptable juristische Form gebracht hatte.

Danach war er so aufgekratzt, daß er den langen Weg zu Fuß nach Hause ging. Reinigungsfahrzeuge ließen ihre nassen Bürsten über den Corso Vittorio Emanuele kreisen. In der menschenleeren Via del Pellegrino hallten seine Schritte wie die eines Todesboten. Selbst der Campo de' Fiori war leer, bis auf zwei Arbeiter eines technischen Dienstes in fluoreszierender Schutzkleidung. In lautlose nächtliche Kinderspiele vertieft, stand einer der Männer auf einem Kanaldeckel, welchen der andere mit Hilfe einer Fernbedienung hob. Hob und wieder senkte, hob und wieder senkte, nur um sich an seinem Freund zu vergnügen, der mit ausgebreiteten Armen über dem Boden schwebte wie ein Bühnengott.

Als er in seiner Wohnung anlangte, wurde es hell. Er schlief sofort ein und wachte nach einer halben Stunde wieder auf. Der böse Rummel ging wieder los. Er kam in eine immer größere Unruhe hinein und endete in der völligen Unmöglichkeit, sich zu beruhigen. Es war ihm zu hell draußen, zu rosa. Er mußte die Vorhänge schließen. So konnte er erst recht nicht einschlafen, nicht in dieser Vorhangfinsternis. Also raus aus dem Bett und Vorhang auf. Wieder ins Bett. Dann Vorhang links zu, Fenster zu. Bett. Wieder raus und Vorhang rechts bis auf einen Spalt zu, Fenster auf. Bett. Dann Vorhang links auf, Vorhang rechts auf. Schublade auf, Schublade zu. Schlafmaske. Durch die der falsche Harlekin aber noch Blitze auf seine Augäpfel schoß, bis ihn gegen sechs der Schlaf in die emsigen weichen Hände nahm und erlöste.

ER WURDE VOM TELEFON geweckt.

»Herzlichen Glückwunsch«, sagte sie trocken.

»Da hast du mich aber erwischt.« Er hatte seine Stimme noch nicht unter Kontrolle und mußte schlucken.

»Ein Päckle ist für dich unterwegs, das kann noch nicht da sein. Oder doch?«

»Nicht daß ich wüßte.«

»Ich verrate dir lieber gleich, was drin ist.« Sie verstummte, und er half ihr nicht aus dem Grab.

Nach einer Weile sagte sie mit leisem Pfeifen, das von den gemarterten Spitzen ihrer Bronchien herrührte: »Seine Uhr.«

»Vom Großvater?«

»Du bist jetzt alt genug dafür. Ich hoffe bloß, daß du sie auch kriegst.«

»Wie hast du sie verschickt?« fragte er ohne Neugier.

»Als Wertpaket.«

»Geht sie überhaupt noch?«

»Du glaubst doch nicht im Ernst, daß ich dir was schenke, was nicht geht.«

Als Kind hatte ihm die Uhr Eindruck gemacht. Die goldene Uhr, das althergebrachte Wunderwerk vom Recken Karl Richard, einmal am Tag aufgezogen und ans Ohr gehalten, gerühmt für seine Präzision, sofort weggenommen, als ein kleiner Bub sich erfrecht hatte, sie um das Vorderbein des geduldigen Dackels zu schnallen. Jetzt hatte der Bub eine Portugieser am Arm und legte keinen Wert auf Erinnerungsstücke.

»Dann bin ich ja beruhigt«, sagte Cassini und steckte den Zeigefinger in die geringelte Telefonschnur.

»Als Kind warst du von der Uhr gar nicht wegzukriegen.«

»War ich das.« Ihre Antwort interessierte ihn nicht.

»Man hat sie dir zum Einschlafen ans Ohr halten müssen.«

Das Einflößen der Seelenruhe mittels einer Uhr! In acht Tagen würden sie die Szene im Studio drehen. Er hatte darauf bestanden, sie ins Drehbuch einzubauen. Um 1735 hatte man einen Wundermann unter den katholischen Höflingen in Ludwigsburg herumgereicht. Er pflegte die Uhren der herzoglichen Staatsdiener geistig aufzuladen, indem er ein Häuschen aus den Schriften Jacob Böhmes und der Bibel errichtete und sie in Gesellschaft der eigenen Uhr vierundzwanzig Stunden darin liegenließ. Dann wurden die Uhren herausgezogen und von den Besitzern ans Ohr gehalten, immer murmelnd: Unendlich! Unendlich! Das hatte ihnen den Seelenfrieden in die Herzen getickt, wenn auch nur für kurz.

Zuvorkommender Sohn, der er war, dankte er für das Geschenk, als hätte er es gerade mit Entzücken ausgepackt und an sein Ohr gehalten.

Pasqualina verschlug es die Sprache, als er fertig

angezogen, aber zitternd vor Müdigkeit in die Küche kam, nach einem richtigen Kaffee verlangte, sich – um diese Uhrzeit! – eine Zigarette anzündete und sie anlächelte wie ein Heiliger. Ein Kuchen stand zur Feier des Tages auf dem Tisch. Von Giuseppina gebacken, von Pasqualina in eine durchsichtige Folie gepackt und mit einer roten Schleife verziert.

Gedankenverloren zupfte er an der Folie herum. »Gott segne Sie, meine Liebe«, sagte er, und als wäre dies noch nicht seltsam genug: »Die wahre Liebe einer Frau zeigt sich beim Kuchenbacken.« Dabei trommelten seine Finger zu einer nur ihm bekannten Melodie den Rhythmus auf die Tischplatte.

Im Auto band er wieder die Schlafmaske vor seine tosenden Augen. Eine besondere Maske mit eingewobenen Magnetteilchen, die etwas vom Überschuß an Energie, die durch seine Stirn pulste, abzogen. Zumindest versprach das die Pappschachtel, in der die Maske für gewöhnlich lag. In derselben Schublade, unter der Schachtel, verwahrte er ein Jugendfoto seiner Mutter. Eine Person stand in Skihose und Wollpullover auf einem Schneehügel und winkte mit den Stöcken. Freigelassene Haarsträhne vor dem Gesicht, Pudelmütze, der Blick keß, Mund, aus dem es fahrig herauslachte. Wer war das? Weder Blick noch Mütze noch Mund konnte er mit seiner Mutter in Verbindung bringen. Mal war sie scheu, mal prüde, soweit reichte seine Vorstellung. Im Grunde war er unfähig, sie als junges Mädchen zu denken. Unmöglich, daß sie je gegrinst hatte, albern, frech oder auch nur vergnügt gewesen war. Ihre Schneeschwärmerei hatte sie sich allerdings bis ins hohe Alter bewahrt. Immer wieder kam sie auf jenen kalten Winter zu sprechen, in dem die Schneemassen den Verkehr auf der Neuen Weinsteige zum Erliegen gebracht hatten. Er sah seine Mutter auf Skiern die Neue Weinsteige hinabkurven. Lautlos fiel sie in den Schnee.

Maddalena kannte das Geburtsdatum ihres Chefs aus einem Dokument. Schon eine Woche vorher hatte sie immerzu an Blumen denken müssen. Zu guter Letzt entschloß sie sich für einen Strauß Schwertlilien. Der Verkäufer legte einen straffen Verband aus rotem Krepp um die Stiele und gab ihr einen soliden Prügel in die Hand. Mit ihm langte sie im Büro an. In Ermangelung einer Vase lieh sie ein Gefäß vom Anwaltsbüro im Erdgeschoß, entfernte das Kreppapier und stellte den Blumenschmuck auf Cassinis Schreibtisch. Ordnete ihn, damit er möglichst füllig wirkte, und biß sich in freudiger Erwartung in den Finger.

Daß sich Cassini wegen einer Besprechung mit Confalioneri in der Bank aufhielt, wußte sie, denn er hatte einen Zettel auf Rossanas Schreibtisch hinterlegt. Rossana ging im zweiten Stock mit Lightowler die geänderten Dispositionslisten durch. Kurzum, Maddalena war allein und nervös.

Sie war noch jung, gerade mal sechsundzwanzig Jahre alt, eine übergenaue Person mit ruhiger Hand und einem Blick, der sich auf alles, was vor ihr lag, scharfstellen ließ. Jetzt ließen sich Hand und Blick nicht ruhig halten. Sie rannte mal dahin, mal dorthin, setzte sich wieder und versuchte die Notizen zu entziffern, mit denen die Verträge für Maxwell gespickt waren.

Cassini kam herein, grüßte freundlich, ging aber so schnell an ihr vorüber, daß sie ihren Glückwunsch nicht anbringen konnte. Er zog auch gleich die Tür hinter sich zu. Kurz darauf hörte sie es klirren. Das Geräusch kam vom Hof. Maddalena guckte zum Fenster hinaus, und da lagen sie, die Schwertlilien und das Schaumkraut, Farnwedel und Riedgras zwischen den Scherben der Vase. Er hatte alles zum Fenster rausgeworfen.

Das Telefon läutete. Maddalena nahm den Hörer, als würde er glühen. Eine Frau war am Apparat. Unfähig zur kleinsten Erwiderung, drückte sie auf eine Taste und stellte die Verbindung ins angrenzende Zimmer her.

Die Stimme klang angenehm. Sie sprach von Padre Pio und vor allem vom Padre-Pio-Gedenktag, der bald nahte, sprach von Medaillen, Holzkreuzen, Rosenkränzen, Videos, einem Buch mit vierundneunzig Farbfotos, den Padre-Pio-Gedenkmünzen in Kupfer, Silber und Gold, von bestickten Tüchern und handbemalten Dosen, auf denen der Padre einer Kinderschar den Segen spendete.

Cassini war dem ersten Impuls, wieder aufzulegen, nicht gleich gefolgt. Er begann die Stimme zu mögen, die ihm wie ein weicher Nieselregen ins Ohr ging und dabei von einem Objekt zum andern wanderte. Er gewann sie geradezu lieb. Eine Stimme, die fort und fort sprach, obwohl er keinen Ton sagte. Schließlich wollte sie seinen Namen notieren.

Er sagte einfach nur: »Grazie«, sagte es leise und vorsichtig wie ein Schulkind.

»Ihr Name lautet also Grazie?«

»Grazie.« Er sagte es wieder ganz leise.

»Sie heißen also Grazie«, klang es schon vorsichtiger, und dann wollte sie seine Bestellung erfahren.

»Grazie.« Er sagte nichts anderes.

Am anderen Ende wurde es still.

»Sie möchten vielleicht die Gedenkmünze in Silber?« kam es nach einer Weile.

Er hatte ein schwindelerregendes Vergnügen an seiner Antwort.

Wieder wurde es still. Cassini empfand einen Sog, der ihn in eine leere rauschende Weite saugte, an deren Ende ein riesiges Ohr wartete. Dann machte es klick, und er war mit seinem klopfenden Herzen allein.

Verstört, unfähig zur kleinsten Arbeit, hockte Maddalena während des Vormittags an ihrem Schreibtisch. Von einem Haß gewürgt, der ihre Schimpfworte erstickte. In rastlosen Galoppaden jagte der Vorfall immer wieder an ihr vorüber. Einen Kugelschreiber in der Faust, fuhr sie mit ihm hin und her, A–E–I–O–U, immerzu hin und her wie eine Geistesgestörte, bis eine schwarze Vertiefung in die Holzplatte gekratzt war. Daneben lag der Telefonhörer und tutete vor sich hin. Grußlos nahm sie gegen zwölf Renzos Boten das Aluminiumpäckchen aus der Hand. Die Reihe war an ihr, es weiterzubefördern; Rossana hatte sich noch nicht blicken lassen. Gereizt griff sie an ihrem Haar herum. Ihre Lippen zuckten wie an Land geworfene Fischlein. Mit weißen Fingern hielt sie das Tablett umkrallt. Sie klopfte und öffnete die Tür.

Er stand am Fenster und sah auf die Straße.

»Cincia«, sagte er an der Kante von Amüsement und Verzweiflung, »ich glaube, ich bin am Ende.«

Maddalena ließ das Tablett auf den Schreibtisch gleiten und entfernte sich unhörbar. In der Küche riß sie die Folie von einer Keksschachtel und klaubte aus den Plastikvertiefungen, was sie kriegen konnte.

Als sie mit einer Tasse Kaffee zurückkehrte, noch immer krank vor Aufregung, aber mit einem dünnen, verkrampften Lächeln, war Rossana wieder da und sortierte Kopien. Den Hörer hatte sie auf den Apparat gelegt.

»Das Schaf war mal wieder besonders schwer von Begriff, siebenundsiebzig Knoten im Hirn, geht einer auf, ziehen sich zwei neue zu.« Die Wörter sprangen ihr als winzige Knallfrösche vom Mund ab. Maddalena hörte nicht hin.

Gleich darauf kam Cassini aus seinem Zimmer, in den Händen ein Blatt, welches er zerfetzte und in Maddalenas Papierkorb warf. Vor Schreck fuhr ihr die Hand in eine Schale mit Nädelchen und Zwekken.

Er hingegen sprach zaghaft, mit einem bröseligen Timbre, als müsse sich niemand, schon gar nicht die beiden Personen im Raum, an seine Anweisungen gebunden fühlen.

»Wenn möglich sollte ich die fertigen Verträge am Montagvormittag haben.« Seine Bitte schwebte wie eine zarte Blase im Raum. Welch Wunder, daß seine Gegner sie nicht sofort zerstachen. Und ebenso schüchtern ging es weiter: »Wahrscheinlich ist das Gekritzel schwer zu entziffern. Ich hoffe, Sie haben nicht allzuviel Mühe damit. Wenn etwas unklar sein sollte, rufen Sie bitte an.« Er grüßte verschwommen nach allen Seiten. Fischte dankbar einen Blick von Rossana auf. »Für heute bin ich weg«, wagte er noch hinzuzufügen und war aus der Tür.

»Über Nacht zum Leisetreter geworden. Komisch, was?« wunderte sich Rossana.

»Man ... man sollte ihm eine verpassen!« Das kam so unerwartet, daß Rossana hell auflachte.

»Was ist denn in dich gefahren?«

Tränen liefen über Maddalenas Wangen. Da saß ein argloses Häuflein Mensch, vergrübelt, fleißig, gewissenhaft. Keiner Fliege tat es etwas zuleide. Maddalena senkte das Haupt und erzählte aus beengter Kehle, die Rachsucht und Kummer immer wieder verstopften, was man ihr angetan hatte.

Behutsam strich Rossana über den schwarzen Kopf. »Wahrscheinlich hatte er keine Ahnung, von wem die Blumen kamen, ist ja auch eine komische Idee, Blumen für einen Mann. Schwer zu sagen, was er mehr haßt, Blumen oder seinen Geburtstag, da schwellen ihm die Eier, da läuft ein Programm ab wie beim Pawlowschen Hund, da platzt das Eiskostümchen weg, bring eine Schnittblume in seine Nähe, und er ist auf hundertachtzig, und den Geburtstag haßt er, weil er alles haßt, was mit Geburt zusammenhängt, die eigene am meisten, ist ihm einfach zu dreckig, zu viel Schleim, zu viel Blut.«

Für den Moment ließ sich Maddalena zwar beruhigen, aber mehr denn je begann sie diesen Mann zu fürchten. Und sie blieb überzeugt davon, er habe sehr wohl gemerkt, daß die Blumen von ihr gekommen waren und sie nur deshalb aus dem Fenster geworfen.

Auf der Fahrt nach Cinecittà setzte Cassini wieder die schwarze Maske auf. Benito verfolgte sein Treiben argwöhnisch im Spiegel. Bald jeden Tag ließ sich der Crucco was Neues einfallen, nächstens würde er sich in einen Sarg legen, sobald er zu ihm ins Auto stieg. Benito sah sich schon einen altmodischen Leichenwagen besorgen, mit Muscheln und Schnörkeln und dem ganzen Tamtam obendrauf, dann käme der Chef als Fracht hinten in den Laderaum und fertig.

Cassini war tatsächlich eingeschlafen. Als Benito den Wagen vor dem Bürogebäude abstellte, tat sich hinten nichts. Er ging um den Wagen und öffnete die Tür. Vorsichtig griff er nach Cassinis Arm.

»Chef, da wären wir«, sagte er leise.

Cassini verharrte auf seinem Sitz. Wie in Trance nahm er die Binde ab. «Könnten wir nicht noch ein bißchen herumfahren? Es war so schön.« Er schaute versonnen in die Augen des Mannes, der sich mit gerötetem Gesicht zu ihm hereinbückte.

»Wenn Sie es wünschen.« Benito wurde befangen. »Ich fahre so lange mit Ihnen durch die Gegend, wie Sie wollen. Aber wäre es nicht ein bißchen seltsam, wenn wir jetzt einfach umdrehten?«

»Doch«, sagte Cassini. »Sehr seltsam.«

Er stieg aus, klopfte Benito auf die Schulter und ging seinem armen geplagten Württemberg entgegen, in dem er neuerlich der Herrscher war. Geplagt hatten das wirkliche Land Eberhard Ludwig, Carl Alexander und Karl Eugen, alle vom Sonnenkönigswahn heimgesucht, der sie ein glanzvolles Hofleben führen hieß, das sich an Versailles messen lassen wollte, ein kindischer Wahn, wenn man die Kleinheit des Reiches bedachte, und vor allem ein teurer. Den verbissenen protestantischen Ständen war die Rolle des übellaunigen Chors geblieben, der die Vorgänge im Ländchen grämlich und mit unerbetenen Ratschlägen begleitete, ohne doch am Gang der Handlung ein Jota zu ändern. Und dann hatte sich mit dem plötzlichen Tod Carl Alexanders eine Lücke aufgetan, in die der Chor hineinfaßte, um sich Süß zu holen. Das elende Württemberg! Oben herrschte die Verschwendungssucht der katholischen Herzöge, unten regierte ein zum Weinerlichen und Kümmerlichen neigender Pietismus. Dieses predigtversessene Ländchen! Mehr als elfhundert Mal war im Jahr 1738 in den drei Kirchen Stuttgarts gepredigt worden.

Am Sonntag, dem 2. Februar, hatte man in der Leonhardskirche Pfarrer Rieger von der Kette gelassen, der über Süß herfiel, während dieser zweihundert Meter weiter in der Todeszelle saß. In der zum Bersten gefüllten Kirche stellte er Süß als das große Exempel eines Sünders hin. In der Mitte, gleichsam der Wespentaille seiner Predigt, schnürte das Gebet über *Die Nacht des jüdischen Unglaubens* den Zuschauer den Atem ab. Wenig später liefen sie mit bläulichem Haß in den kalten Wintertag hinaus.

Der Herrscher von Klein-Württemberg, nicht in bester Verfassung und von Gedankenflucht geplagt, langte wieder in der Drehpause an. Heute war das Gewusel kleiner als tags zuvor. Am Vormittag hatten sie mit den Priestern, Henkern und nur wenigen Statisten die Szene mit Sheeler auf der Leiter gedreht. Die Kameras wurden gerade abgebaut. Millimetergenau hatte Cassini alles im Kopf. Den Skylift. Mit Kamera A. Aus der Vogelperpektive hatte sie auf die Henkersknechte und auf Süß herabgeschaut, wie sie langsam, Sprosse für Sprosse, die Leiter hochgekrochen kamen. B – er wurde immer nervöser, fuhr sich in tickhafter Unruhe durchs Haar –, B war hinter der Leiter am Boden postiert gewesen, hatte denselben Kampf aus der Froschperspektive verfolgt, wie sich die anklammernden Füße und Hände langsam entfernten. Kamera C stand noch auf dem Boden. Sie hatte zu dem leeren Käfig hinaufgeschaut und eine Halbtotale von ihm geliefert und dann in Nahaufnahmen das übliche augenschleckerische Zeug:

Details vom Schloß der Käfigtür, in dem ein altertümlicher Schlüssel steckte, von den Gitterstäben und den Scharnieren der Aufhängung, Details, die der Tonmeister später mit einem Gequietsche unterlegen würde, daß gotterbarm.

Er stand neben dem traurigen Gaul und konnte dem Zwang nicht widerstehen, das Gesicht an seinen Hals zu legen. Die Fellspitzen an der Haut, der Tiergeruch beruhigten ihn sofort. Das Pferd ließ ihn gewähren. Ein Zucken überlief seine Ohren. Mit locker angewinkeltem Hinterhuf stand es vor seinem Karren. Als Cassinis Gesicht wieder zum Vorschein kam, lag ein kindlicher Ausdruck darin.

»Da ist ein wenig Asche auf der Stirn.« Massimo hatte ihn beobachtet. Liebenswürdig lächelnd und ein wenig zaghaft deutete er auf die Stelle.

Cassini fuhr mit dem Ärmel darüber.

»Gut so?«

»Alles in Ordnung.«

»Du wolltest ein bißchen Nietzsche sein.«

»Dann hätte ich ihm um den Hals fallen müssen.«

Cassini wischte sich etwas aus dem Augenwinkel und griff nach seinen Zigaretten. Als der Rauch ihn umspielte, war sein Kopf wieder auf Normaltemperatur heruntergekühlt. Mit unbewegter Miene beobachtete er, wie die Kameras zu ihren neuen Standorten geschleppt wurden. Etwa hundert Meter entfernt von dem Platz, an dem sie bisher gedreht hatten, war ein breites Podest errichtet. Als habe jemand den oberen Teil der Galgenkonstruktion mit einer Riesensense durchtrennt und ein paar Meter entfernt auf einer Bühne abgesetzt, so sah das Ganze aus. Um die Nahaufnahmen vom Käfig nicht in zu großer Höhe drehen zu müssen, hatten sie das Dach des Kirchturmskeletts mitsamt Vogelbauer noch einmal gebaut. Auch die Leiter mit den drei Holmen war wieder dabei, zumindest ihr oberer Teil, der an der Eisenstange zum Käfig lehnte. Rechts vom Käfig und vor ihm standen zwei hohe schmale Podeste, die Bühnen für die Kameras A und C. Kamera B wurde wieder hinter der Leiter am Boden des Podestes aufgestellt.

Cassini konnte nirgendwo eingreifen. Es wäre unsinnig gewesen, jetzt noch ein Gezeter zu veranstalten, die Szene war bereits zu überwiegenden Teilen gedreht und ließ sich nicht mehr in sein altes Konzept umbiegen. Ezzelino, heute wildlederweich und mit warmem Geruch, klemmte sich an seine Seite.

»Es läuft wie geschmiert«, sagte er stolz und zeigte mit einer lässigen Handbewegung auf den großen Galgen und sein halbiertes Pendant, »wenn diese Vollidioten vom Kopierwerk nicht wären, könnten wir am Sonntag ausruhen.«

Cassini starrte zu Boden. »Was macht Frank?«

»So lala«, erwiderte Ezzelino. »Heute morgen hatten wir mal wieder unsre liebe Not mit ihm, als die Perücke nicht richtig runterfiel und an der Leiter hängenblieb.«

Cassini besuchte Sheeler in der Garderobe. Er lag

auf dem Sofa, einen Teller mit einem Käsesandwich auf dem Bauch.

»Na, wie war's auf der Leiter?« fragte Cassini.

»Irgendwann fiel mir ein, daß ich nicht schwindelfrei bin.«

»Jetzt ist es nicht mehr so hoch.«

»Sie sagen es«, entgegnete Frank trocken.

»Waren Sie schon mal drin?« fragte Cassini.

»Worin?«

»Im Käfig.«

»Natürlich. Ich habe die letzte Nacht darin verbracht. Ihre schlaue kleine Aufpasserin hat mich darin eingeschlossen. Mit einem Glas Wasser. Die Krähen wurden gegen Morgen neugierig. Eine hat zur Probe schon mal ein bißchen an mir herumgehackt.«

Cassini setzte sich in den Sessel und zündete sich eine Zigarette an. »Als Krähe wäre ich auch neugierig geworden. Und mit einer Trophäe von Ihnen auf und davon.«

Frank legte den Teller weg, griff in seine Tasche und förderte eine Haarklammer zutage.

»Ist Ihnen damit vielleicht gedient?« Er hielt die Klammer wie ein Schmuckstück ins Licht.

Cassini nahm ihm die Klammer aus der Hand, zog sein Taschentuch hervor und wickelte sie darin ein. »Ich werde Sie in Ehren halten. Haben Sie vielen Dank.«

Den Nachmittag verbrachte er mit Roberto auf einem der Podeste und schaute selbst immer wieder in die Kamera. Nur einmal mischte er sich ein, und zwar beim Übertritt Franks in den Käfig. Die Henkersknechte mußten ihn hineinschieben und zugleich am Strick, der um seinen Hals befestigt war, ziehen. Eine schwierige Transaktion, da sie den Käfig nicht zusammen mit Frank betreten konnten und den Strick erst einmal vor ihm her in den Käfig bringen und durch die Stäbe wieder hinausführen mußten. Das Ganze ergab ein verklumptes Gemenge, bei dem der Käfig ins Schwanken geriet, seine Tür hin- und herschlug, daß es fast komisch wirkte. Zur Sicherheit waren am Boden Matten ausgelegt. Es war zwar nicht hoch, aber die Gefahr bestand, daß einer von ihnen auf das Podest stürzte und sich verletzte.

Sie mußten die Szene x-mal wiederholen, bis sich ein geschmeidiger Ablauf ergab, der noch gewalttätig genug aussah, aber den Käfig nicht in allzu tolle Bewegung versetzte. Gegen sieben Uhr war die Szene endlich im Kasten.

Während der Musterschau lagen alle erschöpft in ihren Sesseln. Neben Ezzelino, der ihn heimlich beobachtete, saß Cassini aufrecht und in gequälter Erwartung da. Über ein Detail freute er sich sehr: Der Ausstatter hatte an einer Stelle abgeblühte Stengel durch die Schneedecke gucken lassen; die Kamera hatte sie im Vorbeistreichen geschickt erfaßt. Auch das Publikum auf den Tribünen kam gut zur Geltung. Die Herren des Kriminalgerichts, Gaisberg, Pflug, Harpprecht, Schoepff, Faber, Daun, Renz, Bardili, Gabler, ihr kleiner Sekretär, und dann Jäger, der widerliche Jäger, dem ein hervorragender französischer Schauspieler nur durch ein Mundzucken etwas Abgefeimtes gab, sie hockten in kalter richterlicher Haltung da. Der evangelische Filz, wie er leibt und lebt, dachte Cassini und war gegen seine Erwartung angetan von dem, was er sah. Die Hofgesellschaft gab sich kühl und nur am Rande ein klein wenig amüsiert. Auf den Hintergrund der hügeligen Landschaft mit den verschneiten Rebstöcken wirkten ihre zartfarbenen Gewänder wie aufgetupft. Hier hockten wunderlich verplusterte und sehr kapriziöse Vögel, die sich aus Versehen zu diesem Schauspiel eingefunden hatten. Die einfachen Leute standen dicht an dicht. Sie blieben ganz still und behielten ihre Fäuste in den Taschen. Kaum hatte die Kamera ein Gesicht eingefangen, drängten sich dahinter, daneben, davor schon neue Gesichter, ihre Backen rosig von Frost und Erwartung. Unmerklich begann sich Cassini von seiner fixen Gemäldeidee zu verabschieden und Vergnügen an dem zu finden, was sich da allmählich entwickelte.

Selbst Cutler knackte zur Abwechslung einmal nicht mit den Fingern, sondern baute sich in seiner massigen Bosheit am Fuße der Leiter auf, während der katholische Priester mit auf dem Rücken verschränkten Händen um den Schinderkarren im Kreis ging, als könne er den Delinquenten durch Auslaufen eines Hexenzirkels zur Umkehr zwingen. Das Pferd, Cassinis heimlicher Liebling, berührte mit heraushängender Zunge fast den Boden.

Frank machte seine Sache traumwandlerisch gut.

Obwohl von Traumwandelei hier nicht die Rede sein konnte. Rein äußerlich betrachtet, hätte der Kraftunterschied zwischen den drei robusten Burschen und dem Geripplein, das sie die Leiter emporzerrten, nicht größer sein können. Und doch wirkte dieser rotgewandete Winzling wie eine magische Kraftspindel, der man zutraute, sie könne ihren übermächtigen Würgern all Augenblick aus der Hand springen. Daß die Sprossen der Leiter gefroren und rutschig waren, deutete Frank mit einem sekundenhaften Abgleiten an, wenn er in ein frisches Schneehäubchen griff, das unverletzt geblieben war vom Tritt des Henkers über ihm.

Bevor die letzte Filmrolle zu Ende ging, drückte Cassini Ezzelino die Hand. Zur Bestürzung der übrigen verließ er den Raum.

Wenn er sich noch umziehen wollte, mußte er sich beeilen. In der Pförtnerloge hatte soeben Ciccio seinen Posten bezogen. Cassini mochte ihn und stellte sich zu ihm ans Häuschen, bis das Taxi kam.

»Wünschen Sie mir Glück«, sagte er und bot ihm eine Zigarette an.

Ciccio rauchte lieber seine eigene filterlose Sorte. Er sah ihn neugierig an. Weise braune Augen, unter denen die Tränensäcke in vielfachem Gefältel hingen.

»Darf ich fragen, wozu?«

»Nur so. Ich kann es gebrauchen.«

Ciccio hatte einen wunderbaren Kopf, schmal, ausdrucksvoll; Augen, Nase, Mund, alles in herrlichen Proportionen. Ein ins Enge geschraubter Victor

Mature. Das Haar sproß ihm in grauen Stiften. Um dieses Haar hätten ihn die großen altmodischen Filmliebhaber beneidet. Vom Hals an, genauer gesagt, ab dem doppelten Kinn, begann ein anderer Mann. Den Hüften zu verbreiterte er sich ins Ungeheuerliche. Er war nicht bloß fett, sondern trug dieses Fett in übereinanderhängenden Schürzen um den Leib. Wie bei einem Baum die Jahresringe, so hatte sich um seinen Unterleib diese vorgelagerte Fettschleppe gebildet. Cassini war davon fasziniert, daß auf einem solchen Körper ein so außerordentlicher Kopf sitzen konnte. Ciccio roch nach Qualm und Alkohol.

»Dann wünsche ich Glück in der Liebe.« Die Stimme klang nach einem alten Ofenrohr. »An Geld und Ruhm wird es ja nicht mangeln.«

Cassini starrte in eine andere Richtung, machte eine abschätzige Geste mit der Hand: »Ist nicht mehr allzu weit her damit.«

Eine Flasche Whisky in der einen, zwei Gläser in der andern Hand, kam Ciccio aus seinem Häuschen. Cassini nahm ihm die Gläser ab, Ciccio schenkte ein.

»Salute!«

Das Taxi kam. Cassini leerte sein Glas. Einen Moment stand er mit gesenktem Kopf da.

»Sie sind ein erhabener Hüter der Nacht, mein Freund«, sagte er und sah so angestrengt zu Boden, als müsse er den Satz in eine Steinplatte meißeln. »Ich lasse Sie jetzt allein.«

Er machte auf dem Absatz kehrt und stieg in das Taxi. Soweit es das Wagenfenster erlaubte, schaute er während der Fahrt nach oben. Über dem sich verdunkelnden Himmel wurde die große Wolkenoper aufgeführt. Tintige Geschwader zogen gegen rosa Wölkchen zu Feld. Zwei Düsenjäger hatten ein zartes Kreuz aus Kondensstreifen hinterlassen.

Es konnte ihm nicht schnell genug gehen. Die Treppe zu seiner Wohnung rannte er hinauf. Beim Herumstochern vor dem Schlüsselloch fiel ihm der Schlüssel aus der Hand. Die Tür flog auf und stieß gegen die Wand. Im Eiltempo zog er Jacke, Schuhe, Schlips aus und warf alles auf einen Haufen. Die Düsen der Dusche stellte er auf den härtesten Strahl. Sein Körper krampfte sich zusammen, als stünde er unter Beschuß von feinen Metallspänen. Wobei er das Gesicht mit den Händen bedecken mußte. Die Wasserfolter fegte all das Dumpfe, Laue, Schwammige, das ihm den ganzen Tag über angehaftet hatte, weg. Auch der Ärger über Confalioneri, mit dem er eine üble Auseinandersetzung gehabt hatte, verschwand im Abfluß.

Er zog sich sorgfältig an, einen federleichten Anzug über einem dunkelgrauen Hemd. Dazu wählte er eine Krawatte mit winzigem Lilienmuster. Die Treppe sprang er hinab, wie er seit Jugendtagen nicht mehr gesprungen war. Er mußte sich beeilen und schritt kräftig aus. Seine Knochen sollten dem Straßenpflaster ruhig zeigen, wer hier der Herr war. Ohne Zweifel, er war es, eines der herrlichsten Raubtiere Roms, das allerdings nicht schlich, sondern schritt.

Sie saß schon da, und er war glücklich, daß sie nicht

zu jenen Frauen gehörte, die sofort beleidigt waren, wenn man auch nur eine Minute zu spät kam.

Eine Weile wirkte die Energie seines Marsches nach, dann fand er sich urplötzlich zerknickt. *Eine gesprungene Matratzenfeder*, der Vergleich war abscheulich. Bei jedem Satz, den sein Hirn ihm zur Prüfung vorlegte, winkte er innerlich ab. Hier saß jemand, um den er seine Träume gezogen, den er mit Luftfingern in- und auswendig betastet hatte, und ihm fiel nichts ein. Ihr schien es nicht viel anders zu gehen. Er gab sich einen Ruck und faselte drauflos. Hungrigen Herzens und argwöhnischen Auges. Unglücklicherweise kam ihm Frans in den Sinn, immer wieder Frans. Als gebe es sonst nichts auf der Welt, worüber man sprechen könne. Als wäre sie noch mit diesem Kerl verwachsen. Er würde sie von Fransens Seite reißen. Er mußte es tun. Vielleicht würde man sie nachher wieder ankleben können und von dem, was geschehen war, bliebe nur ein feiner Riß. Aber Vorsicht! Sie war ja sehr zart.

»Ihr kleiner Freund ist ein Genie.« Er legte Festigkeit in seine Stimme, wollte ganz unbedingt an dieses Genie glauben.

»Er ist einssechsundachtzig. Sie sind einsachtundsechzig, großzügig geschätzt.«

Diese grauenhafte Sucht der Frauen nach Präzision! Immer im falschen Moment. Wußte sie vielleicht, wieviel Kilometer es von Rom bis Neapel waren? Wieviel Meter Film in einer 16-Millimeter-Rolle steckten?

»Ihr Freund ist einssechsundachtzig, wohlgebaut und ein Genie. Was machen Sie hier?« Er retournierte schnell und scharf.

»Nicht so wichtig.«

Einen Moment glaubte er, sie würde aufstehen und gehen. Aber nicht doch, sie lenkte ein. Und bekam schon wieder etwas Kümmerliches. Boshaft und unverschämt gefiel sie ihm entschieden besser, weil ihn das auf Touren brachte.

Glücklicherweise kam jetzt das Brot auf den Tisch. Sie rupfte eins davon in Stücke und begann Brotkugeln zu drehen, stopfte die Kugeln, obwohl sie doch Schmutz angenommen haben mußten, in den Mund. Etwas hinterlistig belächelte er ihre Unart. Ging seine Liebe so weit, daß er eine Brotkugel aus ihrer Hand nehmen würde und essen?

»Bitte überlassen Sie mir eine Ihrer Kugeln. Sie drehen sie so geschickt.«

Sie hörte sofort damit auf. Hatte den Spott wohl herausgehört und nahm sich in acht.

Der Abend wurde mühsam. Aus ihren Mündern krochen kurze schlaffe Sätze, die es kaum über den Tisch schafften. Er suchte nach einem Wort, das ihm erlauben würde, dieses Mißverständnis abzubrechen. Einige Martinigläser brachten ihn schließlich davon ab.

Als das Essen kam, hatten sie endlich ein Thema gefunden. Was empfand ein Todeskandidat in seiner Zelle? Sie hatte ihn nach seinem Film gefragt, wußte aber nicht, wer Josef Süß Oppenheimer gewesen war.

Er schilderte ihr ausführlich Süß' Haft auf dem Hohenasperg. Mit Todeskandidaten kannte er sich aus.

»Wie wurde er denn umgebracht?« fragte sie.

»Er wurde garrottiert. Dabei zieht der Henker die Schlinge selber zu. Mit Hilfe eines Stabs, dem Tourniquet, wird der Strick zugedreht. Ursprünglich eine spanische Hinrichtungsart, bei der ein Halseisen zugeschraubt und das Genick gegen einen eisernen Dorn gepreßt wird.«

Sie bekam haarfeine Falten auf der Stirn, begehrte aber durchaus zu wissen, wie lange das dauerte, ob das Gesicht dabei blau anlief und die Zunge herauskam. Sie hatte davon gehört, daß sich die Sado-Maso-Spezialisten heutzutage mit einem Seidenschal an die Gurgel gingen, in dem ein Plastikkochlöffel zum Drehen steckte.

Nun war er ein wenig verlegen. »Ich kann mir nicht recht vorstellen, worum es den Leuten eigentlich geht.«

»Atemkontrolle«, sagte sie, als wäre dies die natürlichste Sache von der Welt. Ganz heiter und ungeschützt lächelte sie ihm zu.

Er bewunderte ihren Hals, diesen freien butterfarbenen Hals. Sie hatte nichts um diesen Hals. Gar nichts. Hatte auch auf Ohrschmuck verzichtet. Ja, sein Liebling wußte, wie abscheulich er Ohrschmuck fand, besonders das moderne Plastikzeug. Sie hatte bloß diese rosafarbene Bluse an, einfach entzückend. War sie vielleicht irgendwo tätowiert? Irgendwo an einer geheimen Stelle tätowiert? Um Gottes willen nein, sein Liebling wußte, wie sehr er Tätowierungen haßte. Nie und nimmer war sie tätowiert. Sie nicht! Auf einem Wildwasser schoß das Kanu seiner Liebe dahin. Sie war einfach wunderbar. Ihre flachen hellen Augen, wie mit einem nassen Pinsel eingemalt. Die Haut, das bißchen Fleisch darunter! Sie war vollkommen blutleer und statt dessen mit etwas Sahnigem gefüllt, das begeisterte ihn am meisten.

»Manche modernen Todesarten sind auch nicht ohne. Dazu fällt mir eine Geschichte aus einem amerikanischen Gefängnis ein. Einer dieser Kandidaten saß vor kurzem noch dort. Raten Sie mal, was er getan tat.«

Sie runzelte die Stirn, gab sich redlich Mühe, aber es fiel ihr nichts ein.

»Er schrieb aus dem Gefängnis an Sherlock Holmes, an die alte Adresse: 221, Baker Street, London. Holmes möge sich doch bitte seines Falles annehmen und seine Unschuld erweisen.«

»Sind nicht alle Todeskandidaten unschuldig?« Ein Lächeln flog zu ihm herüber, das zweite an diesem Abend.

»Da kann ich Ihnen nicht folgen. Das scheint mir zu generös an die Sache herangegangen.«

»Und? Ist sein Brief angekommen?« Sie fragte es wie ein Kind, begierig darauf, zu erfahren, ob alles gut ausgegangen war.

»In Nummer 221, Baker Street haust eine Bank. Dort hat man eigens eine Angestellte damit beauftragt, die Sherlock-Holmes-Post zu beantworten, die bis heute kübelweise eintrifft. Es entspann sich ein Briefwechsel zwischen der Bankangestellten und dem Todeskandidaten.«

»Jetzt wollen Sie mir bestimmt erzählen, daß daraus die große Liebe wurde.«

»Nein. Er landete auf dem elektrischen Stuhl.«

Es mußte ihn der Teufel am Wickel haben, daß er unablässig diese scheußlichen Todesarten vor ihr ausbreitete. Schon lag ihm der Woody-Allen-Witz mit dem Aschenbecher auf der Zunge, das bißchen Schlacke, das von einem Elektrifizierten übriggeblieben war. Er jagte mit seinen Fingern durchs Haar und langte zu den Zigaretten. Er war heute schon bei der zweiten Packung angelangt.

»Ich vergaß. Sie rauchen?«

»Hin und wieder mal eine«, sagte sie mit leicht angerauhter Stimme und zog von den Zigaretten, die er herausgeklopft hatte, die vorderste aus der Packung.

»Kommen wir zur Sache.« Er sagte es nüchtern, wie in einer Verhandlung mit Maxwell. Und sie hörte sich seine Liebeserklärung mit angeatmeten Nasenflügeln an. Sagte in ihrer zauberischen Dickfelligkeit erst einmal gar nichts.

»Einen Kaffee? Grappa? Averna?«

»Einen Milchkaffee bitte.«

Einen Milchkaffee! Er hatte sich um Kopf und Kragen geredet, und sie bestellte einen Milchkaffee! Er entschuldigte sie aber sofort, sein Mädchen war ja schließlich Holländerin. Bei denen wirkte die Milch wahrscheinlich wie bei anderen der Whisky.

»Ich muß gestehen, daß Sie einen gewissen Eindruck auf mich gemacht haben«, sie lispelte ein wenig, und er fand dies Gelispel köstlich, weil sie log und sich unendlich Mühe gab, dabei ernsthaft auszusehen, »aber ich bin wegen Frans gekommen. Ich wollte sichergehen, daß Frans nicht irgendwo in eine Falle tappt. Er ist so gut – wie sagt man? guten Glaubens –, einfach ein wunderbarer Mensch, der sich nicht vorstellen kann, daß jemand etwas Böses im Schilde führt, und ich muß wissen, ob er bei Ihnen gut aufgehoben ist.«

»Das ist ein geradezu rührender Stuß.« Er lachte ihr offen ins Gesicht. »Sie zeichnen ihn da als Langweiler, der er nicht ist. Schlimmer noch, Sie machen ihn zum Idioten. Außerdem haben Sie vom ersten Augenblick an erkannt, daß Frans bei mir in eine offene Tür gerannt ist, daß ich viel für ihn tun werde, gleichgültig, wie dieser Abend hier zu Ende geht. Er ist nämlich wirklich begabt, und ich bewundere ihn aufrichtig. Abgesehen davon, daß man mit ihm auch finanziell erfolgreich sein kann, vorausgesetzt, man fädelt es richtig ein. Aber deshalb sind Sie nicht gekommen.«

»Nein?« Sie runzelte die Stirn.

»Nein. Ein höchst eigensüchtiger Trieb hat Sie hergeführt.«

Bei dem Wort Trieb schaute sie ihn giftig an.

»In einem Stündchen oder zwei oder drei liegen wir beide in einem Bett, wenn Sie wollen, in heiliger Ekstase, ich nenne es für gewöhnlich anders. Fragt sich bloß wo. Im Raphael? Will mein Kindchen ins Raphael mit einem scharfen älteren Mann? Nicht übel, der Mann, ziemlich Kohle, und von seinen körperlichen Vorzügen wollen wir vorläufig noch schweigen.« Er schnippte den Aschenkopf von seiner Zigarette und musterte sie kalt. Das war jäh gekommen, in unbarmherzigem Ton. Sie tat ihm leid. Er hätte ihr die kleine harmlose Frans-Illusion noch ein Weilchen gönnen sollen. Sie war ja noch ein halbes Kind.

»Ich weiß, ich weiß. Ich hätte anders vorgehen müssen. Ihren kleinen Finger nehmen, hier ein Küßchen für Frans, und noch einen Finger und wieder ein Küßchen für Frans, höchst umständlich hätten wir Ihren Busen ausgepackt und unseren Schwanengesang auf Frans angestimmt.«

Sie war ganz starr, guckte auf ihren leeren Teller. Hätte es einen Zauberspruch gegeben, wie gern hätte er sie erlöst.

»Wir können es aber auch sein lassen. Ein bißchen spazierengehen. Rom, der Tiber, und die ganze Nacht über Frans reden, wegen dem Sie ja gekommen sind«, setzte er gelangweilt hinzu.

»Sie sind widerlich.« Es klang ganz danach, als meine sie es auch so.

»Ich bin nicht widerlich. Ich habe bloß diese ewige Herumlügerei satt. Reine Zeitverschwendung.« Er lehnte sich zurück. Keine Spur mehr von irgendwelchen Verführungsgelüsten. Was hatte er mit diesem Mädchen zu schaffen? Wenn sie wirklich der Mensch war, auf den er so lange gewartet hatte, hätte sie ihm mit dieser lächerlichen Lüge nicht kommen dürfen.

Der Milchkaffee wurde serviert, und sie rührte unendlich lange darin herum. Dann strich sie ganz sanft über seine unbeschäftigte Hand, die neben dem Brotkorb auf dem Tisch lag. Bei der Berührung fuhr er zusammen, so unerwartet war sie gekommen.

»Was ist das für ein Ring?« wollte sie wissen.

»Kein Ehering, wenn Sie das meinen. Ich habe ihn vor Jahren gekauft. Im Andenken an niemand.«

»Sie haben sehr schöne Hände.« Sie strich über jeden einzelnen Finger, und er zuckte ihr mit jeder Ader entgegen. O Wunder über Wunder. In seine Augen traten Tränen. Es fehlte nicht viel, und er hätte laut geschluchzt. Als er seine Kreditkarte zurückbekam und unterschreiben mußte, zitterte ihm die Hand.

Wenig später gingen sie durch eine hell ausgeleuchtete Nacht, an Straßenhändlern vorüber, die sich vor den Zäunen der zahlreichen Baustellen postiert hatten. In Vorbereitung auf das Heilige Jahr war halb Rom von riesigen Reklametafeln verdeckt, hinter denen Sandstrahlgebläse und Wasserdüsen bis spät in der Nacht am Werk waren. Nur die Via dei Pettinari bot mit ihren schwarzen Fensterlöchern einen vertrauten Anblick. Die alte Parre lag offenbar im Bett. Es war so still, daß sie sich in das Geräusch ihrer Schritte vertieften.

Dann hatten sie den Tiber vor sich. Rechts, auf

der anderen Seite leuchtete die Kuppel des Vatikans herüber. Seine Stimmung, die ihm eben noch so blütenhaft vorgekommen war, sackte weg. Die Beine wurden ihm schwer. Sein Anzug umhüllte ihn merkwürdig lose. In den letzten Tagen mußte er wieder an Gewicht verloren haben, was einem physischen Ehrverlust gleichkam.

»Wahrscheinlich liegt der Papst in seinem Bett und kann nicht schlafen«, sagte er wehmütig. Mit dem gekrümmten zitternden Papst hatte Cassini Mitleid. Vielleicht hatte ihm der Camerlengo gerade die Gewänder abgenommen und ihm in sein Nachthemd geholfen, vielleicht lag er jetzt mit offenem Mund da und sträubte sich gegen das Einschlafen, weil er nicht sicher sein konnte, ob ihm beschieden war, am Morgen wieder zu erwachen.

»Warum sollte er denn nicht schlafen können. Wozu ist er denn Papst.« Als könne der Papst dem Schlaf befehlen. Das entbehrte jeglicher Logik.

»Alte Leute schlafen schlecht«, sagte er geduldig. »Und das ist ihre wahre Tortur.«

»Er beißt sowieso bald ins Gras. Ich würde es zu gern erleben, solange ich noch hier bin. Den schwarzen Rauch aus diesem komischen kleinen Ofenrohr.«

Sie hatte sich bei ihm untergehakt und riß an seinem Arm wie eine Wilde. Als sie auf dem Ponte Sisto standen, wurde sie sanft und lehnte sich an die Brüstung, damit er sie küssen konnte. Eine Haltung, wie aus einem Lehrbuch für Liebesanfänger. Wie schlau, dachte er, lieb und schlau, macht sich klein, damit ihr idealer Liebhaber ein bißchen größer wird und sich über sie beugen kann. Er küßte sie nicht. Träge floß der schwarze Tiber unter ihnen durch.

»Meine bevorzugte Brücke«, sagte er.

»Warum ist das so?« Sie drehte sich um, legte ihre Unterarme auf die Quader der Brüstung und zeigte ihm einen vorbildlichen Hintern.

»Weil mein Onkel in der Nähe wohnt. Ich esse jeden Sonntag bei ihm zu Mittag. Vielleicht kommen Sie übermorgen mit. Er wäre sicher begeistert.«

»Noch so ein alter Mann, der nicht schlafen kann?«

»Ein in jeder Hinsicht außergewöhnlicher Mann, den Sie wahrscheinlich mögen werden. Mir ist jedenfalls noch niemand begegnet, der ihn nicht leiden kann.«

»Ihr Lieblingsonkel?«

»Ich habe nur den einen.«

»Und wenn er mich nicht leiden kann?«

»Das wäre schlimm.« Zum Spaß trat er einen Schritt zurück und inspizierte sie von oben bis unten. »Ich müßte mich sofort von Ihnen trennen.«

Durch die Straßen von Trastevere bewegte sich ein gleichmäßiger Strom meist junger Leute. Am Wochenende kamen sie in Scharen aus dem Umland und bevölkerten bis um drei in der Früh die Plätze. Cassini hatte keine Lust, in dem Trubel zu verweilen. Inmitten dieser Pulks ein junges Mädchen zu umarmen, stimmte ihn verdrießlich. Über die Tiber-Insel gelangten sie in sein Viertel. Dort schienen sich die Bewohner wie auf Verabredung in ihren Betten verkrochen zu haben. Auch die Via Bucimazza lag in einem von wenigen Straßenlaternen behüteten Schlaf. Er zeigte auf ein dunkles vergittertes Fenster im Erdgeschoß.

»Hier wohnt meine Haushälterin.« Er zog sie nah zu sich her und flüsterte: »Eine strenge Person. Bitte legen Sie sich ja nicht mit ihr an. Sonst muß ich es ausbaden.«

Sie gab sich betont furchtsam. »Was kann sie Ihnen denn tun?«

»Übers Knie legen, in den Keller sperren, was man mit bösen Buben macht.«

»Macht sie das öfter mit Ihnen?«

»Ungefähr alle vierzehn Tage, kommt ganz darauf an.«

»Dann haben Sie's bestimmt verdient.« Sie zwickte ihn, er tat, als müsse er sich vor ihr in Sicherheit bringen, dann standen sie vor seiner Haustür. Als er den Schlüssel herauszog, machte sie sich von ihm los und befühlte Blätter, die an der Wand wuchsen.

»Was ist das?«

»Wilder Wein.«

»Trägt der auch Früchte?« Mit Pflanzen schien sie sich nicht besonders auszukennen.

»Nur winzige. Man kann nichts mit ihnen anfangen.«

Mit einer Verbeugung ließ er sie durch die Tür. Auf der Treppe war man plötzlich wieder sehr allein. Was für ein Wagnis, jemanden, den er kaum kannte, in seine Wohnung zu führen! Wo seine Malzkaffeebüchsen in Reih und Glied auf dem Küchenbord standen, die Magentabletten auf dem Nachttisch lagen, die Schlafmaske auf seinem Bett und die Kleider irgendwo in der Ecke, womöglich mit der Unterwäsche obenauf. Wo generell der kleinste Gegenstand für ihn sprach oder gegen ihn, wer konnte das wissen. Ihn fröstelte. Er ging voraus, knipste das Licht an und bewegte sich so gehemmt, als wäre er hier fremd.

In die Loggia mit ihr! Wenn er sie dorthin verfrachtete, ließen sich unliebsame Spuren beseitigen, während er was zu trinken holte. So geschah es. Als er sie beide dort mit Camparis versorgt hatte, fühlte er sich besser. Und konnte dem Risiko, einen andern Menschen als sich selbst in sein Bett zu überführen, entgegensehen, ohne sich fragen zu müssen, was wohl die Ecken seines Schlafzimmers dazu sagen würden.

Aus den Kleidern zu kommen, brachte er routiniert hinter sich. In seinem Kopf wimmelten die Nerven. Es gab zwei Kleiderhaufen, diesseits und jenseits des Bettes, auf ihm ein kleines Durcheinander. Das Gewicht seines Körpers verlagerte sich auf die Hände. Seine Träume verflogen auf der Stelle und die Wirklichkeit nahm von ihm Besitz. Es überlief ihn heiß, es überlief ihn kalt, es mußte doppelt soviel Blut in ihm kreisen als gewöhnlich. Hingerissen von sich selbst, nahm er sie an sich mit all seiner sterblichen Kraft. Wie gesagt, er hatte schon als Kind gern in die Butter gefaßt. Und nun durfte er es mit seiner Butterfrau treiben, bis sie ihm unter der Hand zertropfte.

Irgendwann kamen sie voneinander los. Lösten sich mit einem Saugnapfgeräusch. Was ihn jedoch verwunderte, war nicht dieser irritierende Laut, der einem glücklichen Menschen nichts mehr anhaben kann (und er war glücklich wie nie), ihn verwunderte, daß sie mit Schlafsucht behaftet war, denn alsbald drehte sie sich herum und schlief sich von ihm fort in einen unterirdischen Winter hinein, während er aufgekratzt dalag und keine Sekunde versäumen mochte von dieser kostbaren Nacht. Als großäugiges Nachttier wollte er mit seinem Weibchen für immer in diesem Dunkel hausen, aus dem ihn ein fahler Schein kurz in den Schlaf trieb und die Helligkeit ins Erwachen.

VON EINEM LICHTEN FLECK geweckt, begann ein Brummer durchs Zimmer zu kreisen. Eines dieser Aasgeschöpfe mit metallblauem Leib, vor denen er sich fürchtete. Sie waren zu dick, um sie einfach zu erschlagen. Dabei konnte der Leib platzen und sein Inneres herausspritzen. Was unterschied eine Kinoleiche von einer wirklichen? Ruggero, der Aufnahmeleiter, der ihn vor dreißig Jahren unter die Fittiche genommen hatte, pflegte mit dieser Frage seine Arbeitsneulinge zu begrüßen. Um eine Kinoleiche waren keine Fliegen, lautete die Antwort. Auf einer wirklichen hockte bald ein ganzer Pelzbesatz davon.

Unversehens war er in die Welt der Frauen eingetreten. Sein Zimmer hatte einen weiblichen Charakter angenommen. Er war froh, daß sie noch schlief. Sich gemeinsam aus dem lauen Dunst des Schlafs zu lösen, war ein heikles Unterfangen. Sie war ein junger Misthaufen, er ein alter. Vielleicht würden sich in naher Zukunft ihre morgendlichen Gerüche unbefangen mischen. Für den Moment wollte er es nicht darauf ankommen lassen, daß sie ihn ungewaschen erlebte.

Haar, nur Haar war von seinem Liebling zu sehen. Ihrem Schlaf konnte der Brummer nichts anhaben. Sacht strich er über den seidigen Schopf, öffnete einen weiteren Fensterflügel und entließ den Brummer ins Freie. Weil er Gefahr lief, sie beim Öffnen der

Schranktür zu wecken, behalf er sich mit den Kleidern, die auf dem Boden lagen. Auf leisen Sohlen zog er sich zurück. Er nahm ein Bad, blieb aber nur kurz in der Wanne. Eine Rasur kam nicht in Frage. In der Loggia zündete er sich eine Zigarette an und atmete den Rauch tief ein. Es war noch kühl. Er fühlte sich unaussprechlich wohl, blickte mit Behagen auf das frühmorgendliche Rom, als wäre er der Herrscher, allerdings ein gutgesinnter, dessen Gewicht die Stadt kaum spürte. Einer, der so leicht über sie herrschte wie das Morgenrot.

Es zog ihn auf die Straße, vielleicht war es gut, wenn er eine Weile fortging und ihr die Wohnung zum Aufwachen überließ. Er mußte laufen, irgendwohin, während die Erinnerung an letzte Nacht stumm und mächtig in seinem Herzen glühte.

Zum Capitol. Er mußte auf den Hügel, von dem aus die Stadt einst beherrscht worden war. Ein Stück des Forums war zu umrunden, dann ging es in Serpentinen hoch. Um diese Zeit war er hier noch nie unterwegs gewesen. Er ging, als hätte er Luft unter den Sohlen. Sein Kopf war frisch und zugleich trunken von erhabenen Worten. Das erste Blitzen der Sonne! Er hob die Hände und ging summend in ihrem Glanz. Er konnte es sich erlauben, Faxen zu machen, Pfeifen, Frohlocken, Jauchzen; kein Mensch sah ihm dabei zu, wie er als entgeisterter Sonnenzögling dahergetaumelt kam. Als erblickte er die Sonne zum ersten Mal. Gewiß, sie war in Rom alle Tage zu erleben, ihm war aber, als walle sie heute persönlich auf ihn zu und schleudere alle Verheißungen, derer sie fähig war, ihm entgegen. Vielleicht trieb sie auch nur ihren Spott mit ihm und biß ihm in den Kopf. In den Himmel, er starrte immer wieder in den Himmel. Auf dem Capitol wurde er ruhiger. Das Capitol linderte seine Ekstase, was ja selbstverständlich war, vom Haupt der Welt aus schaute man eher gleichmütig herab. Das Forum lag jetzt unter ihm. Ein aufgewühltes Feld mit dunklen Gruben. Urgeröll, Rundbogenstümpfe und einsame Säulen, die sich an der Sonne verfärbten. Alles säuberlich ausgehoben und abgesteckt. Vor hundertfünfzig Jahren hatten Pflanzen das Gelände überklettert, Ziegen und Kühe darauf geweidet. Nachts war es ein verkommenes Liebesnest gewesen; von Ratten und Katzen durchschlichen, von Fledermäusen und Eulen überflogen.

Rom war ihm seit Jahren gleichgültig, einfach weil er in der Stadt wohnte. An diesem Morgen durfte er Rom als Fremder erleben. Die brustzersprengenden Gefühle seiner Jugend waren wieder da. Einst hatte Rom auf einen Hieb seinen Stuttgarter Panzer zerhauen. Jetzt berührte es ihn zum zweiten Mal. Haupt der Welt, erhabene Stadt, für ihn war sie das immer noch. Er erinnerte sich an die Legende von den Statuen auf dem Capitol. Sie hatten die einzelnen Provinzen des römischen Reiches personifiziert und ein Glöckchen getragen. Um den Hals? Am Handgelenk? Er wußte es nicht mehr. War irgendwo ein Aufstand losgebrochen, drehte sich die Statue der betreffenden Provinz herum und ließ ihr Glöckchen erklingen. Auf das Signal hin rückten römische Kohorten aus und warfen die Rebellen nieder. Ein simples Märchen von der Weltherrschaft. Eine Glocke hatte es in der Löwenstraße auch gegeben. Zwar kein Warnsystem zur Niederwerfung von Rebellen, aber auch ein Werkzeug der Macht. Ein Knopf hatte sich unter dem Eßtisch befunden und ein elektrischer Draht zu einem Apparat in die Küche geführt, der den Glockenton erzeugte. Um Luise hereinzurufen, hatte der Großvater die Fußglocke bedient. Nach seinem Tod war sie abgeschafft worden.

Er stieg die Treppe zur Kirche von Aracoeli zur Hälfte hoch und setzte sich. Was für ein Genuß, allein auf dieser wunderbaren Treppe zu hocken und auf die sich langsam belebende Stadt zu sehen.

Auf der Via dei Fori Imperiali rollte spärlicher Verkehr. Vereinzelt kamen Fußgänger des Weges. Er ging auf der rechten Seite. Obwohl die Straße tief lag, war das Forum noch darunter gelegen, und von da unten flüsterte das Altertum zu ihm herauf: Du bist auf dem besten Weg, der kosmischen Ödnis zu entgehen. Gut so. Er hatte das Altertum auf seiner Seite. Es lag im tiefsten Schlaf und zugleich im schärfsten Wachen. Eigentümlich. Noch immer fand es erhabene Worte. *Kotloch.* Worte, die es wie einzelne Kostbarkeiten auf Simse oder abgebrochene Säulenschäfte legte, während es vor sich hin bröckelte und der Wind es zerrieb. Ein dunkelhäutiges Mädchen kam ihm entgegen, mit einem knappen Hemd bekleidet, das den Bauch freiließ. Das Entsetzen packte ihn, als er dort anstelle der Mulde des Nabels einen Auswuchs erblickte, eine Art Fleischkegel, der mit Macht nach außen drängte. *Strebsamer Schüler.* Er griff sich an den Hals. Der Anblick hatte ihn derart schockiert, daß er kurz stehenbleiben und sich am Geländer festhalten mußte.

Wieder munter, *immer munter, immer munter*, stieg er den Esquilin hinauf. Noch so ein Hügel, den sie zum Teil in einen Park verwandelt hatten. Auf halber Höhe lag der Eingang zur Domus Aurea, dem neronischen Prachtgebäude, von dem nur einige unterirdische Höhlungen geblieben waren. Einst ein Villenkomplex inmitten von Gärten, künstlichen Seen und Pinienwäldchen, dessen Hauptgebäude einen oktogonalen Saal mit riesiger Kuppel besessen hatte. Wenn man Sueton Glauben schenken durfte, rotierte die gewölbte Decke darin wie ein Sternenhimmel.

Mit dem Leben Neros war Cassini vertraut, weil er vor Jahren einen Drehbuchschreiber an den Stoff gesetzt hatte. Ihn hatte die exzentrische Seite des Mannes interessiert, weniger seine grausame. Nero, der sich unablässig die Kehle ölte und ohne seinen Stimmpädagogen keinen Fuß vor die Tür setzte; der als Sänger und Schauspieler auftrat, oft zum Martyrium des Publikums, das sich auf Todesgefahr hin nicht aus dem Saal schleichen durfte; der jedoch wie ein echter Künstler Lampenfieber bekam und vor dem Publikum zitterte. Claqueure hatten für Beifallsbekundungen zu sorgen mit Bienengesumm, Dachziegelpoltern und Fliesenklappern – das stand für beifälliges Gemurmel, Klatschen mit der hohlen oder flachen Hand. Bei den Feldzügen, die alle kläglich ausgegangen waren, galt seine Leidenschaft den riesigen Fahrzeugen, die seine Theaterutensilien beförderten. Der Heerwurm glich einem kaiserlichen Wanderzirkus auf Rädern, auch die kaiserlichen Mätressen waren mit von der Partie; als Amazonen verkleidet, fuhren sie auf Spezialwagen.

Wäre er zustande gekommen, hätte eine Behauptung Platons als Motto über dem Film gestanden: Großes Unrecht geht nicht von gewöhnlichen Menschen aus, sondern von einer edlen Seele, die durch eine fehlgeleitete Erziehung verdorben ist. Am kuriosesten erschien Nero beim Inspizieren der Leiche seiner Mutter (die er selbst hatte ermorden lassen). Sorgsam tastete er ihre Glieder ab, bemäkelte das Aussehen der einen, hob dagegen die Schönheit anderer hervor. Je länger Cassini darüber nachdachte, desto mehr bekam er Lust, das alte Projekt aus der Versenkung zu ziehen. Frans. War das etwas für Frans? Das mußte jemand übernehmen, der sich nicht in den Grausamkeiten Neros suhlte, der ein Gespür hatte für die tragikomischen Seiten eines enthemmten Ästheten. Also Frans.

Da war noch so eine Seltsamkeit in Neros kurzem Leben: Nie hatte ihm geträumt, jedenfalls konnte er sich nicht daran erinnern, doch kurz vor seinem Tod war er von Träumen regelrecht angefallen worden.

Der Imperator steckte in einem ledernen Sack, dann wieder sah er sich von schwarzgeflügelten Ameisen bedeckt. Auch das sprach für Frans. Obwohl man von Träumen im Film besser die Finger ließ, war Frans zuzutrauen, daß er für die luftigen Engpässe des Traumlebens die passenden Zeichen fand.

Auf das Mädchen würde Frans allerdings verzichten müssen. Ich werde sie nicht mehr hergeben! Zur Besiegelung des Vorsatzes ließ er eine neue Zigarette erglimmen. Sie war die Schönheit selbst. Sie erzeugte in ihm einen rasenden Wunsch nach dem anderen. Kaum von ihr getrennt, war er schon ganz ausgehungert nach ihr. Er mußte sich nicht erst fragen, ob sie überhaupt bei ihm bleiben werde. Er war sich dessen vollkommen sicher. Wenn nötig, würde er sie heiraten, obwohl er nicht glaubte, daß sie besonders eheversessen war. Sollte ihr etwas zustoßen – aber was um Gottes willen sollte ihr denn zustoßen, schließlich war sie ja so viel jünger als er –, sogar im Rollstuhl würde er sie herumschieben, wenn nötig über alle sieben Hügel Roms. Jaja, brav werde ich sein und jederzeit meine heilige Pflicht erfüllen, komm nur und lass' mich schwören. Köstlich, sie hatte sein Herz durchbohrt, die Wunde schmerzte ein bißchen; sie erinnerte an die Kinderwonnen der aufgeschürften und wieder heilenden Knie. Oder hatte sie sich in sein Herz eingenäht? Mit unsichtbaren Stichen? Frans war natürlich nicht so leicht aus der Welt zu schaffen. Man würde ihm was zu tun geben müssen, damit er über seinen Kummer hinwegkäme. Er selbst war schließlich ein hochherziger Mann, der einen Rivalen im Stand der Gnade zu erhalten wußte. Frans war noch jung, ein bißchen Kummer tat ihm gut.

Würde sie einmal von ihm wegrennen wollen – aber das war ja vollkommen widersinnig, warum sollte sie so etwas tun –, könnte er sie mit Hilfe Neros zu sich zurückbefehlen. Der Nerobefehl hatte als Ritual zwischen Robert und ihm tadellos funktioniert. Rief Robert mit seiner glasfeinen Stimme das Wort Nero, mußte er herbeirennen und ihm Gehorsam leisten. Sie hatten es oft gespielt; er war jedesmal mit Lust zu seinem Bruder gelaufen, um sich ihm vor die schwächlichen Füße zu werfen. Das Wort hatten sie vom Großvater gestohlen und zweckentfremdet. War vom Nerobefehl die Rede, wollte der Großvater an ein heikles Abenteuer erinnern, bei dem er sich bewährt hatte als einer der Männer, die diesen Befehl außer Kraft gesetzt hatten. *Nero*, *Cäsar* und *Schwabentreue* waren in einer geheimen Reichssache vom März 45 als Stichworte aufgetaucht. *Nero* bedeutete die Räumung der Stadt, *Cäsar* betraf die Wegführung der Zivilbevölkerung und *Schwabentreue* die Zerstörung von Betrieben und versorgungstechnischen Anlagen wie zum Beispiel dem Wasserwerk. Am 3. April, dem sogenannten kopflosen Dienstag, hatte der Gauleiter auf die Nachricht vom Durchbruch feindlicher Panzer die drei Stichworte ausgegeben; tags darauf erschien der *NS-Kurier* mit dem Werwolfzeichen in der Kopfzeile, im Titel stand: Losung aller Schwaben: Furchtlos und treu! Ein kleines

Komitee beherzter Bürger, zu denen der Großvater und ein Bäckermeister namens Gotthilf Kächele gehört hatten, waren den Befehlen jedoch zuvorgekommen, indem sie auf Schleichwegen mit den Alliierten über die Kapitulation der Stadt verhandelt hatten.

Er mußte sich auf eine Bank setzen. Der Tag, der so herrlich angefangen hatte, durfte nicht zu seinem kopflosen Samstag werden. Es war an der Zeit, sich diesen Tag zurechtzulegen, schließlich gab es eine Menge zu tun. In zwei bis drei Stunden würden sie Franks Erdrosselung im Käfig drehen. Ein Wind strich sanft über sein Gesicht, dann war er eingenickt.

Gegen sieben schloß Pasqualina die Wohnung auf. Wie immer drehte sie in der Küche das Radio an, schüttete Milch und Grieß zu einem Flöckchen Butter in den Topf und begann zu rühren. Der fertige Brei kam zum Auskühlen in seinen Napf. Von einem Pfirsich, reif, aber noch ohne braune Stellen, wurde nach allen Regeln der Kunst die Haut abgezogen. Du scheinst ein braver Kerl zu sein, sagte sie zu dem Pfirsich, du kommst bestimmt in den Himmel. Pasqualina hatte entdeckt, daß sich die Pfirsiche leichter von ihrer Haut trennten, wenn man sie ein bißchen beschwatzte. In der Wohnung regte sich nichts. Er wird endlich einmal ausschlafen, sagte sie sich und gönnte ihm diesen Schlaf von Herzen. Nachdem sie den Brei garniert hatte, vertiefte sie sich in eine Zeitschrift mit den neuesten Horoskopen. Beim Zwilling wirkten zwiespältige Venus-Transite auf seinen Geburtstag ein. Der regierende Planet lief rückwärts durch sein sechstes Solarhaus. Es wurde also anstrengend für den Zwilling. Doch der kosmische Gegenwind machte ihn stärker. Da war nur die Gefahr, daß er der Sache zu wenig Bedeutung beimaß. Den Fischen wurde geraten, erst einmal abzuwarten; ihre in mystischen Dingen längst erprobte Geduld würde sich bezahlt machen, besonders in der Liebe. Das ewige Zuwarten sollte bald ein Ende nehmen. Spätestens am 24. würde der Tatsachen-Tiger sich seiner Traum-Ente bemächtigen. Pasqualina war auf diese Nachricht bei der Errechnung der Compositzahl gestoßen, einer komplizierten Operation, für die sie Zettel und Stift benötigte, um auf das Ergebnis 201 zu kommen. Sie favorisierte den *Corriere astrologico*, weil darin Yvette Rangelova, eine Astrologin, der die Brille an goldblitzender Schnur vor der Brust hing, nicht müde wurde, Verbindungen von Fisch und Zwilling als besonders glücklich zu preisen.

Das Telefon klingelte. Es war nicht ihre Aufgabe, den Hörer abzunehmen, doch daß er nicht ans Telefon ging, machte sie nervös. Gerne hätte sie im Schlafzimmer nachgesehen, was los war. Das kam natürlich nicht in Frage. Vorsichtshalber ließ sie die Küchentür angelehnt, und ein Weilchen später hörte sie Schritte. Sie machte die Küchentür wieder zu. Er war also aufgestanden. Zeit, das Wasser für den Malzkaffee aufzusetzen. Vom Bad her war ein Rauschen und

Plätschern zu vernehmen, womöglich hatte dort eine neue Sitte Einzug gehalten, von der noch gar nicht abzusehen war, wohin sie führte. Pasqualina öffnete zum zweiten Mal die Küchentür und horchte in den Gang. Tatsächlich, er ließ Wasser in die Wanne laufen. Sie mißbilligte jede Veränderung. Eine einzige Abweichung konnte in ein Schlangennest von Irrwegen führen. Gut, das bißchen längerer Schlaf war in Ordnung, aber daß er sich morgens in die Wanne setzte und darin herumplanschte wie ein Kind, fand sie abscheulich. Es gehörte sich nicht für einen Mann, der zweimal am Tag ein frisches Hemd anzog und nie ohne Schlips ausging. Mißtrauisch trug sie sein Gedeck im Eßzimmer auf.

Unmöglich, daß er immer noch in der Wanne hockte! Wollte er darin verschrumpeln? Die Tür zum Bad war nur angelehnt. Daß ihr das nicht gleich aufgefallen war! Die Badezimmertür machte er immer hinter sich zu, das war Gesetz.

Sie schaute durch den offenen Spalt. Fuhr zurück, als hätte sie jemand gebissen. Zog den Kopf zwischen die Schultern, ging steifen Riesenschrittes in die Küche und stellte sich vor den Ausguß. Ihre Augen waren Schlitze. Dahinter gingen die Bilder wie ein Gewitter nieder. Ein surrender Fön, der ins Wasser geworfen wird. Finger, die sich um einen Kopf krallen und ihn unter Wasser drücken. Faust, aus der eine blitzende Klinge sieht. Ihre Augen waren auf das Messer im Ausguß gerichtet. Nicht nur zum Abziehen von Pfirsichhaut geeignet, dachte sie höhnisch.

Sie bekam etwas von einer gereizten Katze und begann, um den Tisch zu laufen. Nahm eine schwere Pfanne vom Haken. Krachschlagen. Alles zu Klump hauen. Mit der Pfanne setzte sie ihren Lauf um den Tisch fort. Dann legte sie das Ding wieder weg. Es waren ja alles Schnapsideen, die ihr Hirn da aufkochte, ein nüchterner Teil ihrer selbst wußte es. Sie mußte der Sache auf den Grund gehen, ausharren. Sie lachte auf, dabei sprang das Kinn nußknackerhaft herunter. Dieser Fall fegte alle möglichen Fälle, mit denen sie schon gerechnet hatte, in den Kehricht. Wahrscheinlich lag er noch im zerwühlten Bett, diesem Drecksbett, das sie jedenfalls nie wieder anrühren würde. Nein, das würde sie ihm nicht vergeben, daß er ihr zumutete, sich mit seinem Hurenbett zu befassen. Da konnte man ihr gleich die Hand abhacken.

Das Kolosseum war dazu gemacht, dem Volk mit sich selbst zu imponieren, irgendwo hatte er das aufgeschnappt. Zu Zehntausenden hatten sie hier gehockt und sich die Lungen aus dem Leib gebrüllt, diese wunderbare akustische Muschel hatte ihre Schreie gefangen und um ein Vielfaches verstärkt zurückgeworfen. Ihm hätte es wahrscheinlich gutgetan, wenn er einmal richtig hätte brüllen dürfen, vielleicht sogar in Gemeinschaft mit etwas so Gefährlichem wie dem Volk. Anderen beim Schlachten zuzusehen half womöglich darüber hinweg, daß man selbst niemanden schlachten durfte. Eine an den Haaren herbeigezogene Idee, wie er sogleich fand. Den Anblick aufeinandergehetzter Tiere und Menschen hätte er niemals ertragen. Obwohl er genau wußte, wie solche Szenen gedreht wurden, mußte er sich von der Leinwand jedesmal abwenden, sobald ein Pferd auch nur den Eindruck erweckte, es werde gleich stürzen.

Von hier oben sah die Ruine großartig aus. Ein hohlgefressenes Oval, ein ausgeglühter Vulkan, sehr friedlich. Cassini liebte diese zerklüftete, von Säulenreihen angehobene Masse, aus der man jahrhundertelang die Travertinblöcke für andere Bauten herausgebrochen hatte. Ein Symbol der Ewigkeit Roms und deren Fraß. Er hätte es gern einmal in Betrieb gesehen, in vollem Schmuck, Portale und Logen bekränzt, die Sonnensegel nicht zu einer Tier- oder Menschenhatz gesetzt, sondern zu irgendeiner harmlosen Belustigung.

Gottlob hatte er seine Sonnenbrille eingesteckt. Er ging den Hügel hinunter und hatte die Sonne direkt im Gesicht. Obwohl er Sonnenbrillen nicht mochte, war es in Rom schwer, ohne sie auszukommen. Er hatte empfindliche Augen, denen nicht nur die römische Sonne zu schaffen machte, sondern auch der römische Staub.

Vor dem Kolosseum standen schon die ersten Busse mit Touristen. Er war versucht, eine Eintrittskarte zu lösen, kam aber davon ab, als er die Schlangen vor den Kassen sah. Amüsiert betrachtete er das Häuflein Gladiatoren, das sich in Erwartung von Kundschaft vor den Eingängen verteilt hatte. Sie trugen Plastikpanzer um die Oberkörper, rote Umhänge, die an den Schultern festgemacht waren, unten Sandalen und Beinschienen aus Plastik. Auf ihren Helmen waren rote Nylonbürsten montiert, die man hätte abschnallen können, um mit ihnen den Küchenboden zu fegen. Es gab im wesentlichen drei Typen – den Gladiator mit Fangnetz und Dolch, einen mit Schwert, einen weiteren mit Wurfspieß und Dreizack. Besonders die japanischen Pärchen waren darauf erpicht, mit ihnen vor der Kamera zu posieren. Cassini verspürte plötzlich den Wunsch, es ihnen nachzutun. Noch vor kurzem hätte er Leute, die sich auf so etwas einließen, mit strenger Mißbilligung betrachtet. Einem Andenbewohner zuzusehen, wie er zum Frühstück kleine geröstete Käfer aß, die aussahen wie Kaffeebohnen mit Beinchen, konnte nicht befremdlicher sein. Es war eine Mutprobe, zu der es ihn drängte. Seinem Mädchen zuliebe. Vom Ausflug wollte er etwas mitbringen, ihr eine Trophäe ans Bett legen. Unter das Polaroid würde er kritzeln *von Monty, in Liebe*. Er winkte einen Fotografen herbei und wählte seine Gladiatoren aus. Das Fangnetz wurde über ihn geworfen, Dolch, Schwert und Dreizack gegen sein Herz gerichtet. Die Burschen, die ihn da in die Zange nahmen, waren zwei tätowierte Punks, recht schmal und kein bißchen gladiatorhaft, dazu ein stämmiger krummbeiniger Mann, wahrscheinlich ein ehemaliger Bauer aus dem Süden. Er ließ noch zwei Aufnahmen für Ettore und Alessandro machen, verteilte großzügig Scheine und Zigaretten in der Runde und verließ das Kolosseum als ein glücklicher Mann.

Die Zeit verrann in zähen langen Tropfen. Pasqualina hatte das Radio ausgeschaltet und horchte auf jedes Geräusch. Schritte im Gang, Schritte durch die Zimmer, und nach einer Weile das Ganze wieder zurück. Eine junge Frau trat in die Küche, lächelte zutraulich und bat um einen Kaffee.

So leicht war Pasqualina nicht zu gewinnen. Sie gehörte zu den Menschen, die dem Lächeln eines andern begegnen können, ohne die dafür vorgesehenen reziproken Muskeln zu verziehen. Pasqualina schaute sich ihre Feindin eisig und mit unverschämter Genauigkeit an. Sie sagte nichts, faßte aber den Entschluß, den Gegner erst einmal sich selbst verraten zu lassen. Eine Aushorchung geschah am besten, wenn man selbst den Mund hielt. Dann wurde der Feind nervös und kam ins Schwätzen.

Allein, die Aushorchung gestaltete sich mühsam. Pasqualina verstand kein Wort Englisch, und die junge Frau sprach ein Italienisch, das allenfalls für die Bestellung in einem Lokal taugte.

Es blieb nichts anderes übrig, als in die Offensive zu gehen. »Liegt der Dreckskerl noch im Bett?« fragte sie und zuckte dabei mit keiner Wimper. Das Mädchen verstand erst, als Pasqualina ihre zusammengelegten Handflächen unter die eigene Wange hielt, eine Geste, die viel zu lieblich geriet, worauf sie die Fäuste wie Hämmer auf den Tisch zurückfallen ließ.

»Nein, fort. Er fort.«

Das Mädchen war in ihrem Eifer nicht zu bremsen.

»Ich Marie … Marie ich.« Sie wiederholte es mehrmals, wobei sie mit dem Finger jedesmal auf die eigene Brust deutete, so lange, bis Pasqualina endlich geruhte zu begreifen. Dieser lächerliche Vertrauensbeweis konnte die Haushälterin aber nicht dazu verlocken, nun ihrerseits mit dem Namen herauszurücken. Ein Inquisitor braucht keinen Namen.

Auf der Via di San Gregorio kam Cassini eine Prozession entgegen. Große Kirchenfahnen wurden von jeweils drei Männern an Gestängen getragen und von vier weiteren durch Schnüre gesichert. Einzelne Gemeinden machten sich durch hochgehaltene Pappschilder bekannt. Die Pilger liefen in lockeren Formationen an ihm vorüber, eierschalenfarben gewandet; manche in roten Umhängen oder schwarzsamtenen. Als Gürtel gebrauchten sie Kordeln, daran hingen hellgelbe Plastiktäschchen für den Proviant. Dazu paßte, daß einige der Pilger mit verdreht aufgesetzten Baseballkappen daherkamen, wie eine Abordnung Sportfans. Andere Kopfbedeckungen spielten ins Arabische hinüber. Weiße Baumwolltücher, über den Köpfen geknotet, hingen an den Seiten in Lappen herab. Blaue Tücher, um die Schultern ganzer Gemeinden geschlungen, gaben ihren Mitgliedern etwas Pfadfinderhaftes. Sie sangen ein bißchen, was sich bei dem weit auseinandergezogenen Abstand der Gruppen kläglich anhörte. Eine Marienprozession. Sancta Maria, *ora pro nobis*, Sancta Dei Genitrix, *ora pro nobis*, Sancta Virgo virginum, *ora pro nobis*, Mater Christi, *ora pro nobis*, Mater divinae gratiae, *ora pro nobis*, Mater purissima, *ora pro nobis*, Mater castissima, *ora pro nobis*, Mater inviolata, *ora pro nobis*, Mater intemerata, *ora pro nobis*, Mater amabilis, *ora pro nobis*, Mater admirabilis, *ora pro nobis*, Mater boni consilii, *ora pro nobis*, Mater Creatoris, *ora pro nobis*, Mater Salvatoris, *ora pro nobis*. Auf seine Mutter traf keines der Attribute zu.

Über manchen Kruzifixen wölbten sich violette, mit üppigen Stickereien verzierte Baldachine. Einige der Kirchenfahnen zeigten naive Höllendarstellungen. Sogar eine Totenkopffahne war dabei, die Cassini geradezu entzückte und für die er einige Meter mit den vorauslaufenden Schnurträgern zurückging, um sie genauer zu betrachten. Aus dem bleichen Totenkopf krochen rosa Würmer, lauter Sündenwürmer, die ihre Mäuler aufsperrten und gestickte Botschaften in wellenförmigen Sätzen über das Tuch spien. *Profiscere, anima christiana*, ziehe hin, christliche Seele, eine Aufforderung, die aus dem Mund eines Wurms seltsam klang. Die anderen Aufschriften waren zu klein, um sie zu entziffern.

Eine riesige hellblaue Fahne näherte sich ihm, auf der ein himmlisches Tribunal über einen armen Sünder zu Gericht saß. Darunter war ein Beichtstuhl abgebildet, den der Sünder wohl zu Lebzeiten gemieden hatte. *Die Beichte ist die beste Wäscherin.* Als Protestant hatte er auf diese Wäscherin verzichten müssen. Seine Verfehlungen, für die es kein Vergeben und Vergessen gab, mußten immer fest im Auge behalten werden. Selbstergründung war das Mittel, das den Protestanten zur Verfügung stand. Bis er an einem Tag im Mai Alberto zuliebe konvertiert war. Der Onkel hatte ihn keinesfalls dazu gedrängt. Wenn er es recht bedachte, hatte Alberto ihm sogar davon abgeraten. Sein erstes Beichterlebnis war denn auch anders verlaufen, als er sich das vorher ausgemalt hatte. Ratlos, stumm, von einem Schweißausbruch durchtränkt, hatte er in dem Kabuff gehockt; nicht die kleinste Sünde war ihm eingefallen. In seiner Not hatte er etwas von unzüchtigen Gedanken gestammelt und sich möglichst rasch wieder verdrückt. Schon ein Jahr nach seiner pompösen Konversion war er sang- und klanglos aus dem religiösen Zirkus ausgestiegen.

Ein Schildchen wurde ihm entgegengehoben: *Mach heut noch Schluß mit deiner Sünde!* Mit einer tulpenhaften Bordüre versehen, die Schrift wie von Kinderhand gemalt, das Ausrufungszeichen riesengroß. Sein Lasterkatalog war leider nicht von so niedlicher Beschaffenheit. Mit ihm konnte man nicht einfach aufhören. Er reichte in die Vergangenheit, beherrschte die Gegenwart und trübte die Zukunft. Der Richter würde ihn mit einem Blick messen und mit einer Stimme, die hinrollte durch alle Ewigkeiten, das Urteil sprechen. Aber wozu war er verdammt? Gehörte er überhaupt zu den klassischen Sündern? War er nicht viel mehr ein Einsamer, der nichts anderes als sich selbst gewollt hatte und deshalb dazu verurteilt war, einen ewigen Monolog zu sprechen? Aber nein. Mit dem Monologisieren war jetzt Schluß. Wozu hatte er sich denn verliebt, wenn nicht, um seinem Monolog zu entkommen.

Er ging wieder vorwärts, ein wenig gebeugt. Ob es in einer geschöpflichen Ordnung die Möglichkeit gab, daß eine Kreatur verlorenging? Er glaubte, nein. Wo war dann Robert? Sah Robert jetzt zum Beispiel aus diesem gnadenlos blauen Himmel auf ihn herab? Augustinus hielt dafür die Vision bereit, daß ein Krüppel in der Schönheit seiner Glieder auferstehe. Wo etwas unförmig war, wurde es der Gesamtmasse zugeteilt und ausgeglichen. Schwer vorstellbar, daß die überschüssige Hinterkopfmasse bei Robert gereicht hatte, um seine dünnen Glieder mit mehr Materie zu umgeben. An Roberts Seite hätte er einen kühnen Blick in diesen Himmel riskiert. Robert war immer der Klügere gewesen und hatte, so jung er war, die erstaunlichsten Dinge behauptet. Hinter Roberts hellen Augen hatte etwas ausgeharrt, das nicht zu beeinflussen war. Robert war es gewesen, der ihm befohlen hatte, langsam und mit geschlossenen Augen achtmal das Rosenbeet zu umrunden. Zweck der Übung war, das Gespräch der Rosen zu belauschen. Wir bringen drei Furchtarten hervor, so ungefähr hatte sich die Sacra conversazione der Rosen angehört; damit war die Furcht vor der Durchbohrung der Augen gemeint, die Furcht vor dem Zerkratzen der Stirn und als letzte die Furcht vor der Durchbohrung des Herzens. Robert, dieser schlaue Realist, hatte seinen Bericht lächelnd angehört und ihm kein Wort geglaubt. Robert wußte, daß die Rosen unaufhörlich von der Gartenschere sprachen, mit der ihnen die Mutter zu Leibe rückte.

Der Strom der Botschaften riß nicht ab, er fühlte sich matt, es raschelte in seinen Ohren, Papierkram, leise flatterndes Zeugs. Zu seinem Entsetzen bemerkte er, wie ihm die Hände zitterten. Da und dort überlief ihn ein Zucken. *Pferdlich. Bitte sich nicht mehr zu erinnern.* Leider gab es keine Bank, die ihn hätte empfangen können. Sein Hirn, *so suppig*, in ihm schwammen religiöse Brocken, abgerissene Verslein des Grafen Zinzendorf, dem Begründer der Herrnhuter Brüdergemeine, die er sich zu Urzeiten einverleibt haben mußte – Kreuzluftvögelein, Kränkeleid vor Liebespein nach Jesu Seitenschrein. Echt zinzendorfischer Zierat, der auf einer Woge protestantischen Starkbieres daherschwamm, die verkündete, daß man sich an der Brust des Heilands recht stark und fett saugen müsse. Er sah wieder rosa Würmer, dieselben, die ihn eben noch amüsiert hatten, nun verwandelt in Christenkinder, die wie Blutegel am toten Heiland hingen.

Kein Taxi weit und breit. In Cinecittà mußten sie mit dem Erwürgen Franks längst begonnen haben. Technik des Todes, so hatten sie die Disposition für den Tag überschrieben. *Atemkontrolle, Plastikkochlöffel, wahlweise mit oder ohne Loch.* Kameras A und B in den gleichen Positionen wie tags zuvor. Von A Großaufnahme des Stricks, Hände des Henkers mit Tourniquet, von B Großaufnahme des Gesichts. Kamera C in Kreisfahrt mehrmals um den Galgen herum, halbnah auf Süß, im Moment des Todes in Spiralfahrt übergehend himmelzu krähenwärts, vor allem zu den Krähen, den massenhaft vom Tierspezialisten beschafften Krähen. Und er, er durfte auf keinen Fall fehlen, *als Bote treuen Sinns.* Nicht auszudenken, was sie alles anstellten, wenn er nicht dabei war. Drüben, auf der anderen Straßenseite, gab es eine Bushaltestelle. Noch kein Mal war er in Rom Bus gefahren. Mit den Busplänen kannte er sich nicht aus. Er fragte eine Frau, deren Augen von einer eulenhaften Brille ins Riesige vergrößert wurden, ob der Bus zur Via Tuscolana hinausfahre. Sie nickte ihm zu, ein übertriebenes Nicken, das ihm nicht geheuer war.

Zur Beruhigung rauchte er eine Zigarette, die ihm aber nicht guttat. Er mußte sie wegwerfen. Dann fuhr der Bus vor. Er hatte keine Ahnung, wie man im Bus bezahlte, stieg ein und setzte sich. Irgendwann würde ein Schaffner kommen und ihm ein Ticket verkaufen. Die Seite, an der er saß, wurde von der Sonne erwärmt. Die Augen fielen ihm zu, und in einem Zustand, der noch nicht Schlaf war und kein Wachen mehr, verwandelte sich ihm der Bus in einen Rollstuhl. Mit überhöhter Geschwindigkeit fuhr der

Stuhl dahin, anscheinend probierte man allerhand aus. Um ihn zu ärgern, wurde des öfteren gebremst. Es wurden auch ganz unnötige Geräusche gemacht, die nicht zu einem Rollstuhl paßten, ich fahre in einem frisierten Stuhl, kommentierte er die Sache. Es ging nun langsam einen Hügel hinauf, was ihm gefiel, es gab nichts Schöneres, als in einem Rollstuhl hügelauf gefahren zu werden, der, der ihn fuhr, mußte schon ordentlich schwitzen. Wer fuhr? Er hatte eine Scheu davor, sich umzudrehen, solange es hügelauf ging, war ja alles gut. Trotzdem blieb die Beunruhigung, wer wohl der ominöse Fahrer hinter ihm war.

Abwärts! Wer wagte es, mit ihm abwärts zu fahren? Ein Blick aus dem Fenster belehrte ihn, daß er unmöglich auf dem Weg nach Cinecittà sein konnte. An der nächsten Haltestelle stieg er aus. Er befand sich auf der Via Garibaldi, war also geradewegs auf den Gianicolo gefahren. Auch hier ließ sich kein Taxi blicken. Eine höhere Instanz hatte die Verbindung zwischen ihm und seinem Film gekappt, wohl oder übel mußte er sich damit abfinden. Zur Belohnung gab es eine Bank, auf der er sich ausruhen konnte. Nun schmeckte ihm die Zigarette wieder. Er genoß die frische kühle Luft. Die giftfarbene Scheibe eines Rennradlers schwirrte an ihm vorüber. Irgendwann fühlte er sich kräftig genug, seinen Gang fortzusetzen.

Eine heitere Verträumtheit breitete sich in ihm aus. Von der Aussichtsplattform des Gianicolo sah er herab auf die Stadt, auf einen sonnenfunkelnden Meergrund, in dem Löcher und Risse gähnten, wo sich die Buckel von gerippten weißrosa Medusen über ein Gewirr vielfach gestufter, und in den reizvollsten Mustern geriffelter Sandgründe erhoben. Er hatte sich die Anzugjacke um die Schulter gelegt, seine Manschettenknöpfe in der Hosentasche versorgt. Mit aufgekrempelten Ärmeln stand er da und guckte in den Himmel. Über der hügeligen Stadt trieben winzige Wolkenrudel. Als eine Folge großer leuchtender Tage zog die letzte Woche an ihm vorüber. Zugleich schien die Zukunft dünner zu werden, ihre Reste fielen hinter den Horizont in die herzlose Leere des Alls.

Bald fand er sich umgeben von einer Schar polnischer Nonnen, die in Begleitung eines Priesters einen Ausflug machten. Die Nonnen waren noch jung. Breite, fröhliche bäuerliche Gesichter, die sich zwischen dem Priester und der Richtung seines Zeigefingers, mit dem er nach den Sehenswürdigkeiten Roms stach, hin und her drehten. Herzhaftes Gekicher. Der Mann war korpulent, er hatte ein rosiges Gesicht und cherubimhafte Nudellocken die Fülle. Cassini erkannte das Gesicht wieder. Da stand Johann Fürchtegott Benz oder vielmehr sein Alter ego, denn der Schulkamerad konnte sich kaum in einen Polen verwandelt haben. Bigotte Eltern hatten ihm den Namen verpaßt. Johann Fürchtegott Lebrecht Benz, fürwahr ein niederschmetterndes Programm. Doch der Sohn schöpfte daraus Kraft, eine, die ihn zum Krieg befähigte. Er betrug sich, als wolle er Gott persönlich herausfordern. Ein kleiner Mussolini, der die Nichtexistenz Gottes bewies, indem er all Augenblick auf ihn spuckte und dann frech in den Himmel sah. Dabei hatte er ein so harmlos hübsches Zwiebackreklamegesicht. Einmal war es im Schulhof zu einer großen Szene gekommen. Johann hatte sich vor dem Rollstuhl aufgebaut und Robert ins Gesicht hinein gefragt, ob sein Vater auch so mickrige Beine habe. Er, Blechle, war hinter dem Rollstuhl vorgeschossen, um den Kerl in den Dreck zu werfen, aber Robert hatte ihn zurückgerufen.

Es war ungeheuerlich. Robert lächelte.

»Deine Eltern gehören zu den Neu-Apostolischen«, sagte er mild.

»Ja, und?«

Robert lächelte noch immer.

»Du bist der Bub deiner Eltern«, sagte er, als suche er die Bestätigung eines noch nicht ganz geklärten Sachverhalts.

Johann wurde ein bißchen unsicher, sagte aber nichts.

»Deine Eltern sind also deine Eltern«, erklärte Robert seelenruhig.

Johann stand da wie verhext.

»Du verschwindest jeden Sonntag mit ihnen im eisigen Arsch deiner Kirche«, sagte Robert, indessen er die Augen nur um ein Weniges hob. Dann gab er ihm, Blechle, einen Wink und ließ sich wie ein König davonrollen.

Daß die Neu-Apostolische Kirche etwas für spinnerte kleine Leute war, wußten die Brüder vom alten Stahl, der immer von den Neupistolischen redete, dabei Zeige- und Mittelfinger ausstreckte und piff, paff! machte, wobei nicht ganz klar war, ob er die Neupistolischen gern erschossen hätte oder ob diese bewaffnet ihren exzentrischen Kirchendienst versahen. Zur Kategorie der reichen Spinner zählten die Poposophen. Gemeint waren die Anthroposophen, von denen es auf den Stuttgarter Hügeln nur so wimmelte. Sie schienen auf eine seltsame Art an ihre Kinder zu geraten. Nach Auskunft des alten Stahl saßen die Kinder der Poposophen, genauer gesagt eine seelische Vorform dieser Kinder, auf den Bäumen und warteten darauf zu kommen. Wir wollen kommen, wir wollen kommen, säuselte der alte Stahl mit verstelltem Stimmchen und wies auf die Krüppelkiefer im Nachbargarten, und tatsächlich, zu den sechsen, die es schon gab, hatte sich bei den Wollensacks bald ein siebtes Kind gesellt. Wie es bei der Transformation vom piepsigen Kommenwollen zu einem Wesen aus Fleisch und Blut zugegangen war, wußte selbst der schlaue Robert nicht, und vom Großvater war darüber nichts Genaues zu erfahren.

Zuckerwatte! Cassinis Fuß durchfuhr der Impuls zu einem lächerlichen Schritt, den er sich im letzten Moment versagte. Auf der anderen Seite des Platzes stand ein Karussell mit Plastikpferdchen, daneben eine Bude, in der man die Watte und kandierte Mandeln kaufen konnte. Auf dem Degerlocher Marktplatz hatte einmal im Jahr die Kirmes ihre Buden aufgeschlagen. Wie hatte es ihn geängstigt und entzückt, vom Großvater zum ersten Mal allein dahin mitgenommen zu werden, in wortlosem Eifer ging er neben dem großen Mann her, seine kleine Hand lag in der warmen Höhle der großväterlichen Hand geborgen, vor Freude erlaubte er sich einen Hüpfschritt, einen einzigen lustigen Zwischenschritt, und wurde mit scharfem Ruck zurückgerissen. Wie ein Schäferhund, dem sein Halter nicht das kleinste Vergnügen gönnte. Kreuzunglücklich hatte er an den klebrigen Strähnen der Zuckerwatte geleckt, kreuzunglücklich war er auf seinem Schwein gefahren, auf und nieder, auf und nieder, eine dumme Ewigkeit lang im Kreis herum.

Er schwitzte und zugleich fröstelte ihn. Es bereitete ihm Mühe, die Knöpfe an den heruntergelassenen Manschetten zu befestigen, seine Finger gehorchten ihm schlecht, ein Knopf fiel zu Boden, als er sich bückte und wieder hochkam, wurde ihm schwindlig, so daß ihm beide Knöpfe aus der Hand fielen und sein Jackett heruntерglitt. Er krallte sich an der Brüstung fest. Ein Bub las die Knöpfe vom Boden auf, legte sie neben das Jackett auf den Stein und trat zurück, sanft und schüchtern. Ein Foxterrier guckte erwartungsvoll zu, wurde aber enttäuscht, sein Hundehirn verstand nicht, daß man etwas aufsammelte, ohne es gleich wieder durch die Gegend zu werfen. Cassini machte eine Hand von der Brüstung los, sie schwebte auf halber Höhe, als wolle sie dem Jungen über den Kopf streichen, aber sein verzerrtes Gesicht erschreckte das Kind. Mit seinem Hund sprang es davon.

Ausrinnen, ich werde hier sang- und klanglos ausrinnen, unerkannt, von keiner Menschenseele vermißt, doch darauf kommt es nicht mehr an. Er verzichtete auf einen weiteren Versuch, die Manschettenknöpfe anzubringen, steckte sie wieder in die Hosentasche und zog sein Jackett über die offenen Hemdsärmel. Verdächtig leicht kamen ihm die Schritte vor, die er von der Brüstung weg unternahm – ich kann ja gehen, wer hätte das gedacht, ich kann gehen!

Zittern, Schweißausbruch und Schwindel, man hat mich ein bißchen gefoppt, damit ich erschrecke. Buh! Von mir aus, ich gebe zu, ich bin erschrocken, aber jetzt wird gegangen, ein Schrittchen für Papi, ein Schrittchen für Mami, ein Schrittchen für Schnacks. Schnacks, der würde sich wundern, wenn er ihn so schwach und unsicher daherkommen sähe. Schnacks, sein einziger Gefährte nach Roberts Tod, mit dem er fast jeden Tag, bei welchem Wetter auch immer, zur großen Wanderung aufgebrochen war. Schnacks wird für mich zeugen, ich habe ihn immer gut behandelt. Schnacks, mach dein Maul auf und sprich für dein altes Herrchen! Er hob ein wenig den Zeigefinger, als habe er dem Hohen Gericht eine wichtige Mitteilung zu machen. Ich als Herr über den mir anvertrauten Schnacks habe ihm alle Freuden gegönnt, nach denen es sein Hundeherz verlangte. Es wunderte ihn, daß er sich zu seiner Verteidigung so umständlich ausdrückte. Sie müssen wissen, fuhr sein Zeigefinger fort zu sagen, ich wurde zum manischen Waldgänger, bin in rastloser Unruhe über die Stuttgarter Hügel gewandert, immer in Begleitung meines Schnacks, der in der ersten halben Stunde wie ein Irrer durch den Wald rannte, kreuz und quer. Cassini lächelte und wiegte den Kopf. Schnacks, öffne dein Maul und sag ihnen, wie du nach drei Stunden nicht mehr krauchen konntest, bis zur nächsten Straßenbahnhaltestelle mußte ich dich tragen, dann sind wir zusammen heimgefahren, du friedlich schlummernd auf meinem Schoß. Rede, Schnacks, erzähle, wie wir den Transport perfektioniert haben. Du mußt doch noch wissen, wie wir den Rucksack mitnahmen, ihn mit einem Kissen auspolsterten, und wenn du müde warst, kamst du da hinein und durftest oben rausgucken. Los, erzähle, wie sich dein Herr um dich gekümmert hat! War er nicht ein vorbildlicher Hüter, dein schweigsamer kleiner Herr, der nur mit dir redete, nur mit dir. Cassini griff sich an den Hals, stolperte, fing sich aber wieder und ging mit merkwürdig angehobenen Schritten weiter. Wovon du keine Ahnung hattest – jetzt schien nicht mehr der Zeigefinger zu reden, der war in einer Jackentasche verschwunden, jetzt redete sein Bauch, vielleicht der Nabel –, wovon du lieber dummer krummbeiniger Wicht keinen Schimmer hattest: Unter dem Kissen lag ein Messer. Ein Messer für dich. Dazu da, in dein Dakkelherz gebohrt zu werden.

Cassini kicherte. Es ging bergab, seine Schritte verlängerten sich in einen unbestimmten Raum, er war nicht fähig zu bremsen, halb stürzte er, halb sprang er hin. Wahrscheinlich sprachen jetzt seine Knie. Zu Swedenborg hatten auch immer die Knie gesprochen, es waren die Knie gewesen, die Swedenborg gewisse tröstliche Aspekte der Hölle eröffnet hatten, einer Hölle, in der jeder auf seine Art glücklich wurde, weil es den zur Hölle Verdammten nach Höllischem verlangte, nach Urin, Schleim, Schwefel, Spießgesellen, die er auch prompt dort fand. Also die Knie. Wackelig, diese Knie. Und was sie sagten, klang wie ein zittriges Duett zu seinen Gunsten. Eine typische Zwangsidee, sagte das eine Knie. Zwangsidee, wie sie praktisch jeder kennt, sagte das andere. Wer sein Liebstes opfert, sagte wieder das eine. Abraham, schrie das andere. Wer dieses Liebste opfert, hier waren sich die Knie einig, gewinnt das Himmelreich! Sein Liebstes war ohne jeden Zweifel Schnacks, und er wollte den toten Bruder damit zum Leben erwekken. Eine löbliche Idee, jubilierten die Knie, während sie den Hang hinabrasten. Vorsorglich wurde das Messer auf jede Wanderung mitgeschleppt, es kam aber nie zur Ausführung, der gute alte Schnacks mußte nicht daran glauben – bei *daran glauben* schienen die Knie im Geheimen zu kichern. An der Luft verflog die Idee, sagte das eine Knie. Wie viele Ideen verfliegen schneller, als sie geboren wurden, sagte das andere. Herr und Hund kehrten wohlbehalten heim. Das ist das gewöhnliche Ende vom Lied, sagten die

Knie und verstummten. Cassini war auf eine häßliche Straße gelangt, die in Kurven hinab zu den Parkplätzen des Vatikans führte. Eine besorgte Stimme meldete sich, sie kam aus den Reihen des Gerichts, vielleicht saß sie auf dem Laternenpfahl da oben, sie mußte eine sozialpsychologische Schulung durchlaufen haben, denn sie fragte immerzu nach der Familie. Fand denn diese Familie die ewig langen Spaziergänge ihres jüngsten Mitgliedes nicht befremdlich? Niemand wagte, mir deswegen Vorhaltungen zu machen, erklärte Cassini ruhig, nach dem Tod Roberts verkümmerte der Großvater, verkümmerte und schrumpfte. Er wies das Gericht mit Genuß darauf hin: Freiwillig räumte er seinen Posten und wurde allmählich zu Staub. Wer in der Familie hatte dann das Sagen, wer übernahm die Erziehung des Jungen? ließ sich die besorgte Stimme wieder vernehmen. *Der, der da*, wurde von niemandem erzogen, rief Cassini gereizt und riskierte einen Ausfallschritt, der ihn aus dem Gleichgewicht brachte.

Marie saß vor den Resten eines üppigen Frühstücks und zündete sich eine Zigarette an. Pasqualina versuchte ihr begreiflich zu machen, daß sie noch einen Pfirsich nehmen müsse, lieber einen Pfirsich, keine Zigarette. Etwas Rätselhaftes war geschehen, für das es keine vernünftige Erklärung gab. Unmerklich hatte sich die Sympathie in Pasqualinas Gemüt geschlichen. Als hätte man in ihrem Kopf einen Schalter umgelegt, waren Haß und Eifersucht gewichen und hatten der Fürsorge Platz gemacht. Sie mußte das Mädchen herausfüttern, es war zu dünn. Pasqualinas Gedanken zogen immer weitere Kreise. Zuerst mußte Marie Italienisch lernen. Dann würde Pasqualina ihr Schritt für Schritt beibringen, wie Cassini zu behandeln war. Unter ihren Wächteraugen würde sich die junge Frau allmählich eingewöhnen und die schwierige Kunst erlernen, einem schwierigen Herrn zu gefallen. Die Hochzeit fand in der Kirche von Santa Maria in Aracoeli statt, Brautpaar und Gäste schritten über den Vorplatz und nahmen Aufstellung vor einer Videokamera. Es würde eine Zeit dauern, bis aus Marie eine vernünftige Frau geworden war. Irgendwann würde die Wohnung zu klein werden, spätestens wenn Kinder kamen. Marie hätte inzwischen gelernt, wie die Dinge zu behandeln waren, mit denen sich Cassini umgab. Aus den Abrechnungen hatte sie sich herauszuhalten. Das bliebe für immer eine Sache zwischen Haushälterin und Hausherrn.

Inzwischen hatte Massimo schon viermal angerufen. Benito hatte am Circus Maximus vergeblich auf Cassini gewartet. In Prati war er auch nicht. Auf dem Galgenhügel war alles zum Erliegen gekommen, weil Regisseur und Hauptdarsteller sich über einer Kleinigkeit zerworfen hatten. Sheeler hatte sich in seiner Garderobe eingeriegelt, und der einzige, der ihn daraus hätte erlösen können, war Cassini.

Ettore wurde verständigt, der Onkel. Bei keinem

hatte er sich gemeldet. Die beiden Frauen wurden unruhig. Etwas Ungewöhnliches mußte geschehen sein.

Er fühlte sich besser, seine Schwäche war nunmehr gleichmäßig über den Körper verteilt, die Hände hatten aufgehört zu zittern. Über den großen Platz vor dem Petersdom fluteten die Touristen, Gruppen von Nonnen und Priestern aus allen Ländern der Welt; ein Drittel des Platzes war mit Stuhlreihen bedeckt, die für die morgige Pfingstmesse aufgestellt worden waren. Seit über einem Jahrzehnt hatte Cassini das Innere des Doms nicht mehr betreten. An hohen Festtagen ging es vor den Beichtstühlen zu wie in einem Taubenschlag. Es konnte in verschiedenen Sprachen gebeichtet werden, worauf jeweils ein Schildchen über den Stühlen verwies. Manche Gläubige knieten sich offen davor hin, die Priester wirkten dann wie Krämer, die aus winzigen altertümlichen Kaufläden herausguckten. Einige Schritte lang folgte er dem Strom, den es hineinzog, kehrte aber wegen des großen Andranges wieder um. Nicht der Dom begeisterte ihn – seine unpersönliche Größe, das Gemenge der hallenden Geräusche, hatten ihn immer enttäuscht. Sie ließen keine Stimmung aufkommen, die der Andacht förderlich war. Ihn faszinierte ein einziges Objekt in dieser Halle: die Statue Pius XII.

Eine neue Schwäche hatte ihn erfaßt, er mußte sich

setzen. Beim erstbesten Café an der Via della Conciliazione machte er halt und fiel in einen Sessel. Sein Rücken war schweißnaß. Beim Kellner, der sich lässig näherte, bestellte er alles auf einmal: Mineralwasser, Espresso, Brandy. Als er sich eine Zigarette aus der Packung langen wollte, ging er umständlich zu Werk, alle Zigaretten fielen heraus. Nimm dich zusammen, man wird auf dich aufmerksam. Obwohl ihn kein Mensch beobachtete, sah er sich mit den Augen der Umsitzenden. Dein Körper ist rott. Er gehört in den Kuttereimer. Die schmetterlingsförmigen Sonnenbrillen eines amerikanischen Damenpaares nahmen ihn ins Visier. Er hörte, wie eine schwedische Pfadfindergruppe in sanften kehligen Lauten seinen Fall besprach, Fall eines auf den Hund gekommenen Knoblauchfressers, sah, wie es einer spanischen Familie mit knapper Not gelang, ihn nicht anzustarren. Der Augenblick war gekommen, wo ihn alle Welt nackt sah, kein Subjekt mehr, etwas unerhört Mickriges, Leichenfahles, das seine Finger nicht mehr beherrschte, dessen Mund zuckte, das sich vor Aufregung alle paar Sekunden an den Hals oder in die Haare griff. Als er die Getränke vor ihn hinstellte, verlangte der Kellner sein Geld. Eine Beleidigung, noch nie hatte ihm jemand unterstellt, daß er nicht zahlen könne. Er errötete, schämte sich seines Errötens, schämte sich, daß er sich seines Errötens schämte, grub aus der Hosentasche einen Packen Scheine, Herrgottnochmal, dauerte das lang, legte einen davon hin und ließ den unverschämten Kellner, Ganove, den man ins Gesicht schlagen sollte, mit einem großen Trinkgeld ziehen.

Gierig, daß es ihm über die Finger lief, stürzte er das Wasser hinunter, verschüttete davon und löschte damit die frisch angesteckte Zigarette. Pius XII. Rühren wir in aller Ruhe im Espressotäßchen und denken dabei an Pius XII. *Beruhigen wir uns.* Dieser Papst, den wir bis in die Knöchelchen kennen, befreit vom gewalttätigen Schub der eigenen Gedanken. Gemessen an ihm, der sich mit einem Lamm auf den Schultern filmen ließ, sind wir selbst von lammhafter Unschuld. Cassini nahm einen Schluck und faltete zur Probe die Hände. Genau wie er. Er hatte auch immer mit gefalteten Händen posiert.

Sein steinernes Schweigen. Sein Segnen. Segnen und Schweigen. Oh, es gab gute Gründe für dieses Schweigen, edle Gründe. Sein edles liturgisches Schweigen, sein edles heiligmäßiges Schweigen, sein edles marianisches Schweigen. Segnen der Niagara-Wasserfälle. Schweigen eines mystifizierten Verwaltungsmenschen, Reichskonkordatsschweigen, auf das ein Nervenzusammenbruch erfolgte, immerfrisches geruchloses Schweigen, von zeremoniellen Federn angewedeltes Schweigen. Segnen der Wunder Fátimas. Desinfiziertes Taschentuchschweigen, Schweigen, das sich seiner hohen piepsigen Stimme verdankte, die er selbst nicht hören mochte. Blutleeres Fanatikerschweigen, allerkonzentriertestes Frömmigkeitsschweigen, von geistiger Leere befallenes Schweigen. Segnen Maria Gorettis. Das Munificentissimus-deus-

Schweigen, das Pastor-Angelicus-Schweigen, das Warme-Milch-und-ein-wenig-Brot-Schweigen zum Frühstück, sein mit kümmerlichem Englisch angefülltes Schweigen, sein manikürtes Schweigen. Segnen T. S. Eliots. Sein Schweigen aus Stein. Nicht, daß er nichts unternommen hätte. Höchstpersönlich hatte er sich an einem Exorzismus Hitlers versucht, zur Mitternacht, in einem zugespitzten Sinne allein, im Nachthemd. Vor einer Fotografie des bösen Schnurrbarts sprach er die Formeln, machte zig Kreuze und sandte sie durch die Luft gen Norden.

Cassini zerbiß einen Zuckerwürfel. Auf eine perverse Weise haßte und liebte er diesen Papst. Er sah die Statue im Petersdom vor sich, eine metallblitzende Figur, die über jeden, der sich zu ihren Füßen einfand, hinwegfuhr mit einer herrischen Geste. Die Statue war gleichsam auf dem Sprung, keinem sportlichen, sondern einem geistigen. Noch eines: Die Statue besaß die Fieberaugen des Papstes, von rundem Brillendraht ins Dämonische gerückt; etwas Gefährliches ging von ihr aus, das asketisch Zusammengezogene des Mannes durchdrang sogar die Umhüllung des Prunkmantels. Wie oft hatte er mit Alberto über diesen Papst gesprochen, der in den fünfziger Jahren noch dessen Dienstherr gewesen war. Obwohl sie die verheerende Politik des Mannes genau kannten, waren sie beide von ihm fasziniert. Über seine schrulligen Seiten rissen sie liebend gern Witze. Pacelli, der in Berlin auf einem elektrisch betriebenen Pferd ritt, im Reitdreß, eine Gerte in der behandschuhten Rechten, der seine schönen langen Hände pflegte wie eine Frau, der sich um jedes Detail seiner Wäsche sorgte, dessen Magen so kompliziert war wie sein eigener. Aus Furcht vor der deutschen Kriegskost fuhr er neunzehnhundertsiebzehn mit sechzig Transportkisten voller heimischer Nahrungsmittel in München ein. Als Flugnarr bestieg er mit Vorliebe Militärflugzeuge, schaute aber nicht aus dem Fenster, sondern saß reglos im Cockpit und las in seinem Brevier. Mit den Diktatoren der Zeit hatte er gemein, daß die Gipfelpunkte seines Lebens von Filmkameras festgehalten wurden. Seine Krönung zum Papst war die erste ihrer Art, die gefilmt wurde. Während der Beschluß über die Ermordung der europäischen Juden im Vatikan bekannt wurde, spielte er in einem Film sich selbst, schwebte als entrücktes Gespenst, ganz in Weiß, über einem Olivenhain. Auch sein Ende wurde dokumentiert. Schonend zwar, doch konnte nicht ganz vertuscht werden, daß Gott als Witzbold an ihm gehandelt hatte. Ausgerechnet Pius XII., der sein Äußeres gepflegt hatte wie ein Heiligtum, war es beschieden, vor vieler Augen als stinkendes Aas zu enden.

Cassini zerbiß einen zweiten Zuckerwürfel. Die Geschichte erheiterte ihn noch immer. Ein inneres Schwatzen brach los, er mußte die Geschichte unbedingt den Touristen erzählen, die da so arglos an der Sonne saßen. Darf ich um Ihre Aufmerksamkeit bitten! Wie ein Vortragskünstler warf er sich in die Brust. Hören Sie! Pacelli wurde das Opfer dubioser

Ärzte. Mißtrauisch und geheimniskrämerisch wie die Alleinherrscher sind, lassen sie keinen vernünftigen Menschen in ihre Nähe und werden das Opfer von Scharlatanen. Hypochondrisch war der Mann, das können Sie mir glauben, ein Sensibelchen, das sich um Zähne und Zahnfleisch sorgte, jede Nacht fielen ihm sämtliche Zähne aus, na, Sie wissen ja, was so ein Traum zu bedeuten hat. Ein Zahnarzt, sagen wir lieber, ein sogenannter Zahnarzt, der behandelte ihn mit Chromsäure, einem Färbmittel für Leder, von dem er Schluckauf bekam, immerzu Schluckauf, stellen Sie sich das mal vor, wie entsetzlich und überaus lächerlich, es vergällte ihm die letzten Lebensjahre. Es kommt aber noch toller. Pacelli stirbt. Sein Leibarzt, ursprünglich ein Augenarzt, macht sich an der Leiche zu schaffen, er will eine neue Methode der Einbalsamierung erfunden haben, die ohne Entfernung der inneren Organe auskommt. Sie ahnen, worauf ich hinauswill? Als der Leichnam vom Petersdom zur Laterankirche überführt wird, ist aus dem Sarg eine Knacksalve zu hören, Pfeifen, Gurgeln, Schmatzen, ein richtiger Aufruhr, und wieder die Knacksalve, Knackediknack. Ich mache das lieber nicht nach, sonst wird Ihnen schlecht. Was war passiert? Die Organe sind an der Hitze zerplatzt. Bei der Aufbahrung im Petersdom sinkt ein Wächter um, zwei Wächter, drei Wächter, so viele Sie wollen; Gesicht und Hände des Papstes verfärben sich grau, blau, grün, purpurn. Die Nase wird schwarz und fällt ab. Die gesamte Prozedur wurde von Fernsehkameras aufgezeichnet und live per Eurovision übertragen, einige von Ihnen werden das kennen – tatá tatata tatáta –, doch mußten die Kameras über den Leichnam hinwegschwenken, eine Nahaufnahme kam nicht mehr in Frage. Und jetzt verrate ich Ihnen ein Geheimnis, und dafür lege ich extra meinen Finger an den Mund: Ich liebe diesen Papst, jawohl, ich liebe dieses Aas von einem Papst.

Der Brandy tat ihm gut. Er fühlte sich gestärkt, riskierte es, die Sonnenbrille abzuziehen und in den Himmel zu blicken. Schwimmbadblau. Er setzte die Brille wieder auf. Ende der Vorstellung, ich verabschiede mich. Als er sich erhob, entfuhr ihm ein Furz, ein echter Pacellischer Sargfurz, er mußte lachen, erstickte das Lachen mit Husten, es ist schon soweit, daß ich über einen verunglückten Scherz lache, wobei er mit einer ungeschickten Bewegung die in einem Plastikhalter steckende Eiskarte zu Boden warf. Ein neuer Marschbefehl war ergangen. Seine Beine, unsichere Knickebeine, gehorchten.

Auf dem freien Gelände vor der Engelsbrücke waren Bauarbeiten im Gange. Davor hatte sich eine der theatralischsten Erscheinungen aufgebaut, die in der Stadt Rom ihr Werk versahen. Von den Hüften an in die Waagrechte abgeknickt, ein schwarz verhülltes Geschöpf mit Kapuze, das sich an zwei langen Stökken des Weges schob und dabei die Bettelschale voranstieß. Über die einwärts umgebogenen Füße waren schwarze Socken gezogen, die Kapuze verdeckte das Gesicht vollkommen. Die Gestalt zitterte mit einer Heftigkeit, daß Cassini dazu keine passende Krankheit einfallen wollte. Ein blechernes Meckern drang aus dem Stoff und wünschte *buooona paaasquaaa*. Ein Bild wie aus einem Märchen. Gleich würde der Elende die Stöcke fahren lassen und sich vor dem Tyrannen in den Staub werfen. Aber wer beschreibt dessen Entsetzen, wenn dieser Elende ihn plötzlich mit eiserner Hand am Fuß hat und nicht mehr losläßt. Der vorgestreckte, unaufhörlich nickende Kopf hatte etwas Schildkrötenhaftes.

Cassini bekam Lust, unter das vorspringende Dach des schwarzen Tuchs zu sehen. Er beugte sich herab und blickte in ein erstaunlich junges glattes Gesicht. Köstliche Überraschung beiderseits. Spitzbübische Wonnen im Auge des einen, Zornfunkeln im Auge des andern. Cassini trat zurück. Wer eine so außerordentliche Körperbeherrschung besaß, der war auch kräftig genug, ihm mit der Krücke den Schädel zu spalten.

Der unbedachte Sprung bescherte ihm einen neuen Schweißausbruch. Auf dem Ponte San Angelo erholte er sich wieder. Berninis Engel, im Volksmund *Die lustigen Irren* geheißen, begrüßten ihn mit ihrem tanzhaft geschwungenen Geißelgerät, dem lustig geschwenkten Kreuz, dem emporgehaltenen Nagel, der lustigen Dornenkrone, der gezwirbelten Lanze; er kam von der falschen Seite, eigentlich führten die Engel zum Petersdom hin. Die Marterwerkzeuge neckten ihn, da kommt er, der kleine Liebestrabant mit seiner brünstigen Liebe, wach und wirr, süß und irr, innen erhöht, außen erniedrigt, nur Mut, hopp,

hopp!, ans Kreuz mit dir, sonst setzt's was! Ihm wurde wieder schwindlig. Weißt du nicht, du Dummer, daß am Tag des Gerichts alle Körperteile sprechen? Wir begehren ein Klötzchen, um darauf zu stehen, schrien die Füße, nicht deine Füße, gewiß nicht deine Füße, nackte, zieh deine braunen Maßschuhe aus, wirf die dünnen Socken in den Tiber, gell, du wirst dir doch nicht zu fein dafür sein, um die Kelter des erlösenden Weines zu treten mit deinen bleichen zivilisierten Zehen, exquisite Zehen, wie man dir gestern nacht ausdrücklich versichert hat. Maßschuhe weg, sonst setzt's was! Man hat das Maß zu lang genommen, wir sind von der schauderhaften Ausspannung ganz zerdehnt, wir begehren ein Klötzchen unter die Achseln, schrien die Arme, nicht deine Arme, deine Arme nicht, die hielten bloß ein sahnefarbenes Weib umschlungen und nicht die Menschheit, heraus mit diesen schrecklichen Nägeln, schrien Hände und Füße, sechzig Hammerschläge auf drei plattköpfige Stifte, mehr als ein Menschheitsmensch ertragen kann, na, und wer hat uns das angetan, wer wohl, und du, wer bist denn du, daß du einen von denen erhöhen willst in deinen Krähenhimmel, sieh auf den Kreuzstamm, um ein eingezapftes Stückchen erhöht für die Titeltafel des Pilatus, INRI gleich Irrenhaus, wer gegen ein solches Irrenhaus ansingen will, kommt darin um, das versichert dir Robert, dein gekreuzigter Frosch, und gibt darauf Brief und Siegel, auch einen Gasmaskenkuß, wohin du willst, aber daß du nur ja acht gibst auf das Lendentuch, es darf nicht fallen, sonst haben wir zu allem Unglück noch ein Unglück in der Schürze!

Das Mittagsglühen mußte ihm zu Kopf gestiegen sein. Zur Beruhigung guckte er in den Tiber. Es wirkte. Seine Gedanken wurden matter, schwerer. Seelenruhe breitete sich in ihm aus. Der Tiber war still. Still schlich er dahin in seinem flachen Bett; weil er krank war, war er so kleinlaut, sein gelbgrünes Sputum mochte vielleicht ein wenig sauberer sein als noch vor Jahren, aber es floß noch genauso träge. Des Tibers Dreck. Um ihn zu beseitigen, hätte man den Tiber umleiten müssen und alles herausklauben, was sich auf seinem Grund befand, eine lang gehegte Lieblingsidee, die ihm nun reichlich idiotisch vorkam. Wozu sich mit Dingen befassen, die gemütlich im Trüben lagen.

Die Ruhe währte nicht lang. Ein neues Aktivitätskommando riß ihn hoch, Gauleiter Murr hatte seine Beine angeschrien und ihnen den Cäsarbefehl erteilt; ich bin Zivilist und noch nicht einmal geboren, versuchte er sich zu wehren, umsonst. Du schreitest mir alle Auffüllplätze für die Trümmermassen ab, jetzt hatte der alte Stahl, Herold des Wiederaufbaus, das Kommando übernommen, vornehmlich alle Baggerflächen, verlassenen Steinbrüche, Schluchten und Talklingen. Aber Schnacks bleibt daheim. Er könnte im Grundwasser ersaufen. Gips fehlt, wurde er angeschrien, als sei das seine Schuld. Aus Ziegelsplitt, was macht man da? Er zählte her, was er zuvor vernommen: Schüttbeton, gelobt sei die Schüttbauweise, gelobt die Revabauweise, das Hohlblocksystem, die Sikler-Leichtbauweise, der Stahlskelettbau. Erprobt am Hallschlag. Erprobt vom Wohnbauverein Degerloch in der Albstraße. Der Mann, der ihm entgegenkam, war sicher einer dieser Erdlochbewohner, da drüben, dieser Haufen armer Leute, das waren Bunkerbewohner, sie waren froh, wenn man sie in Einfachstwohnungen steckte mit lauter platzsparenden Erfindungen für den Kleinstbürgerhaushalt. Hansmann, vor ihm ging Hansmann von der Interessengemeinschaft fliegergeschädigter Hausbesitzer und führte Beschwerde über den Lastenausgleich. Neben ihm, der Glatzenmann, der so lebhaft gestikulierte, das war Eugen Mertz, der sogenannte Bäder-Mertz, mit seinem Plan vom Wiederaufbau Stuttgarts als Bäderstadt in der Aktentasche. Die Mineralwässer von Cannstatt und Berg wollte er in den Stuttgarter Kessel leiten. Ein württembergisches Biarritz sollte das werden mit Kurhotels und Trinkhallen, neuen Heil- und Schwimmbädern rund um den Schloßplatz. Quellenfachmann Schober gesellte sich zu ihnen und referierte über wilde Quellenaustritte. Und er? Hörte alles mit Fledermausohren und mußte sich immerzu bewegen.

Der Cäsarbefehl führte ihn im Zickzack durch die Altstadt. Um- und Rückbenennung Roms, hieß die Devise: Via di Panico – Gauleiter Murr hatte heute statt seiner braunen goldbetreßten eine blaue Uniform angezogen, er war gekommen, um die Via di Panico in Gustloffstraße umzubenennen. Oberbürgermeister Arnulf Klett vertrat ihm den Weg und taufte sie auf den Namen Goerdelerstraße. Das ließ Berlusconi sich nicht gefallen, auf seinem Motorino fuhr er dazwischen und rief: Mi consenta! In der Via dei Coronari wiederholte sich das Spiel. Schlageterstraße! schrie Murr. Der zivile Klett hob seinen aufgerollten Schirm und sagte: Stauffenbergstraße, wieder brauste Berlusconi auf seinem Motorino heran, Via degli Arcoresi, so mußte die Straße heißen. In der Via di Sant' Apollinare gab es ein Gerangel um Deutsch-Südwestafrika- versus Mirabellenstraße, Murr und Klett liefen in die Via dei Portoghesi, um ihr den Namen Deutsch-Ostafrika- beziehungsweise Aprikosenstraße zu verleihen, Dr. Klett spuckte zur Bekräftigung einen Kern in den Rinnstein. An der Piazza del Popolo war er wieder allein und mußte den Namenskampf stellvertretend weiterführen. Der Murr-Inkubus machte sofort Radau: Platz der SA! schrie er. Rathausplatz, entgegnete Dr. Klett höflich, aber bestimmt. Die versammelten Italiener leisteten Widerstand und gaben den Namen nicht her; es waren die Pilger vom Vormittag, zumindest ein kleiner Rest von ihnen, Piazza del Popolo, unser ureigenes Aufmarschgelände, riefen sie unisono und drohten mit ihren eingewickelten Kirchenfahnen. Dann ging's im Zickzack den Pincio hinauf. Pincio – hier war vorläufig Namensbeibehaltung erlaubt. Als er oben anlangte, war er so erledigt, daß er glaubte, vor Erschöpfung sterben zu müssen.

Er zog die Schuhe aus und legte sich auf eine Bank.

Im Schatten einer Zeder träumte er pochenden Herzens vor sich hin. In Himmelsnamen, wann begriff er endlich? Aus dem römischen Zauberkreis gab es kein Entkommen. Er war dazu verdammt, im Namen Roms über die Stuttgarter Hügel zu jagen, Wernhalde, Frauenkopf, hinunter nach Gablenberg, über Rosensteinpark und Pragsattel zum Killesberg hinauf, Bismarckturm, Kräherwald, Doggenburg, und wieder hinunter, Botnanger Sattel, Rotenwald, zum aufgeschütteten Birkenkopf, auch Monte Scherbelino genannt, und wieder zurück über den Waldfriedhof hoch nach Degerloch. Eine Monstertour. Beeindruckt mich gar nicht, sagte der Großvater, die Brüder Kurt und Siggi Kronenbitter von den Stuttgarter Kickers haben auf ihren Fußballerbeinen bei jedem Spiel mehr Meter zurückgelegt als du auf deinem lächerlichen Marsch über die Hügel.

Er hatte Hunger. Ich möchte ein Butterbrot. Du bekommst ein Schmalzbrot. Ich möchte ein Butterbrot. Nein, du bekommst ein Schmalzbrot. Ich möchte aber ein Butterbrot. Du bekommst dein Brot. Mit Schmalz aus der Fettspende der Gebrüder Eitel und des Chicagoer Schwabenvereins, 19800 Pfund Schmalz aus dem Jahr 47, dem Jahr von Roberts Geburt. Davon bekommst du zwölf Gramm auf dein Schwarzbrot. Sei dankbar und iß!

Zwei Krähen über ihm. Linke Krähe: Von Schmalz bekomme ich immer einen Pickel hinterm Ohr. Rechte Krähe: Ich bekomme kleine Pickel um den Schnabel, wenn ich zu viel Calcium aufnehme. Linke

Krähe: Ich bekomme Pickel von Nazis. Rechte Krähe: Ich bekomme Pickel von entnazifizierten Kindern von Nazis.

Er selbst stand jetzt zur Debatte. Reinigung seines Körpers und aller Gehirnwindungen von nationalsozialistischen Mikroben. Spatzenschwatzen. 131 Fragen in doppelter Ausfertigung. Frage 64: Liebst du tschiep Pius tschiep-tschiep XII.? Antwort: Ja. Perschiepschein abgelehnt. Abkommandschiwiert zur Trümmerbeseitigung am Vogelsang.

Die Krähen mußten aus Cinecittà hergeflogen sein. Es waren eindeutig Filmkrähen. Linke Krähe: Können Kinder von entnazifizierten Nazis Filme über Juden drehen? Rechte Krähe: Der da unten bestimmt nicht. Linke Krähe: Wieso? Rechte Krähe: Völlig unbrauchbar. Steht dumm rum und macht alle verrückt. Wenn er diesen wunderbaren Regisseur nicht gehabt hätte. Linke Krähe: Und diesen wunderbaren Kameramann. Rechte Krähe: Alles Italiener, im übrigen. Linke Krähe: Da sieht man mal wieder. Rechte Krähe: Sag ich doch!

Im Kreis. Jetzt umrundeten sie den Vogelbauer mit ihren Flügeln. Immer mehr Vogelschwärme schwärzten das Bild. Cassini schloß die Augen. Gleich würden sie sich auf ihm niederlassen.

Nichts dergleichen geschah. Dieser Samstag blieb so friedlich, wie er von Anfang an gewesen war. Kinder wurden spazierengeführt, Pferdewägelchen rollten vorüber. Krähen benahmen sich wie Krähen, Spatzen wie Spatzen.

Nach einer Stunde war er soweit hergestellt, daß er seinen Weg fortsetzen konnte. Die Füße schmerzten, als er sie in die Schuhe zurückzwängte. Die ersten Schritte fielen ihm schwer, Zehen und Fersen waren wundgescheuert, auf lodernden Sohlen ging er über den Kies, bis der Schmerz gewöhnlich wurde und er ihn vergaß. In aller Ruhe spazierte er durch den Park, freute sich am Wetter, hatte seinen Frieden mit den Menschen gemacht; jeder, der ihm begegnete, erschien ihm liebenswert, selbst die häßlichsten Gestalten waren eine Spielart der Natur, die ein Lächeln verdienten. Cassini lächelte jedem ins Gesicht und erntete von überallher Lächeln, nichts als Lächeln. So heiter war er selten gewesen.

Linkerhand lag der Zoo. Obwohl er sich für gewöhnlich an Tieren nicht sattsehen konnte, diesen Zoo mied er. Ein einziger Besuch vor Jahren hatte genügt. Die räudigen Tiere, die gerupften Vögel, ihre verwahrlosten Käfige, der Dreck, der überall herumlag, hatten ihm schier den Magen umgedreht. Unvergessen, der Orang-Utan, der an einer weggeworfenen Plastikflasche kaute und ihn aus engen Augen ansah.

Er schwenkte nach rechts zur Villa Borghese, um von dort in die innere Stadt zurückzukehren. Abwärts, es ging wieder abwärts, seine Knie kamen ihm locker vor, als wären die Bänder zu lang, um die Gelenke zusammenzuhalten.

Auf der Via Veneto wurde er wieder müde und brauchte eine Stärkung. Er setzte sich in ein halbleeres Straßencafé, bestellte Toast, Mineralwasser und Brandy. Der Toast schmeckte muffig. Ein Kellner beobachtete ihn diskret; netter junger Bursche, der es vermied, ihn offen anzustarren. Vor Jahrzehnten hatte er selbst einen Mann beobachtet, der damals um die Fünfzig gewesen sein mußte, in Venedig, im Caffè Florian. Draußen hatte es geregnet, auf dem Markusplatz fiederte der Wind die Wasserpfützen. Das Florian war gestopft voll, es stank nach Zigarettenqualm und nassen Mänteln. Herein kam ein Mann, den die Kellner zu kennen schienen, kein Tourist. Exquisiter Anzug, Krawatte, gestärkte Manschetten, aber der Hemdkragen hing schief, die Krawatte war nachlässig gebunden, und er war nicht rasiert. Zweifellos ein gutaussehender Mann, trotz seiner ramponierten Verfassung. Er hatte eine rauhe Stimme, unwirsch winkte er den Kellner heran. Es wurde ihm ein Whisky gebracht, ein zweiter, ein dritter. Der Mann rauchte und starrte konzentriert vor sich hin, nahm Notiz von niemandem. Dann hatte er das Glas gehoben, und Cassini hatte in seinen Mund gesehen. Die Mundhöhle war voller Blut. Der Mann zahlte und ging in den Regen hinaus, der wieder frisch eingesetzt hatte. Cassini sah durch die Scheibe, daß er sich nicht einmal die Mühe machte, den Mantel zuzuknöpfen. Der Anblick des Mannes hatte ihn so erregt, daß er tagelang nach ihm Ausschau hielt, wider besseren Wissens, denn der Mann mußte inzwischen tot sein. Sogar an einem Gedicht hatte er sich versucht, war aber über die ersten beiden Zeilen nicht hinausgekommen: *Der Tod nimmt gegenüber Platz / mit schwarzem weichen Hut.* Der Hut hatte dem Mann gar nicht gehört, er hatte bloß neben ihm gelegen auf einem Stuhl.

Obwohl ihm die eigene Mundhöhle verdächtig warm vorkam, hatte er bestimmt kein Blut im Mund. Trotzdem beobachtete ihn der Kellner wie einen, bei dem mit allem zu rechnen war.

Der Kassenzettel steckte als Röllchen in einem Glas; er mußte ihn studieren, begriff nicht, bis er den Betrag in Mark und dann wieder in Lira umgerechnet hatte, legte einen Schein darauf, beschwerte das Ganze mit dem Aschenbecher und ging. Der Himmel war eine blaue Provokation. Dieses Wetter spielte nicht am Himmel, sondern auf seinen Nerven.

Hinab, es ging immer noch die Via Veneto hinab, über der Piazza Barberini hingen die Abgase, Cassini beschleunigte seine Schritte, weil der Gestank kaum auszuhalten war. Er spürte seine Beine kaum noch, sie trugen den Oberkörper mechanisch bergab. Das Geräusch des Verkehrs verdichtete sich zu Panzerlärm; Wörter, die er aufschnappte, waren an der Kante gefalzt, sie klangen metallisch, waren Durchhaltebefehle; rücksichtslos ging er zwischen den Passanten durch, die ihm auf der Via del Tritone entgegenkamen. Er hatte jeden Respekt für den delikaten Luftraum verloren, der seinen und ihre Körper umgab.

Als er den Corso kreuzte, kam er in eine weichere Verfassung. Seine Hände, von den Flügeln der offenen Manschetten bedeckt, zuckten neben den Hüften in der Luft, als hätten sie einen Chor zu dirigieren, der aus dem Pflaster quoll. Unter den gegebenen Umständen, dachte er, fiel sich aber gleich ins Wort – was waren die gegebenen Umstände? Die große Konfusion war das Gegebene, aus der ihn bloß das große Blau erlösen konnte.

In den Schildkrötenbrunnen hatte ein altgewordenes Punkmädchen ihre Beine gestellt, tätowiert bis zu den Oberschenkeln. Knie nieder und wasch ihr die Füße, wurde ihm befohlen. Auf der sonnenverrunzelten Haut wirkten die Tätowierungen wie Krebs. Sie hatte überall geschwollene Stellen, rot, vermutlich Einstichstellen. Wenige Habseligkeiten, von Müll nicht zu unterscheiden, waren um sie her versammelt. Er brachte es nicht über sich, ging vorüber und wurde als Mitleidsposeur beschimpft, du hast deine letzte Chance versäumt, wurde ihm verkündet, er bat um eine neue, versuchte, das Urteil abzumildern, und erhielt zur Antwort, daß sich ein Soldat auch nicht aussuchen könne, wo er hingestellt werde, eine letzte Chance werde verfügt, man habe sich mit ihr zu befassen und damit basta.

Einen Mann mit Beinstumpf sah er im Winkel kauern, sein Stumpf endete in einem dreckigen Polster. Während er auf ihn zuging, durchsuchte Cassini seine Taschen nach Geld. Alles, was er fand, Münzen und Scheine, legte er in die rillige Hand des Bettlers, ein Schatz, den der Mann sogleich mit der zweiten Hand bedeckte, damit nichts davonflog.

Dem Onkel zuliebe leben! Marie zuliebe leben! Ein neuer Schwall von Liebe erstickte ihn schier. Dem Onkel zuliebe hatte er Priester werden wollen und nach einem Jahr einsehen müssen, daß er es nicht konnte. Was er Marie zuliebe tun würde, war noch nicht klar. Er war eine religiöse Natur, damals eine gegen den Strich gebürstete, heute bloß noch eine konfuse. Seine Gedankengaloppaden, kreuztrunken, süßlich, brachten ihn noch werweißwohin. Vielleicht war es gut, wenn sie ihn ins Pantheon brachten. Er schaute auf seine Uhr. Knapp vier. Die Messe würde gleich beginnen. Vielleicht schafften es die Rosenblätter, die man während der Messe durch das Loch an der Decke warf, ihn wieder zur Vernunft zu bringen.

In der Via dei Cestari überholte er einen Jesusdarsteller, den er schon kannte. Ein Klassiker. Er trug ein weißes wallendes Gewand und das typische in der Mitte gescheitelte Jesushaar. Sein schweres Holzkreuz lag über der rechten Achsel, nein, er trug es nicht, sondern rollte es übers Pflaster. Am unteren Ende des Längsbalkens war ein kommodes Gummirad befestigt. Marc Aurel hatte recht, wenn ihm die theatralische Sehnsucht der Christen nach dem Martyrium auf die Nerven ging. Vor einer geschlossenen Bar sah er einen winzigen Kadaver, das Fellhäufchen einer Maus, die staubpanierten Innereien lagen daneben.

Er kam an einem im Boden eingelassenen Kellergitter vorüber und hörte einen Spatzen tschilpen.

Was hatte ein Spatz im Keller verloren? Er mußte die Sonnenbrille abnehmen. In der Straße war es dunkel, es war nicht zu erkennen, wo genau sich der Spatz befand. Nur sein Gezwitscher war zu hören, munter drang es zu ihm herauf. Unerklärlicherweise war der Vogel in dieses Verlies geraten, jetzt hörte sich sein Gezwitscher schrill an, er wollte heraus und schrie aus Leibeskräften, schrie seinem Retter die Ohren voll, ihn endlich zu befreien. Der Retter hatte eine zweite Chance bekommen! Eine zweite Chance! Cassini griff in das Gitter und versuchte, daran zu rütteln. Die Sonnenbrille fiel ihm aus der Brusttasche. Das Gitter bewegte sich nicht. Der Spatz war mit einem Mal still, er schien den Atem anzuhalten, um seinen Retter beim Befreiungswerk nicht zu stören. Cassini rüttelte und rüttelte, bis ihm der Schweiß ausbrach; es war schwierig, da er nur paar Finger durch die Gitter brachte, nicht die Hände. Um das Gitter herauszustemmen, brauchte er eine Eisenstange.

Ein Carabinieri wurde auf ihn aufmerksam. Cassini richtete sich auf und wollte auf den Mann zugehen, um ihm die Sache zu erklären. Vielleicht konnten sie den Vogel gemeinsam befreien. In dem Augenblick erfolgte ein allgemeiner Mundverschluß. Es wurde still. Die Straße war voll, Menschen aus aller Welt schoben vorüber, einzelne, Gruppen, viele mit Rucksäcken, Hütchen, albernen Taschen. Alle vollkommen lautlos. Nicht einmal ihre Schritte waren zu hören. Der Spatz still. Der Carabinieri still. Der Recorder vom Verkäufer an der Ecke still, seine Mickymäuse tanzten lautlos. In ihm selbst war kein einziges Wort mehr.

Der Himmel über der Straße war immer noch blau. Eine große blaue Kachel. Die Speichen eines Rades blitzten an der Sonne. Kaputt! Schrie da wer kaputt? Es mußte der Dicke gewesen sein, in Shorts und weißen Tennissocken. Ei, du verstocktes Sündenkraut! hörte er die spanische Matrone rufen, die vor ihm herging, oder rief sie: Du böses, aus der Art geschlagenes Ei? Denk an die schmale Schwärze der Zypressen, das sagte flüsternd ein Pater, der ihm den Weg abschnitt. Ein junger Japaner reichte ihm freundlich seinen Taschenrechner; das Rechnen in großen Zeiträumen fing jetzt an. Rom hebt alle verlorenen Gedanken auf, das schnappte er einer Katze von den Schnurrhaaren weg. Nach Rom fliegen alle verlorenen Brüder, sagte ein Kinderwagenkind. Wie leicht die Worte aus den Mündern der Geschöpfe kamen. Plötzlich schallte es von überallher: Robert! Robert, sagten die Spatzen, Robert die Krähen, die Menschen, die Spielzeugtiere; Robert, sagte der Mops an der Leine. Ein Mann mit seidenem Schal machte Schwimmbewegungen und gurgelte dazu. Können Sie mir erklären, warum ich den Dingen von hinten zu Leibe gerückt bin anstatt von vorn, warum ich mich von hinten an ihnen vergriffen habe, immer nur von hinten? Er hatte keine Angst mehr, exaltiert zu erscheinen, wenn er laut redete, auch er hatte seine Pfingststimme bekommen, leider eine unschöne, auf die niemand Antwort gab. Mit feinen ernsthaften Blicken wurde er angesehen. Wissen Sie, erklärte er feierlich, Sie haben hier einen Degerlocher vor sich. Das sagt Ihnen womöglich nichts. Die Degerlocher zeichnen sich dadurch aus, daß sie nichts verkommen lassen. So haben sie das Galgeneisen, an dem Joseph Süß Oppenheimer hing, umgeschmiedet in ein Degerlocher Gartengitter. Und wenn Sie jetzt noch weiter eingeführt werden wollen in die Degerlocher Charakterkunde, so zeige ich Ihnen die Zähnlein meiner Mutter. Er lachte und riß den Mund auf. Die Wörter, die jetzt wieder von außen auf ihn eindrangen, versuchte er von sich wegzuschieben, er mußte sich einen freien Weg bahnen. Du bist nicht umsonst ein Gottesgeschöpf und lebst in Seiner Luft. Du bist der, zu dem du dich gemacht hast, nicht der, zu dem du bestellt warst, nicht der Hüter deines Bruders. Am Spatzenbusch vorüber, hunderte von Spatzen, die schreien, bei der Auferstehung, schreien sie im Chor, bei der Auferstehung, da wird das Gesicht wieder ganz, und es wird schön, schreien die Spatzen, die Nase wird schön, und der Mund wird schön, und die Ohren werden hellhörig und schön, dann kommt das Herz dran, schreien die Spatzen, blutrot wird es von neuem gemacht, und die Leber, schreien die Spatzen, und die Milz und der Nabel, obwohl der Nabel eigentlich überflüssig ist, schreien die Spatzen, und die Arme und die Hände und die Finger und die Nägel an den Fingern schön, alles so schön und frisch und rosig, aber die Eier, schreien die Spatzen und lachen sich schwindlig, die Eier kriegst du nicht mehr angemacht, und den Schwanz auch nicht, schreien sie und fallen fast vom Busch vor Lachen, Gott will dich ohne Eier und Schwanz; und da war er vor dem Pantheon, ein Scheinwerfer erfaßte ihn, eine Kamera, und was danach folgte, war ein wilder Haufen von Szenen, er geht hinter einem Mädchen mit Riesenklammer her, einem großen blonden fleischigen Mädchen, Riesenklammer wippt vor ihm auf und ab, faßt nach ihm, legt sein Herz in die Klammer und klemmt's ab. Vergebens greift er nach seinem Mädchen, damit ihr Herzschlag sein stotterndes Herz wieder in Schwung bringt. Ein Schmerz hatte ihn gepackt, der alle Knochen durchdrang, so vernichtend, daß er die Arme empor- und alles wegwarf, um ihn loszuwerden.

In beträchtlicher Entstellung lag er da, mit aufgerissenen Augen. Ein komischer Hochzeiter, drei Polaroids in der Tasche, seine Manschettenknöpfe, einen Schlüssel, ein Zündholzbriefchen und sonst nichts.

DAS HAUS, zu dem ich keinen Zugang hatte. Das berühmte Schmitthenner-Haus in der Löwenstraße, zum ersten Mal werde ich es von innen sehen. Auch ich bin in der Löwenstraße aufgewachsen, aber in ihrem kleinbürgerlichen, in das alte Degerloch einmündenden Teil. Aus einem Verlies meines Gedächtnisses ziehe ich das Haus mühelos hervor, allerdings nur den obersten Stock und das Dach, die über die hohe Gartenmauer ragen. In die Mauer eingelassen ein Tor. Hinter seinen Holzsprossen sehe ich Robert und Blechle verschwinden. All die imaginären Festungen, die ich in meinen Kindertagen mit selbstgebastelten Katapulten beschoß, ähnelten Blechles Haus, nicht den Burgen auf der Schwäbischen Alb.

Vom Verfasser von *Das deutsche Wohnhaus* entworfen, der anfangs ein überzeugter Anhänger Hitlers war und trotzdem nicht groß zum Zuge kam, weil der harmonische Traditionalismus der Stuttgarter Schule mit den Bauten Speers und Troosts wenig gemein hatte. Die sanften Gesetze und glücklichen Proportionen Schmitthenners kamen deshalb weiterhin vermögenden Privatleuten zugute, die sich von ihm ihre Häuser bauen ließen. Ende der zwanziger Jahre waren sie seinem Auftraggeber Karl Richard Stahl zugute gekommen. Von all dem wußte ich damals natürlich nichts. Meine Eltern sprachen nicht über Architektur, sie waren mit ihrer Getränkehandlung beschäftigt. Blechles Mutter ließ sich erst in den siebziger Jahren von ihnen beliefern, da lebte ich bereits in München.

An Frau Gerlinde Stahl, Löwenstraße 164, 70597 Stuttgart.

Als der voluminöse Umschlag im Postschlitz verschwand, geriet ich in Zweifel, ob ich nicht eine Dummheit begangen hatte. Ich rechnete damit, daß mir ein Anwalt die Veröffentlichung meiner Aufzeichnungen untersagte. Zehn Tage später hörte ich ihre Stimme zum ersten Mal am Telefon, eine etwas geläufigere Stimme, als ich sie mir vorgestellt hatte. Sie lud mich zum Tee ein.

Immer bin ich zu früh. Eine nervöse Krankheit, die ich nicht loswerde. Vor der hohen Mauer gehe ich auf und ab und rauche eine Zigarette. Endlich nehme ich es mit dem Klingelknopf auf, sehe die Haustür aufgehen; ein gelenkiger brauner Dackel springt heraus. Am Tor ist ein Klicken zu hören. Ich habe keine Erfahrung mit Hunden und fürchte mich vor ihnen, besonders vor kleinen, kläffenden, die ich im Verdacht habe, sie seien auf meine Hosenbeine aus. Bei dem Tier ist selbst mir klar, daß es keine heimtückischen Absichten hegt. Vorsichtig drücke ich das Tor auf und schließe es hinter mir. Der Dackel beschnuppert meine Schuhe und beschließt, mich zu mögen. Wahrscheinlich bekommt er selten Besuch und freut sich deshalb so. Er empfängt mich als lang vermißten Freund, klettert an meinen Beinen hoch, quietscht vor Vergnügen, als ich mich zu ihm herabbeuge, und wedelt mit dem Schwanz.

Kein kleinlicher Windfang, eine geräumige Diele, belegt mit hellen und dunklen Bruchsteinplatten, empfängt mich, darauf ein vermutlich kostbarer Teppich. Ich bin in einem engen Korridor groß geworden und kenne mich mit echten Teppichen nicht aus. Stragulaperser, so hieß die Auslegware, die in unserem Korridor lag. Hier steht ein schmaler Tisch an der Wand, flankiert von zwei gepolsterten Stühlen, ihr grüner Rips von blendendweißen Porzellannägeln gefaßt, sonst ist der Raum leer. Durch tief in der Leibung sitzende Fenster fällt Licht herein. In einer Mauernische befindet sich die Garderobe. Mein Mantel verschwindet hinter dem durchlässigen Geflecht der Türen, alles weiß, wie die Wände. Unsere Garderobe bestand aus einem altdeutschen Brettchen mit Haken, darunter stand ein Schuhschrank, eine Erwerbung der fünfziger Jahre, aus dem es immer ein bißchen roch, ein schmales Ding, wo die Schuhe in ein abschüssiges Gestänge gehängt wurden. Plötzlich habe ich den Geruch wieder in der Nase, aber er liegt nicht in diesem Raum, ich habe ihn mitgebracht. Es läßt sich nicht leugnen, ich bin ein Sohn aus kleinen Verhältnissen, etwas Bedrücktes, Verstimmendes weht mir aus diesen Verhältnissen nach und nimmt mir den Schneid.

Sie bittet mich ins Wohnzimmer und läßt mich auf dem Sofa Platz nehmen. Der Dackel springt hinterher, von einem raufsüchtigen Koller gepackt, der gottlob nicht mir gilt, sondern dem Eck. Mit den Pfoten beginnt er, das Eck zu bearbeiten, wendet sich blitzartig um, setzt über meinen Schoß hinweg und landet im andern Eck, um dort weiterzuwühlen. Reines Theater, von einem komischen Knurren begleitet, das mir Spaß macht, nachdem ich meinen Schreck verwunden habe. Er steckt die Schnauze in die Vertiefung, niest, zieht die Schnauze heraus, fletscht die Zähne und gräbt, als flöge Erde unter seinen Pfoten weg. Dann bekommt er das Eckspiel satt und beginnt zutraulich an meiner Hand zu nagen, zeigt mir seine vorspringende Brust, stemmt seine Hinterpfoten gegen meinen Arm, springt urplötzlich auf die Sofalehne hoch, um mir von dort mit der Zunge über den Nacken zu fahren, gleich landet er wieder unten, um ein bißchen an meiner Seite zu schlafen und dazwischen träge an mir herumzukauen. Er ist noch jung, seine Zähne sind spitz, besonders die Eckzähne, mit denen er mich hin und wieder zwickt. Wenn er die Haut zwischen Daumen und Zeigefinger erwischt, tut es weh. Ein kühles Dackelohr liegt über meine Hand gebreitet, samtig und weich.

Von hundert Gastgeberinnen hätten neunundneunzig den Hund zur Ordnung gerufen oder wenigstens gefragt, ob sich der Gast daran störe. Sie sieht uns zu und sagt kein Wort. Wahrscheinlich würde sie sich ebensowenig einmischen, wenn es mir mißfiele. Sie sitzt ruhig da und sieht nicht aus, als ob sie vor Kummer verginge. Ein Augenrätsel, das mich in aller Seelenruhe beobachtet. Von keiner Salzflut getrübt, nicht einmal vom Alter, obwohl sie um die Achtzig sein muß. Mein Blick gleitet von ihrem Gesichtsfeld immer wieder ab, weil diesen Augen schwer zu begegnen ist.

Natürlich ist die enge Wohnung über dem Laden, die ich mit meinen Eltern bewohnte, für mich längst nicht mehr der Maßstab für jeden neuen Raum, den ich betrete. Aber die Tatsache, daß ich in Blechles Haus auf dem Sofa sitze, macht den alten Maßstab wieder lebendig und nötigt mich zum Vergleich. Dieser Raum wirkt größer, als er vermutlich ist. Dazu mögen die sparsame Möblierung beitragen, Fenster und Flügeltüren, die sich zum Garten hin öffnen. Keine modernen Panoramafenster, gegliederte Fenster, die den Blick rahmen. Alles in diesem Raum ist gegliedert. Die großen Quadrate des hölzernen Bodens, die in kleinere Quadrate aufgeteilte Kassettendecke, die holzverkleideten Wände, durch Leisten in große Flächen unterteilt und weiß lackiert wie die Decke.

»Ich sehe Ihre Mutter manchmal beim Einkaufen.«

Ich bin überrascht, daß sie jemanden wie meine Mutter überhaupt erwähnt.

Sie schenkt Tee ein, dreht die geöffnete Zuckerdose mit Zange zu mir hin, damit ich einen Würfel herauszwicke. Wie ungeschickt ich mit solchen Gerätschaften umgehe. Darf man mit speichelverklebten Fingern eine Zuckerzange anfassen? Es ist schließlich ihr Hund. Trotzdem brennt meine Hand vor Scham. Mürbeteighörnchen liegen in einer flachen Schale.

Die Sätze, mit denen sie mich dazu auffordert, mir davon zu nehmen, bleiben knapp. Als ich die Kuchengabel in den Bauch des Hörnchens senke, taue ich ein bißchen auf.

»Es geht ihr noch ganz gut.« Habe ich tatsächlich *noch* gesagt? Ist es nicht eine Unverschämtheit, einem Menschen, der bald sterben muß, von einem andern alten Menschen zu erzählen, daß es ihm *noch* gut gehe? Ich beeile mich hinzuzufügen, daß mein Vater vor zwei Jahren gestorben sei.

Sie verzichtet darauf, mit den näheren Umständen dieses Todes bekannt zu werden, und spricht mir ihr Beileid aus. Es entsteht eine Pause, in der wir beide die Tassen unhörbar zum Mund führen und sie ebenso wieder absetzen. Der große Raum ist erfüllt von einem Graswachsenhören, aus dem mich der Dackel mit seinem Gähnen erlöst, dem ein unschuldiger kleiner Laut folgt.

Die Ähnlichkeit mit Blechle ist größer, als ich erwartet habe. Gewiß, ihre Augen sind heller, die Haare grau. Aber ihr Körper verströmt dieselbe asketische Energie. Die untere Gesichtshälfte ähnelt Blechle vollkommen. Sie ist die reservierteste Frau, die mir je begegnet ist. Ihre ungeheure Energie scheint sie darauf zu verwenden, sich zu beherrschen.

»Sie haben gelesen, was ich Ihnen geschickt habe?« platzt es aus mir heraus.

»Das habe ich.«

»Vielleicht war es eine Zumutung für Sie, das zu lesen, vielleicht haben Sie Einwände.«

»Einwände?« Sie sieht mich verwundert an. Innerlich habe ich mich darauf vorbereitet, daß sie den Finger auf gewisse Stellen legen wird, 96 bis 97 oder zumindest 108 bis 109. Ich erkläre, der Titel des Romans stehe noch nicht fest, da habe auch der Verlag noch ein Wort mitzureden, und versuche geschäftsmäßig zu wirken. Sie schlägt vor, es *Chronik eines angekündigten Infarktes* zu nennen und mustert mich, als wundere sie sich, daß mein weichlicher Körper nicht längst einem Infarkt zum Opfer gefallen ist.

Der Titel sei leider schon vergeben, erwidere ich matt und nehme meine Zuflucht zu Schnacks, den ich an der Kehle kraule. Seine Ohren liegen jetzt ausgebreitet auf dem Sofa; das Kinn genüßlich weggereckt, schielt er wie eine irre Fledermaus nach mir.

Ich wolle also der Freund ihres Sohnes sein. Soweit sie unterrichtet sei, habe er keine Freunde gehabt. Hier darf ich ihr getrost widersprechen und auf Ettore Lombardi verweisen, mit dem sei er ziemlich gut befreundet gewesen, ich hingegen betrachtete mich als einen posthumen Freund.

»Es scheint Sie befähigt zu haben, in die Gehirnwindungen meines Sohnes zu kriechen, Sie kennen sich sogar in seinen Träumen aus.« Es klingt harmlos, doch der feine Spott dahinter ist nicht zu verkennen.

»Vielleicht bin ich zu weit gegangen. Finden Sie es unsinnig?«

Sie verneint, aber so, als sei sie der ganzen Sache

schon überdrüssig und habe überhaupt keine Meinung dazu. Warum bin ich eingeladen? Ich muß sie unbedingt aus der Reserve locken und ihr etwas mittenhinein ins Gesicht sagen. Notfalls eine Gemeinheit, und dann ade. Vor Aufregung lasse ich etwas von der Nußfüllung auf den morgenländischen Teppich fallen. Schnacks springt hinterher und frißt es auf, kehrt aber gleich zu mir zurück.

»Wahrscheinlich sind Sie verärgert, weil ich ziemlich unverschämt über Sie geschrieben habe. Ich könnte verstehen, wenn Sie mir einige Passagen verbieten würden, und wäre bereit, das eine oder andere zu korrigieren.«

Sie scheint sich auf etwas zu konzentrieren, das sie nicht ausspricht, ihre beringten Finger heben die Tasse an den Mund, und sie genießt den Tee, als flöße er ihr Weisheit ein. Dann stellt sie die Tasse ab und scheucht den Gedanken mit einer Gebärde weg, durch die das schnippische kleine Mädchen schimmert, das sie einmal gewesen ist.

Mein Nachname geht ihr zögernd von der Zunge, obwohl er kurz und gewöhnlich ist. »Ich darf Sie doch Rolf nennen, schließlich waren Sie ja ein Schulkamerad meines Sohnes«, sagt sie und wartet mein albernes Nicken nicht ab. »Ich verbiete gar nichts. Was über mich geschrieben steht, lassen wir beiseite. Es ist vollkommen nutzlos, sich in solchen Dingen zu verteidigen. Es wäre idiotisch, Ihnen klarzumachen, daß ich keine Kaffeekanne mit Tropfenfänger besitze und schon seit Jahren mit dem Rauchen aufgehört habe. Aber was meinen Sohn betrifft, möchte ich Sie auf einen Irrtum hinweisen.«

Sie erkundigt sich, ob ich rauchen möchte, ich bejahe, und sie holt den Aschenbecher vom Beistelltisch, eines dieser altertümlichen bauchigen Geräte, bei denen eine Klappe aufschnappt, sobald man den mit einer Stahlfeder verbundenen Knopf herunterdrückt.

»Erklären Sie es mir.«

»Er hat Robert nicht gehaßt.«

»Aber er muß doch eifersüchtig auf ihn gewesen sein.«

»Er hat seinen Bruder nicht gehaßt. Er war zu sehr mit ihm verbunden. Für Haß war da kein Platz. Die Kinder lebten in einer Welt für sich, Erwachsene hatten keinen Zutritt, auch mein Vater nicht, dem Sie ja eine gewisse Verbundenheit mit Robert einräumen.«

Sie sieht mich an. Ein Zaudern erfaßt mich. Ich will nicht unbedingt hören, was sie zu sagen hat.

»Ich habe oft nicht verstanden, was in meinen Söhnen vorging, in keinem von beiden. Wahrscheinlich mein Fehler. Sie brauchten mich nur, solange sie ganz klein waren. Später nicht mehr. Sie hingen so aneinander, daß sie niemanden nötig hatten. Wußten Sie, daß sie sich in einer Zeichensprache unterhielten? Sobald ein Erwachsener hinzukam, gaben sie sich fortwährend Zeichen.«

Wenn ich Robert und Blechle zusammen im Schulhof traf, sprachen sie normal miteinander.

Sie bestätigt mir, daß Robert Macht über ihren jüngeren Sohn besaß. Alles hätte er für Robert getan, der jüngere Sohn. Robert ist das magische Zentrum ihres Denkens, das ein unheimliches Fluidum aussendet. Ihre Stimme wird langsamer, getragener, sobald sie von Robert spricht. Das Wesen, das sie beschreibt, hat nichts von einem Kind an sich, hinter seiner hohen Stirn arbeitet der Verstand eines gereiften Philosophen, seine Schönheitsliebe kommt in seinen Bemerkungen zum Ausdruck, Mama, ich möchte einer Rose beim Verwelken zusehen, Mama, wo ist das Ende der Welt, Mama, bekommen die Menschen einen schöneren Körper, wenn sie gestorben sind. Robert, der Naturwissenschaftler. Starb eines seiner Tiere, durfte man es nicht entfernen, um den großen Experimentator beim Bemühen um die Ergründung der Wahrheit nicht zu stören.

Es geht mir durch den Kopf, daß der Anblick eines Rollstuhls diesen sanften eleganten Raum verletzen könnte.

»Sie wollen damit sagen, daß Monty den Befehl von seinem Bruder erhalten hat, ihn ins Schwimmbad zu stoßen?«

Warum kann ich meine Zunge nicht hüten? Woher der Drang, das vergangene Leben anderer zu betasten? Ich hätte in die Leere der eigenen Kindheit abtauchen und dem Hall der umgestapelten Getränkekisten lauschen sollen, der aus dem Hof heraufdrang. Riethenauer Sprudel. Dinkelacker Pils. Die Kisten klangen verschieden. Leergut anders als volle

Kisten. Ein entschlossenes Geräusch, wenn der starke Horst zupackte, ein in die Länge gezogener Rüttler, war mein Vater an der Reihe. Die Männer trugen Lederschürzen über ihrem blauen Anton, Arbeitshandschuhe, viel zu groß für meine Kinderhände. Beim Abstreifen der Zigarette landen graue Flöckchen auf der Glasplatte des Tischs. Vor Nervosität zittert mein rechtes Bein, was dazu führt, daß Schnacks von mir abrückt.

Warum sind manche Leute so unbegreiflich ruhig? Sie widmet sich wieder ihrem Tee.

»Nein«, sagt sie, »er war gar nicht da.«

Schnacks kehrt an meine Seite zurück und gähnt. In diesem Raum ist alles einwärtsgekehrt und zugleich abwesend. Aber es liegt nicht am Raum.

»Woher wissen Sie das? Was macht Sie so sicher?« Das Aushorchen von Delinquenten gehört nicht zu meinem Beruf. Meine Stimme knickt um, als wäre ich noch in der Pubertät.

»Ich habe es gesehen. Vom Schlafzimmerfenster im ersten Stock aus.«

Sie setzt ihre Tasse ab und lehnt sich zurück. Meine Augen blinzeln nervös über sie hinweg. Sie sieht mich nicht. Ich existiere nicht. Unser Gespräch zerstäubt in feine Partikel und schwebt auf die Oberflächen nieder. Ich wußte nicht, daß Dinge atmen können. Ich spüre den Aushauch von Porzellan und schäme mich, weil das Porzellan meinen Atem nicht mag. Die Priesterin des Porzellans erhebt sich wie eine Schlafwandlerin. Sie läßt mich einfach sitzen und geht hinaus. Ich bleibe als fleischiges Gefäß zurück, durch das die Häute toter Worte schwimmen. Schnacks hebt den Kopf und stellt seine Elefantenohren auf, unschlüssig, ob er ihr folgen oder bei mir bleiben soll. Er begleitet mich in den Garten. Ein warmer Nachmittag im Spätherbst. Der Spätherbst mit seinem goldenen Licht. Der Gärtner recht das letzte Laub zusammen und kümmert sich nicht weiter um mich. Ich stehe eine Weile am Schwimmbad. Schnacks sitzt zu meinen Füßen und guckt ins Bekken. Er freut sich auf ein Spiel, das er noch nicht kennt. Der Beckenanstrich ist abgeblättert, die Wände haben Moos angesetzt, eine dicke Schicht aus Moder und Laub deckt den Grund.

Wer sich über den historischen Joseph Süß Oppenheimer genauer informieren möchte, dem sei die ausgezeichnete Biographie von Hellmut G. Haasis empfohlen: *Joseph Süß Oppenheimer, genannt Jud Süß*, 1998, Rowohlt Verlag, Reinbek bei Hamburg.

Die Verfasserin dankt der Firma DaimlerChrysler für die Gewährung eines dreimonatigen Stipendiums an der Casa di Goethe in Rom, den Mitarbeitern für die angenehme Zeit dort.

Bibliographische Information Der Deutschen Bibliothek
Die Deutsche Bibliothek verzeichnet diese Publikation
in der Deutschen Nationalbibliographie; detaillierte
bibliographische Daten sind im Internet über
<http://dnb.ddb.de> abrufbar.

Gesetzt aus der Stempel Garamond
Druck und Bindearbeit: Clausen & Bosse, Leck
Diese Ausgabe wurde auf chlor-
und säurefrei gebleichtem,
alterungsbeständigem Papier gedruckt.
Printed in Germany
ISBN 3-421-05680-3